Es geschah in
Berlin
1982

Bettina Kerwien

Agentenfieber

Ein Kappe-Krimi

Jaron Verlag

Bettina Kerwien lebt in Berlin. Sie studierte Amerikanistik und Publizistik. Als Geschäftsführerin eines Stahlbauunternehmens widmet sie sich in jeder freien Minute dem Schreiben. In der Reihe «Es geschah in Berlin» erschienen von ihr 2019 «Au revoir, Tegel», 2020 «Tot im Teufelssee» und 2022 «Tiergarten Blues».

Originalausgabe
1. Auflage 2023

www.jaron-verlag.de
Umschlaggestaltung: Bauer+Möhring, Berlin
Satz: Prill Partners | producing, Barcelona
Druck und Bindung: Print Group Sp. z o.o., Szczecin

ISBN 978-3-89773-889-8

Für Ian Lancaster Fleming (1908–1964)
Wo immer er ist, ist GoldenEye.

Die Menschheit muss dem Krieg ein Ende setzen, oder der Krieg setzt der Menschheit ein Ende.
John F. Kennedy

Doctor No said, in the same soft resonant voice, «You are right, Mister Bond. That is just what I am, a maniac. All the greatest men are maniacs. They are possessed by a mania which drives them forward towards their goal. The great scientists, the artists, the philosophers, the religious leaders – all maniacs. What else but a blind singleness of purpose could have given focus to their genius, would have kept them in the groove of their purpose? Mania, my dear Mister Bond, is as priceless as genius. Dissipation of energy, fragmentation of vision, loss of momentum, the lack of follow-through – these are the vices of the herd.» Doctor No sat slightly back in his chair. «I do not possess these vices. I am, as you correctly say, a maniac – a maniac, Mister Bond, with a mania for power. That» – the black holes glittered blankly at Bond through the contact lenses – «is the meaning of my life. That is why I am here. That is why you are here. That is why here exists.»
Ian Fleming, *Pandora's Box*

PROLOG

WEST-BERLIN, im August 1982. Kurfürstendamm, Ecke Joachimsthaler Straße. Postkartenblauer Himmel, Verkehrsrauschen. In der Bildmitte die Gedächtniskirche. Überraschend klar hört man Kirchenglocken läuten. Die Straßenbäume sind grün und üppig, der Autoverkehr munter. Gelbe Doppeldeckerbusse, Mofas, Fußgängergewimmel auf den Bürgersteigen. Rechts sieht man die weiße Fassade des Ku'damm-Ecks mit seinen Werbetafeln. Die Kamera zoomt auf einen schwarzen Mercedes, der zügig auf der Gegenfahrbahn aus Richtung Gedächtniskirche kommt.

Man hört aus dem Off die Stimme von M, dem Leiter der Doppel-Null-Abteilung des britischen Geheimdienstes MI6: «Der *Octopussy*-Zirkus ist in Ost-Berlin gewesen, als wir 009 verloren haben.»

Schnitt.

Das Wageninnere. M und der Doppel-Null-Agent Bond auf dem Rücksitz.

M: «Aber Karl-Marx-Stadt ist weiter im Osten.» M schüttelt den Kopf. «Warum würde General Orlov sich auf einen Juwelenraub einlassen?»

Bond: «Die Juwelen, Sir, sind, glaube ich – wenn Sie mir die Analogie verzeihen wollen –, nur die Spitze des Tentakels.»

Durch die Heckscheibe sieht man die Gedächtniskirche kleiner werden, während der Wagen an den Markisen des Kranzler-Ecks, einer bunten Reihe parkender Autos, Bauwagen und gelben Bussen vorbeifährt.

M gibt ihm einen Briefumschlag. Bond steckt den Umschlag in die Innentasche seines Jacketts.

M: «Das sind die Papiere, die Sie brauchen werden. Charles Morton, Handelsreisender aus Leeds, besucht Möbelfabriken in Ostdeutschland. Pass, Empfehlungsschreiben, Referenzen.» Er zeigt auf den Fahrer. «Karl bringt Sie über die Grenze.»

Karl [schwerer deutscher Akzent]: «No problem!»

Bond und M tauschen vielsagende, lange, englische Blicke. Kraftvoll setzt die Musik des Bond-Leitmotivs ein – dreimal zwei kräftige Akzente in den hohen Bläsern, die immer durch einen weiteren Stoß eine Oktave tiefer beantwortet werden.

Schnitt.

Der Wagen biegt von der Kochstraße rechts ab und fährt auf den Checkpoint Charlie zu.

M [besorgt]: «Ich verlasse Sie hier. Denken Sie daran, 007, Sie sind jetzt ganz auf sich alleine gestellt.»

Bond [ironisch]: «Well, vielen Dank, Sir. Das ist [kurzes Zögern] ein großer Trost.»

M steigt aus und überquert hinter dem Auto die Straße. «Aufpassen!», ruft eine Stimme aus dem Off. Bläser spielen kraftvoll die Bond-Melodie.

Schnitt.

M steht am Straßenrand und schaut besorgt dem schwarzen Mercedes hinterher. Hinter dem Kontrollpunkt sieht man Uniformierte und die Grenzanlagen der Mauer. Hundegebell und Marschtrommeln legen sich unter die Bond-Melodie. Der Mercedes fährt weiter Richtung Staatsgrenze am Checkpoint Charlie. Zoom auf ein Schild: «You are leaving the American sector – Sie verlassen den amerikanischen Sektor.»

Zögerlich steigt M in einen anderen Wagen, der auf ihn gewartet hat. Die Sonne spiegelt sich im gleißenden Chrom der Autotür. Plötzlich blitzt hinter einem Betonpoller etwas auf.

EINS

Samstag, 14. August 1982

PETER KAPPES MUTTER schwärmt heute noch von ihrem ersten Besuch bei Edelbert Schramm. So einen italienischen Kaffee hatte der - sa-gen-haft! Und italienische Designerstühle, goldene Lampen, Marmorboden - Edelbert «Schramme» Schramm führt einen eleganten Friseursalon in einer Seitenstraße vom Kurfürstendamm. Kappe kommt auch gerne her. Eigentlich ist er kein Schnösel. Dafür ist in ihrem Team sein Freund und Kollege Wolf Landsberger zuständig. Jetzt hat aber ebendieser Landsberger ihm anlässlich ihrer Beförderung - Landsbergers zum Kriminalobermeister, Kappes zum Kriminaloberkommissar und Ersten Sachbearbeiter sowie stellvertretenden Kommissariatsleiter - einen Friseurgutschein geschenkt. Nicht gerade ein Männergeschenk. Aber strategisch nicht schlecht. Kappes erster Gedanke war, dass Landsberger immer noch daran arbeitet, ihn von den Vorteilen des anderen Ufers zu überzeugen. Egal - bei «Schramme» Schramm macht Haareschneiden tatsächlich Spaß, deshalb ist Kappe jetzt Stammkunde. Kappe wird schnell irgendwo Stammkunde. Er ist eine treue Seele und ein Gewohnheitstier. Ein normaler Beamter halt. Es gibt Schlimmeres, redet er sich ein.

«Dein Landsberger war vorgestern auch hier», plaudert Schramme gut gelaunt drauflos, während er sich mit besorgt gelupften Augenbrauen über Kappes Scheitel beugt. Er steht hinter ihm, kämmt Kappes üppige dunkle Haare von rechts auf links, mustert ihn künstlerisch abwägend im Spiegel vor ihnen. «Für mich ist dein Landsberger der schickste Kerl weit und breit! Und hatte der wieder eine fabelhafte Tapete an!» Schrammes Augen funkeln so verliebt wie abwesend. Er seufzt, als sei bei Kappe eh nichts mehr zu retten, dann drückt er dessen Kopf hintenüber in das Porzellanbecken.

«Das ist nicht ‹mein› Landsberger», nuschelt Kappe lahm in das frisch duftende Handtuch vor seinem Gesicht. Genau richtig temperiertes Wasser flutet seinen Schädel.

«Wasser gut so?», flötet Schramme.

«Ja, ja! Und ich habe den Kollegen Landsberger schon eine Woche nicht mehr gesehen. Er musste plötzlich unbedingt Urlaub nehmen.»

«Weiß ich doch, Herr Oberkommissar! Bin ich sein Friseur oder bin ich sein Friseur?» Wie um zu unterstreichen, dass er tatsächlich ein Friseur ist, shampooniert Schramme drauflos wie ein Weltmeister. Im Takt singt er leise, aber textsicher *Fred vom Jupiter*. Ein Neue-Deutsche-Welle-Hit aus dem letzten Jahr, in dem es um einen sehr attraktiven und auch sehr muskulösen Außerirdischen geht, der auf der Erde notlanden muss. Kappes Friseurspaß reduziert sich mit jeder Note.

Aber ein gewisses Kribbeln liegt in der Luft. Kappe kennt es aus dem Verhörraum: wenn der Verdächtige noch abwägt, ob sein Geheimnis raus muss oder nicht. Schramme windet sich, seine Bäckchen färben sich rosa - Kappe sieht es beim flüchtigen Spiegelblick durch den Shampooschleier.

Und dann platzt es doch aus dem Friseur raus: «Dreharbeiten!», keucht er und schrubbt Kappes Hinterkopf so enthusiastisch, dass dessen Schädel rhythmisch gegen das Waschbecken ditscht. «Mensch, wenn der Landsberger nicht Filmstar wird, wer denn dann?»

Filmstar? Bei Schramme wird man für sein Geld zum Haarschnitt kostenlos mit den Heimlichkeiten seiner Freunde schockiert, ob man nun will oder nicht.

«Ach.» Von einem Friseur als schlecht informiert entlarvt zu werden, das schmerzt. «Ist Landsberger gar nicht mit seiner Mutter in der Lüneburger Heide?» Dass Kappes bester Freund in der Kartei einer Komparsenagentur steht, das weiß das ganze Kommissariat. Aber Kappe hat keinen blassen Schimmer, ob der Freund jemals zu einem Vorsprechen eingeladen worden ist.

«Nee, Kappe, da biste auf dem falschen Dampfer!», lacht Schramme. «Der Landsberger startet durch. Der hat eine Sprechrolle im neuen James-Bond-Film.»

«Echt jetzt?» In Kappes Gehirn dreht sich plötzlich diese schwarz-weiße Spirale aus dem Bond-Vorspann. Er hebt reflexartig den Kopf. Schramme springt zurück. Wasser spritzt, schäumende Lauge ergießt sich in Kappes Kragen und auf die Fußbodenfliesen.

«Manno!», protestiert Schramme, tupft sich die Spritzer aus dem Gesicht und stopft Kappe ein Handtuch in den Nacken. Kappes Gesicht im Spiegel erinnert ihn selbst an eine Wasserleiche beim Auftauchen.

«Mach mal den Mund wieder zu, Kappe. Du siehst irgendwie mitgenommen aus.» Schramme legt ihm den Handrücken fieberfühlend an die Stirn. «Haste Diamantenfieber?»

«Wenn, dann Agentenfieber. Du machst nur Witze, oder?»

«Nee, Landsberger ist jetzt im Geheimdienst Ihrer Majestät. Kannste glauben! Ich musste ihm so einen ganz scharfen smarten internationalen Schnitt machen – wie Roger Moore. Ich sag dir, der Landsberger sieht aber auch toll aus – wie Jung-Siegfried! Wenn die den entdecken, dann ist der eins fix drei in Hollywood, und ich als sein persönlicher Hair-Stylist ...»

«Nicht zu fassen.» Kappe wischt sich den Schaum aus den Augen. «Die ganze Dienststelle hat schon gelacht, als er erzählt hat, dass er Statist oder Komparse werden will. Aber James Bond? Und er hat kein Wort gesagt!»

«Tja, hätteste mal beim ersten Mal nicht gelacht, dann hätte er es dir vielleicht erzählt. Aber das ist seine Bestimmung, Herr Oberkommissar! Mensch, das siehst du doch selbst, dass so ein Knallerkerl nicht bei euch da hinter Aktendeckeln versauern kann!»

«Bei uns ist die Mordkommission, da hinter den Aktendeckeln», brummt Kappe. Schramme frottiert ihm den Schädel, dass ihm die Ohren glühen. Und was soll das jetzt werden?, denkt Kappe und starrt sein verstrubbeltes Ich im Spiegel an. Wird Landsberger kündigen und den Abflug Richtung Traumfabrik machen? Auch seine zweite Kollegin Rosi Habedank spielt ja so exzellent Gitarre, dass sie als Bluesgitarristin durchgehen könnte. Und er? Muss Kappe in der Keithstraße für den Rest seines Berufslebens allein die Amtsstubentradition hochhalten und mit den Mördern und den Unschuldigen und den Zeugen und dem ganzen anderen Gesocks klarkommen?

Schramme setzt ihm den Kopf wieder gerade auf die Schultern. «Und was machen wir bei dir?», will er wissen. «Geschüttelt oder gerührt?»

Der Friseur lacht sich halb tot über seinen eigenen Witz, während seine Schere schon mal loslegt, ohne Kappes Antwort abzuwarten.

ZWEI

Montag, 16. August 1982

2.10 UHR in West-Berlin. Eine Nacht wie jede andere. Im Büro des Meteorologischen Instituts der Freien Universität Berlin in der Dahlemer Podbielskiallee 62 bucht der Student Thomas Strauss die Nachtwerte ein: Temperatur 13,3 Grad Celsius, relative Luftfeuchtigkeit 90 Prozent, schwacher Wind Stärke 2. Strauss erwartet einen angenehmen Spätsommertag.

Auf dem Dachgarten des Hilton-Hotels in der Budapester Straße spielt ein französisches Show-Orchester Cha-Cha-Cha.

Im Kreuzberger *SO36* gibt's wieder Randale mit Punks. Die Ratten-Jeannie wird rausgeschmissen und stürzt dabei. Ihr Bierglas zerschneidet ihr die Hand. Sie revanchiert sich und drückt dem Betreiber den Henkel ins Gesicht.

Am Bahnhof Zoo steigt Harald Schulz, 52, Spezialmonteur aus Haldensleben bei Magdeburg, aus dem S-Bahn-Zug und fragt einen Polizisten nach dem Weg zum Notaufnahmelager Marienfelde. Er ist der dritte Republikflüchtling des Monats August, ein sogenannter Sperrenbrecher.

Im Niemandsland am Potsdamer Platz meldet der Wachtmeister der West-Berliner Schutzpolizei Willi Krugowski, 49, seiner Revierwache: keine besonderen Vorkommnisse.

Berlins Regierender Bürgermeister Richard von Weizsäcker ist auf dem Weg an die westdeutsche Ostsee. Er schläft in einem Sonderwagen, der am fahrplanmäßigen Schnellzug Nürnberg-Kiel hängt.

Im Fernmeldezentrum des Bundesnachrichtendienstes, auch

bekannt als Hauptstelle für Befragungswesen, am Hohenzollerndamm 150 arbeitet die diensttuende Fernschreiberin an einem NATO-Kryptogerät. Sie liest einen neuen Schlüssel in Form eines Lochstreifens ein, den sie bei Dienstbeginn vom Kryptobeauftragten erhalten hat. Dazu öffnet sie das Gerät mit einem Schachtschlüssel, den sie aus dem Tresor genommen hat. Die Fernschreiberin entnimmt den vorher gültigen Lochstreifen, den sie gleich dem Kryptobeauftragten gegen Unterschrift zurückgeben wird. Gemeinsam werden sie dann den Lochstreifen vernichten. Gerade drückt sie die *Brake*-Taste, um den alten Schlüssel zu löschen, und die VS-Taste, um den neuen zu aktivieren. Da ertönt vom Faxgerät her ein Signal, dass das Thermopapier alle ist und eine neue Rolle ins Gerät eingelegt werden muss. Die Fernschreiberin tut es. Schließlich hat sie die Fernschreibprüfung nach Leistungsstufe 4 der ZDv 59/15 mit der Note «sehr gut» abgeschlossen. Und während sie am Fax das Papierfach wieder zuklappt, springt das Gerät pfeifend und jaulend an. Das Erste, was auf dem sich einrollenden Papier erscheint, ist: *Si-Fall – keine Übung! Streng vertraulich!* Die Fernschreiberin reißt das Papier aus dem Gerät und rennt los.

Kaum ist sie aus der Tür, springt der Minutenzeiger einen Strich weiter: Montag, 16. August 1982, 2.11 Uhr in West-Berlin.

Und es ist keine Nacht mehr wie jede andere.

Als das Telefon klingelt, ist Peter Kappe noch wach. Noch oder schon wieder – er weiß es nicht, und es spielt auch keine Rolle mehr. Ein ausgebildeter Psychologe, der Angst hat und kein Mittel dagegen findet. Das ist schon tragisch. Aber nachts ist die Angst ganz anders. Am Tage sammelt sie sich in ruhigen Momenten in der linken Brustseite und beißt um sich. Dabei hat die Angst noch einen letzten Rest Respekt vor dem Tagesgeschehen im Alltag einer Mordkommission. Sie pflegt gewisse Umgangsformen. Zum Beispiel lässt sie sich von Rosi und ihrem Yogi-Tee im Zaum halten. Trotzdem möchte Kappe lieber keine ruhigen Momente riskieren.

Jetzt schnarrt ihm eine Telefonstimme durch den Morgennebel im Kopf ins Ohr, man habe eine Großlage. Treffpunkt Zentrale, in einer halben Stunde. «Keine Übung. Ich wiederhole: keine Übung!» Ausgerechnet am Montag der ersten Woche nach den großen Ferien. Die Woche, in der alle Berliner Beamten ohne schulpflichtige Kinder Urlaub nehmen. Die gesamte Chefriege ist nicht da. Kappes Chef Harry Engländer auch nicht, aber der ist zu einer Arbeitstagung zum Thema «Elektronische Datenverarbeitung» beim BKA in Meckenheim bei Bonn. Also ist Kappe, gerade frisch zum Kriminaloberkommissar befördert, jetzt die erste Garnitur. Der Morgen ist schon herbstlich kühl. Ein Wagen wartet vor dem Haus.

«Verehrter Bürgermeister, meine Herren ...»

Meine stellvertretenden Herren, müsste es eigentlich heißen. Das Lagezentrum der Schutzpolizei im Flughafen Tempelhof ist halb leer. Die wenigen Kollegen schauen genauso unsicher und verschreckt, wie Kappe sich fühlt. Drei stellvertretende alliierte Sicherheitsoffiziere, ein amerikanischer und ein britischer Oberstleutnant sowie ein französischer Major, sitzen mit ihren Dolmetschern in der zweiten Stuhlreihe. Davor der Stellvertreter des Regierenden Bürgermeisters und ein Senatsdirektor als stellvertretender Leiter der Kanzlei im Schöneberger Rathaus. Den stellvertretenden Chef der Schutzpolizei kennt Peter Kappe vom Sehen.

Vor einer Tafel steht ein breitschultriger dunkler Typ im Maßanzug. «Vielen Dank, dass Sie zu unserer kurzfristig einberufenen Lagebesprechung kommen konnten», sagt er. Der Mann hat eine angenehme Stimme. Das ist schön um diese Uhrzeit. «Major Roland Galan, Bundesnachrichtendienst», stellt er sich vor.

Sein Vater, Kriminalhauptkommissar a.D. Otto Kappe, hat Peter Kappe mal von Galan erzählt. Natürlich nur rein privat, von wegen Dienstgeheimnis. Vor Jahren haben die beiden mal zusammengearbeitet. Roland Galan eilt innerhalb der Behörden ein gewisser Ruf voraus - oder vielleicht ist es auch nur ein leises Flüstern unter der Hand, gerade laut genug, dass man es von einem Dienst zum anderen hören kann. Jedenfalls ist er in eingeweihten Kreisen der bekannteste deutsche Geheimagent. Über diesen Widerspruch kann man nur hinweglächeln und hoffen, dass das gut geht. Es heißt, Galan habe 1962 im Zusammenhang mit der Kuba-Krise als ganz junger Agent die ersten Erkenntnisse eines westlichen Nachrichtendienstes über die Stationierung von sowjetischen Mittelsteckenraketen an die USA weitergegeben. Dass der BND international eine Rolle spielt, kommt nur sehr selten vor. Nun ist Galan Mitte Vierzig, sein Gesicht ist smart, aber schon ein bisschen verlebt. Noch ist er in Form. Wenn er den Raum betritt, seufzen die Frauen, und die Männer fühlen sich arm - hört man vom BND. Wie jedes Gerücht ist auch das ungesichert, aber Legenden sind ein wichtiges Arbeitsmittel von Geheimdiensten.

«Wir haben eine Information verifizieren können, die die Sicherheitslage in West-Berlin direkt betrifft», führt der Top-Agent aus. «Bei einer Verlegung zur US-amerikanischen Militärbasis Feldstadt in Bayern ist ein Atomsprengsatz abhanden gekommen. Man vermutet dahinter eine Aktion des KGB, des sowjetischen In- und Auslandsgeheimdienstes. Wie Sie wissen, hat Feldstadt eine eigene US Air Base. Ihre Radarüberwachung zeigt den unautorisierten Start eines nicht identifizierten Flugzeuges von einem nahe gelegenen Sportflugplatz. Die Maschine verschwindet dann nach Überflug der Sektorengrenze auf dem Staatsgebiet der DDR vom Radar, bevor die Amerikaner sie abfangen können. Der Sprengsatz kann also bereits überall sein.»

«Und was hat das mit uns hier in West-Berlin zu tun?», fragt der stellvertretende Leiter der Senatskanzlei.

Major Galan nickt. «Was ich Ihnen jetzt sage, darf diesen Raum nicht verlassen.»

Minuten später geben die alliierten Stellvertreter dem stellvertretenden Polizeichef die Erlaubnis, die 3.000 Mann der West-Berliner Bereitschaftspolizei in ihren Kasernen zu alarmieren. Der stellvertretende Kanzleichef schickt ein Fax an die Deutsche Bahn: den Regierenden Bürgermeister von Weizsäcker im Schnellzug nach Kiel wecken und aus dem Sonderwagen holen.

Peter Kappe staunt, wie ruhig er die Aufgabe annimmt. Major Galan beauftragt ihn, in die Berliner Wohnung des Bundesministers für innerdeutsche Beziehungen zu fahren und dort Bericht zu erstatten. Als sein Wagen auf den Tempelhofer Damm einbiegt, sieht er bei den Knallerbsen-Sträuchern am Eingang zum Präsidium einen Schatten stehen, der ihn an Galan erinnert. Der Schatten kippt sich einen Flachmann hinter die Binde und schmeißt die leere Pulle in die Büsche.

Der Minister empfängt Kappe im Morgenmantel im Bett, in der Hand eine Sammeltasse mit Earl Grey. Kappe steht daneben, während der Mann über eine sichere Leitung erst den Staatsminister im Bonner Kanzleramt anruft. Dann wählt er die Nummer des Kanzlerbungalows, Adenauerallee 139, Bonn. Es meldet sich die Hausdame.

Peter Kappe lehnt den angebotenen Tee ab. Er schickt den Wagen weg und fährt mit der U-Bahn in die Keithstraße. Als er sich auf seinen vertrauten Bürostuhl fallen lässt, ist es 5.30 Uhr. Die ersten Sonnenstrahlen fallen auf Landsbergers Platz. Dort liegt bereits eine dünne Staubschicht. Kappe verschränkt die Arme auf der Schreibtischunterlage und legt den Kopf ab. Kurz denkt er daran, am offenen Fenster zu rauchen oder sich einen dickflüssigen Nescafé zu machen. Aber ein plötzlicher bleischwerer Schlaf hüllt alles in ein tiefwarmes, samtiges Schwarz.

Er wacht von einem süßlichen Rauchgeruch auf.

«Kappe! Guten Morgen!» Roswitha Habedanks Stimme mit dem leisen bayerischen Dialekt ruft seinen Namen.

Kappe zwingt sich, die Augen zu öffnen. Wie eine Erscheinung mit wallendem Kleid, fliegendem Lockenhaar und einem brennenden Bündel Stroh tanzt Rosi durchs Büro. Kappe springt auf. Sein Stuhl knallt zu Boden. «Es brennt!», schreit er panisch.

«Bist narrisch?», lacht sie. «Entspann dich. Ich räucher nur das Büro aus. Mit echtem Salbei! Bereinigt negative Einflüsse und trägt zu einem gesunden Raumklima bei. Fresh vibes halt, Kappe. Des brauchst am Montag! Hast hier gepennt? Hama an neuen Fall?»

Sie hat ihm einen Yogi-Tee gemacht, und er hebt seinen Stuhl auf, setzt sich und trinkt schweigend. Langsam trocknet der Angstschweiß zwischen seinen Schulterblättern. Er möchte die letzte ihm zur Verfügung stehende Kollegin wahnsinnig gerne einweihen. Wie soll er sonst effektiv arbeiten? «Ja, gewissermaßen haben wir einen neuen Fall», ringt er sich ab. «Aber ein Mord ist es nicht. Noch nicht.»

Die Rosi schwingt sich auf seinen Besucherstuhl, streicht ihr indisches Hippiekleid zurecht, zwirbelt ihre lockigen Haare mit den Fingern durch und schiebt die große runde transzendente Janis-Joplin-Brille auf die Nasenwurzel. «I bin ganz Ohr.»

«Der BND hat unseren Polizeipräsidenten um Amtshilfe gebeten», sagt Kappe und merkt selbst, wie verrückt das klingt. Er sieht auf die Uhr. «Ich habe gleich eine Besprechung mit der Senatskanzlei und den Leitern der West-Berliner Zollbehörden. Der Grenzzolldienst ist hier in West-Berlin ja dem Senat unterstellt. Du musst mir bitte ein Besprechungszimmer mit mindestens acht Stühlen besorgen, dazu Kaffee, Kekse etc. für die vier Zollkommissariate, und dazu kommen als übergeordnete Dienststellen die drei Hauptzollämter. Die werden einen Schock kriegen. Weil wir die selbstständige politische Einheit West-Berlin sind, wird die DDR ja zollamtlich als Inland betrachtet. Der Zoll macht also nur ein bisschen Export, läuft Grenzstreife und sucht höchstens mal nach geschmuggelten Intershop-Waren oder gefälschten Markenjeans.»

«Und was suchen wir jetzt?»

«Eine Bombe.»

Rosis Augen weiten sich wie unter Drogen. Sie holt scharf Luft. «Nein! Shit – doch nicht ...»

«Doch.» Kappe legt ein Foto auf den Tisch. Es zeigt einen offenbar tonnenschweren, etwa vier Meter langen weißen Stahlzylinder, einem Torpedo nicht unähnlich. «Die Besatzung einer US-amerikanischen B-47 hat in der Nähe von Feldstadt in Bayern nach einer Kollision mit einem Kleinflugzeug eine Bombe abwerfen müssen. Der Zusammenstoß war möglicherweise provoziert. Jedenfalls konnte die Bombe nicht mehr gefunden werden. Die Amis haben eine Bombe verloren.»

«Einfach so eine Bombe verloren?» Sie legt investigativ den Kopf schief, und er kann ihren Blick nicht halten. «Quasi eigentlich nur ein Bömbchen?»

«Rosi, top secret. Glaub mir einfach, die Lage ist ernst.»

«A, geh weiter, Kappe! Was ist da los?»

«Frag doch Big Bill.»

Rosi ist seit zwei Jahren mit Major Big Bill Bukowski liiert, einem Spion von der Military Liaison Mission der US Army. Außerdem ist er Bluesbassist und ein verdammt netter Kerl.

Aber Rosi sagt eine Spur zu beiläufig: «Zeitverschwendung», sodass Kappe sie sofort mit einem sorgenvollen Blick bedenkt. Reiner kriminalpolizeilicher Reflex. Sie dreht ihre langen Locken zu einem lockeren Zopf. «Ach, geh», winkt sie ab. «I denk nur manchmal, vielleicht ist der doch zu jung für mi. Der lacht immer. Für den ist immer alles *awesome*.»

«Hier sind alle Männer zu jung für dich.» Kappe zuckt die Schultern. «Spielt das eine Rolle?»

«Ich will mich ja nicht lächerlich machen», sagt Rosi und setzt sich sehr gerade hin. «Also schieb ich's auf diese vordergründige Positivität der Amis. Nervt halt.»

«Das ist mir auf meinen Besuchen bei meiner Tochter in New York schon aufgefallen. Wie toll alles ist, sagen dir die Amis so oft, bis dir die Ohren bluten. Selbst wenn sie eine Bombe verloren haben.»

«Und woaßt eh, dass der Bill der beste Bassist, aber auch der grausligste Spion in der Stadt is», unkt Rosi und atmet tief durch. «Der red einfach z'vui. Also, i woaß es eh, Kappe.» Ihr Blick wandert aus dem Fenster ins Nichts. «Es ist eine Atombombe, hob I recht?» Kappe will protestieren, aber sie schiebt nach: «Keine Angst, von mir erfährt niemand ein Sterbenswörtchen.»

Kappe ergibt sich in sein Schicksal. Außerdem ist es ganz schön, mit jemandem offen reden zu können. «Von der Air Force heißt es, die Bombe hat keinen nuklearen Kern enthalten. Aber der Kommandant der B-47 hat dem BND das Gegenteil erzählt. Er sagt allerdings auch, dass die Bombe keinen Zünder gehabt hat. Deshalb ist sie auch nicht explodiert.»

«Saubande!», flucht Rosi.

Es bleibt unklar, wen sie meint. Aber Kappe findet, sie hat in jedem Fall recht. Er steht auf und greift nach dem Foto der Bombe. «Und, Rosi: Versuchst du bitte, den Kollegen Landsberger zu erreichen?»

Rosi wirft das noch immer vor sich hin kokelnde Räucherbündel ins Handwaschbecken. «Der ist doch in die Lüneburger Heide», grantelt sie.

«Nee. Da habe ich auch neue operative Erkenntnisse. Ruf bei ihm zu Hause an. Schickt jemanden im Polizeisportverein vorbei. Notfalls schreib Landsberger zur Fahndung aus. Was auch immer er gerade tut, er soll sich auf jeden Fall vom Checkpoint Charlie fernhalten. Wenn ihm sein Leben lieb ist.»

Rosi nickt wie in Trance. Kappe kramt seine Zahnbürste und den elektrischen Rasierer aus dem Schreibtisch. Während er sich auf der Herrentoilette restauriert, muss er an seine Eltern denken. Wahrscheinlich sitzen sie gerade am Küchentisch und genießen ein gemütliches Frühstück mit Toast und Ei. Mittlerweile ist ja auch Kappes Mutter Rentnerin. Die beiden sind halbwegs gesund und genießen das Leben. Soll er sie anrufen und warnen, quasi kurzer Dienstweg? Immerhin kann ihrer aller Existenz jederzeit ausgelöscht werden. Aber dann wiederum – was würde es nützen,

Panik zu verbreiten? Würden die beiden beim *Berliner Blitz* anrufen? Oder nochmal nach Ost-Berlin fahren, dessen Museen sie neuerdings für sich entdeckt haben? Oder im Sonnenuntergang auf ihrem Charlottenburger Balkon eine letzte ganze Schwarzwälder Sahnekirschtorte essen, quasi auf ex?

Zwanzig Minuten später, Besprechungsraum 2. An der Wand hängen Schwarz-Weiß-Poster von Mahatma Gandhi. Auf dem Besprechungstisch stehen kleine Tabletts mit Thermoskannen, Tassen und jeder Menge Keksen. Die Kollegen vom Zoll langen zuerst kräftig zu, aber nach den üblichen Begrüßungsfloskeln sagt Kappe es ihnen. Sie starren Peter Kappe entsetzt an. «Eine Si-Lage?»

Kappe nickt. «Einsatzstufe Berta. Höchste Geheimhaltungsstufe. Kontrollieren Sie den Güterfrachtverkehr aus der DDR gründlich, durchsuchen Sie alle Privat-Pkws.»

«Woher sollen wir die Leute dafür nehmen? Ich kann ja hier leider keine Unterstützung aus anderen Bundesländern anfordern, wie es in Westdeutschland gang und gäbe ist.» Das ist den Zollvorstehern zu viel Action, man sieht es ihnen an.

«Lassen Sie sich etwas einfallen. Ziehen Sie Ihre Leute von den Personenkontrollen am Flughafen ab. Das kann auch die Schutzpolizei machen.»

«Mobilisieren Sie die Freiwillige Polizeireserve?»

«Das diskutieren wir gerade. Im Moment haben wir noch Einsatzstufe Berta, Großlage. Nicht Caesar, Verteidigungsfall. Noch nicht.»

«Was sagen wir unseren Kollegen, wonach sie suchen sollen?»

Ein Schauer durchläuft Kappe angesichts der arglosen Gesichter der Zöllner. Er schluckt hart. «Wir suchen nach einem schweren Maschinenteil», sagt er. «Wahrscheinlich ungefähr vier Meter lang, vielleicht auch in Einzelteilen. Von der Form her zylindrisch. Wie eine Gasflasche oder ein Druckluftzylinder für einen linearen Antrieb.»

«Das klingt nach Munition. Haben Sie nicht so etwas wie eine Abbildung aus dem Identifizierungskatalog?»

Ja, das hat Kappe, kann er aber leider nicht herausgeben. Damit hier keinen der Schlag trifft. Aber auch, damit es nicht morgen auf dem Titelblatt des *Berliner Blitz* prangt. «Keine Munition», sagt er. «Beschlagnahmen Sie einfach jedes Maschinenteil, das Sie nicht einwandfrei identifizieren können. Sollten Sie den Verdacht haben, es handelt sich um Munition oder Anscheinsmunition, dann gehen Sie nach der Vorschrift vor, die die Entschärfergruppe des LKA KTI 24 – Explosivstoff- und Kampfmittelangelegenheiten ausgearbeitet hat. Im Zweifel rufen Sie den Fachgruppenleiter an. Der Kollege heißt Dr. Arved Muckler, steht alles hier drin.» Kappe schiebt die kopierten Vorschriften über den Tisch.

«Warum sollten die Russen ein Maschinenteil nach West-Berlin bringen? Und wer sollte das denn hier in Empfang nehmen?»

«Der BND verzeichnet derzeit verstärkte Aktivitäten der Staatssicherheit, Hauptabteilung Aufklärung. Es wurden Stasi-Stützpunkte in West-Berlin aufgebaut und inoffizielle Mitarbeiter angeworben. Mehr kann ich Ihnen dazu leider auch nicht sagen. So, und jetzt an die Arbeit, Kollegen!»

Als Kappe wieder in sein Büro kommt, ist die Post gerade durch. In seinem Eingangskorb liegt ein etwa zwanzig Zentimeter hoher Stapel. Ganz oben auf dem Stapel leuchtet eine Postkarte mit Altstadtfotos, darüber ein geschwungener Schriftzug *Wunderschönes Wiesbaden*. Kappe kennt niemanden, der verreist ist, und schon gar nicht nach Wiesbaden. Verwundert dreht er die Karte um. Die Handschrift kennt er auch nicht. Aber die Postkarte ist eindeutig an die Keithstraße adressiert, zu Händen der 6. Mordkommission. Die flüchtig aufgeklebte 80-Pfennig-Briefmarke zeigt Theodor Heuss. «Hast du das schon gesehen?», fragt er und gibt Rosi die Karte.

«Wer schreibt uns denn a Karten?», wundert sie sich. «Hm.

Poststempel aus Wiesbaden. Und keine Anrede, nur ein Text: *In Stuttgart wird um 18 Uhr die Fahndung nach Paul F. ausgelöst, der dringend verdächtig ist, als Inhaber einer dubiosen Bauträgerfirma Kundenersparnisse veruntreut zu haben. Zwei Minuten später: Auf dem Flughafen in Hamburg reicht ein Fluggast dem Beamten zur Passkontrolle vor Flugantritt seines Fluges nach Übersee seinen Reisepass. 18.03 Uhr: Der Fluggast wird festgenommen. Es ist der gesuchte Paul F.* – So an Schmarrn! Wie soll des gehen?»

«Paul F.? Sagt mir nichts. Wahrscheinlich ein blöder Witz von Landsberger, der seinen Urlaub vortäuschen wollte.» Kappes Telefon beginnt zu klingeln.

«Nicht Landsbergers Handschrift.» Rosi dreht die Karte noch ein paarmal hin und her. Erst will sie sie an die Korkpinnwand hinter ihr heften, an der schon Urlaubspost aus London, Paris und Mallorca hängt. Dann steckt sie sie in einen Asservatenbeutel. Sie haben keine Zeit für so einen Quatsch, aber man weiß ja nie. Kappe nimmt mit der einen Hand den Hörer ab und schmeißt mit der anderen die restliche Post vor Rosi auf den Tisch.

Dr. Elke Ostermann wirbelt durch die Drehtür der Hauptstelle für Befragungswesen am Hohenzollerndamm 150. Sie knallt die Absätze ihrer Pumps auf den Marmorboden. «Major von Pussinske erwartet mich!», peitscht sie dem Pförtner ihre Stimme um die Ohren. Der Mann heißt Schimmelpfennig, weiß sie. Es steht auf dem Schild an seinem Revers. Er sieht heiratsschwindlerisch aufgebrezelt aus, billiges Rasierwasser, glattrasiert, schwarz gefärbte Schläfen. Sie lässt ihre Visitenkarte vor ihm auf den Marmortresen aufschlagen wie ein As von Tennisstar Martina Navratilova.

Aber Schimmelpfennig ist offensichtlich freier West-Berliner. Wenn so einer gerade *B.Z.* liest und an einem Käsebrot kaut, dann könnte auch der Kaiser von China vorm Tresen stehen. Ostermann sieht Schimmelpfennig an, dass er sie, die lästige Frau Doktor, in einer Sitzecke parken will. Aber dann beäugt er sie, und er findet sie eigentlich ganz knorke. Klar, Berliner stehen auf Frechheit. Elke Ostermann merkt, wie ihr Herrenanzug mit den breiten messerscharfen Schulterpolstern auf das einfache Gemüt des Pförtners wirkt. Eigentlich ist sie eher eine lange Dürre, aber die Mode hilft ihr. Frauen haben ja jetzt auch beruflich etwas zu sagen, oder zumindest hätten sie das gerne. Die voluminöse knallrote Bluse mit dem riesigen Rüschenkragen umrahmt ihren Hals wie eine Papiermanschette eine langstielige dornige Rose. Elke Ostermann trägt die Haare kurz, blond und mit viel Haarsprayvolumen auf Außenwelle modelliert. Die Frisur erinnert an Prinzessin Diana. Sie hat auch diese Aura – sie sieht in den Augen des Pförtners Schimmelpfennig, dass er merkt: Hoppla, irgendwas ist da, etwas Doppelbödiges.

Er legt das Käsebrot weg und schmettert: «Ihren Ausweis, bitte!»

Visitenkarten sind natürlich unter seiner Würde. Schließlich ist er Schwellenhüter einer Außenstelle des Bundesnachrichtendienstes.

Schimmelpfennig vergleicht den Ausweis mit einer Liste. «Mensch, hier habe ich Sie doch, die Frau Dr. Ostermann!» Er kommt auf Touren und knipst sein Fünf-Sterne-Plus-Lächeln an. «Wir sind aber nicht zum letzten Mal da, wa?»

Sie schüttelt huldvoll lächelnd den Kopf. Der Heiratsschwindler flattert um den Tresen herum. Er nimmt ihr Handtasche und Mantel ab und schließt sie in einem Garderobenfach ein. Dann fährt Schimmelpfennig übertrieben lustvoll – so kommt es ihr vor – die Kontouren ihres Körpers mit einem Metalldetektor in der Form eines Tennisschlägers ab.

«Nehmen Sie einen Moment Platz», flötet er. «Ich rufe Pussi für Sie an.»

«Pussi?», fragt Elke Ostermann mit hochgezogenen Augenbrauen.

«Pussinskes Spitzname hier beim Dienst», flüstert ihr der Heiratsschwindler zu.

«Sehr nett, dass Sie ihn für mich anrufen», flüstert sie ironietriefend zurück. «Was würde ich nur ohne Sie anfangen, Herr Schimmelpfennig?»

«Wie wär's», grinst der zurück, «wenn Sie etwas *mit* mir anfangen?»

Elke Ostermann lächelt das weg. Von Respekt hält hier offenbar niemand viel. Die Hauptstelle für Befragungswesen untersteht direkt dem Kanzleramt. Das heißt, in ganz West-Berlin hat den BND-Agenten keiner etwas zu sagen.

Major Ottmar von Pussinske holt Elke Ostermann im Foyer ab. Er greift nach ihrer Hand und deutet einen Handkuss an. Elke Ostermann weiß, dass Agenten wie von Pussinske – ältlich, Mund wie ein Briefschlitz, schlecht sitzender grauer Anzug, Pomade im dünnen Haar – haufenweise hier in dieser klassisch-monumentalen ehemaligen Nazi-Kaserne des Wehrkreiskommandos III auf einem parkähnlichen Areal in Schmargendorf sitzen. Sie bilden sich ein, sie hätten in West-Berlin alles im Griff. Ihre offizielle Aufgabe ist die Befragung von Asylbewerbern und DDR-Flüchtlingen. Ihre inoffizielle Aufgabe: alles, was anfällt.

Und dazu braucht Major Pussi jetzt eine Spezialistin wie Frau Dr. Ostermann. Er wedelt sie in den Fahrstuhl und durch die Amtsgänge in sein kärgliches dunkelbraunes Büro. Es riecht nach Nadelholzteer. Als Pussi hinter seinen Schreibtisch tritt, schiebt er die oberste Schublade mit dem Knie zu. Elke Ostermann erhascht einen Blick auf eine verstaubte Pistole und eine Flasche *Pitralon*-Aftershave. Sie nimmt auf seinem Besucherstuhl Platz.

«Ein ziemlich zierliches Schießeisen haben Sie da in Ihrem Schreibtisch», sagt Elke Ostermann. «Passt eigentlich mehr zu einer Frau, finden Sie nicht?»

«Verstehen Sie etwas von Waffen, Frau Dr. Ostermann?»

«Nein, aber von Frauen.»

«Darf ich Ihnen einen Kaffee anbieten?», näselt von Pussinske verschnupft.

«Tee. Schwarz. Mit viel Milch und braunem Kandiszucker»,

nickt sie. Es ist einfach, eine schwierige Frau zu sein. Deshalb gibt es auch so viele davon.

Major von Pussinske ruft über eine Gegensprechanlage im Sekretariat an und bestellt die Getränke. «Zur Sache, Frau Dr. Ostermann. Major Galan und ich holen Sie morgen um 7 Uhr am Schloss Charlottenburg ab. Eine schwarze Limousine mit dunklen Scheiben. Seien Sie pünktlich. Wir erwarten *Zar* im Laufe des Vormittags.»

«*Operation Zar* also?»

Bevor von Pussinske antworten kann, öffnet sich die Tür, und eine Platinblonde betritt das Büro. Sie stellt ein Tablett ab und verschwindet. Sogar braunen Kandis gibt es. Vielleicht war die Platinblonde zwischendurch schnell im KaDeWe.

Von Pussinske atmet tief durch und schenkt ein. «Ein Bote bringt das Fabergé-Ei. Sie bestätigen die Echtheit. Major Galan übergibt das Geld. Der Bote geht. Sie planen eine Sonderausstellung und setzen das West-Berliner Kunstgewerbemuseum auf die internationale Landkarte. Genau rechtzeitig zur Eröffnung des Neubaus am Kulturforum in drei Jahren.»

«Das klingt sehr einfach.»

«Wir machen oft unproblematische Geschäfte mit der KoKo. Der Osten braucht das Geld.»

«Wie lange habe ich Zeit, um das Ei zu untersuchen?»

«Ein paar Minuten vielleicht.»

«Das ist wenig.»

«Sie gelten als internationale Kapazität auf dem Gebiet der kaiserlichen Fabergé-Eier», sagt er.

«Ich bin eine internationale Kapazität für osteuropäisches Kunstgewerbe, Schwerpunkt Goldschmiedearbeiten.» Elke Ostermann schlägt die Beine über und nippt an ihrem Tee. «Ich stamme aus einer alten Leningrader Apothekerfamilie. Ich habe über Peter Carl Fabergé promoviert, den russischen Hoflieferanten, Juwelier und Goldschmied, ebenfalls aus Leningrad. Also damals hieß das natürlich Sankt Petersburg. Selbstverständlich wissen Sie, dass

Zar Alexander III. bei Fabergé 1885 das Hennen-Ei in Auftrag gab, das erste der kaiserlichen Prunkeier. Er schenkte es seiner Gattin Maria Fjodorowna zu Ostern. Sie war begeistert von der feinen Goldschmiedearbeit, und so wurden die kaiserlichen Ostereier zu einer Tradition, die auch der Zarensohn bis zu seinem Sturz 1917 fortführte. Insgesamt existieren 52 Eier in der sogenannten imperialen Qualität, zwei davon unvollendet. Die meisten lassen sich aufklappen und enthalten eine Überraschung. Das Hennen-Ei enthielt zum Beispiel kleine Eier aus Rubinen. Leider sind sie über die Jahre verschwunden.»

«Jaja. Entweder Sie können ein echtes Fabergé-Ei auf den ersten Blick von einer Fälschung unterscheiden oder nicht.» Von Pussinske schnipst unangenehm fahrig mit seinem Kugelschreiber.

Irgendwie eine Beleidigung, findet Elke Ostermann, zwingt sich aber trotzdem zu einer sachlichen Antwort: «Gefälschte Eier gibt es viele, wir nennen sie Fauxbergé. Die echten Eier haben Herkunftspapiere – am besten ist hier eine Originalrechnung oder Skizze aus der Werkstatt von Fabergé. Und sie sind punziert – also gestempelt in kyrillischer Schrift *KF Karl Fabergé Hoflieferant*, dann noch eine Goldpunze. So ein Ei kann leicht mehrere Millionen Dollar wert sein. Acht Eier sind allerdings seit der Russischen Revolution verschollen.»

«Also, würden Sie nun ein echtes Ei erkennen oder nicht?»

Elke Ostermann lacht. «Eine absurde Frage, Pussi. Ich darf doch Pussi sagen?»

«Natürlich nicht.» Jetzt sieht er beleidigt aus.

«Selbst mit verbundenen Augen würde ich ein Fabergé-Ei erkennen. Die verschollenen Eier sind so etwas wie der Heilige Gral meines Spezialgebiets.»

«Das ist erst mal das einzige, was morgen zählt», sagt von Pussinske und räuspert sich auf die schleimig-raspelnde Art eines degenerierten Adligen. «Und jetzt erzähle ich Ihnen noch eine Geschichte. Stellen Sie sich vor, Sie würden in der DDR leben. Sie haben einen Ausreiseantrag gestellt. Das Regime lässt durchblicken, dass man Ihnen da entgegenkommen könnte. Wenn nicht das DDR-Kulturgutschutzgesetz wäre. Das heißt, Ihre Kunstsammlung reist leider nicht mit Ihnen zusammen aus, sondern muss in der DDR bleiben. Sobald Sie ausgereist sind, verkauft das Regime Ihre Sammlung natürlich auf eigene Rechnung weiter in den Westen und streicht die Devisen ein. Seit 1973 hat die DDR hierfür eine Kunst- und Antiquitäten GmbH, das ist ein zentraler Außenhandelsbetrieb für den Export. Er ist Teil des Firmenkonglomerats Kommerzielle Koordinierung unter Ullrich Uhlig, den kennt man ja. Hier werden Millionen Valutamark erwirtschaftet. Die Sozis müssen ihr Außenhandelsdefizit ausgleichen.»

«Was habe ich damit zu tun?»

«Für Sie sind das gute Nachrichten. Die DDR hat ihre Museen bereits ausgeblutet. Der Nachschub an Kunst wird knapp. Die Devisenjäger nehmen jetzt die Kunstsammler ins Visier, die nicht ausreisen wollen. Ihre Sammlungen werden auf Basis eines angeblich stark gestiegenen Zeitwerts geschätzt, und dann sollen sie Steuern zahlen. Wenn die Sammler dann Steuerschuldner sind und nicht zahlen können, bieten die Apparatschiks ihnen an, statt einer Zahlung die Kunst rauszugeben. Das sind eigentlich kalte Enteignungen, wie es die Nazis auch gemacht haben. Wir profitieren davon. Wir kaufen den Plunder billig und bauen uns Museen von Weltruf auf.»

Elke Ostermann kann ein leises Zittern in der Stimme nicht verbergen. «Ein verschollenes Ei wäre eine Weltsensation. Ein Millionenwert. Wenn ich darüber publiziere und es dann ausstelle ...»

«Ja. Dann sind Sie bald Direktorin vom Metropolitan in New York. Ein Millionenwert, und wir knöpfen es unseren Zonis für ein paar D-Mark ab», sagt von Pussinske und fixiert sie über den Rand seiner Tasse.

«Da habe ich keine Skrupel.» Sie zuckt die Schultern. «So funktioniert das halt im Kapitalismus. Ich zahle Steuern, und der

BND kauft mir davon ein Fabergé-Ei für mein Museum. Es ist alles ein bisschen glamouröser als im Osten.»

«Da kaufen die von ihren paar Pimperlingen lieber Kartoffeln. Aber nicht vergessen, der BND ist eine Behörde.» Von Pussinske zeigt auf sein verstaubtes Büro. «Das ist längst nicht so Kiss-Kiss-Bang-Bang wie im Kino.»

Elke Ostermann steht auf. «Sie meinen, ich bekomme morgen keinen Martini?»

«Es kann nicht schaden, wenn Sie heute Abend noch ein handschriftliches Testament aufsetzen.» Von Pussinskes Augen funkeln böse. «Wie ich hörte, sind Sie nicht unvermögend.»

«Wie meinen Sie das, Pussi?»

«Ich meine, dass man nie wirklich alle Geheimnisse auch geheim halten kann. Schlafen Sie gut, Frau Dr. Ostermann. Morgen ist ein entscheidender Tag in Ihrer Karriere.»

Moskau, ein Konferenzsaal im Kreml. Modernste Technik. Tischtelefone, Mikrofone. Die Leinwand zeigt eine Weltkarte. Die Sowjetunion ist sehr groß und knallrot, die USA gelb. An der Wand daneben prangen rechts ein überlebensgroßes Leninportrait, links das Staatswappen der Sowjetunion mit Hammer, Sichel und Wahlspruch *Proletarier aller Länder, vereinigt euch!*

Die Mitglieder des Politbüros des Zentralkommitees der Kommunistischen Partei der Sowjetunion sitzen mit wächsernen Gesichtern in beigefarbenen Ledersesseln an einem multifunktionalen Konferenztisch.

Der Generalsekretär der KPdSU ist 76 Jahre alt und schwer krank. Trotzdem wird er als Vorsitzender des Präsidiums des Obersten Sowjets, das heißt als Staatsoberhaupt immer wiedergewählt. Er ist ein Apparatschik mit gemäßigten Ansichten, Arterienverkalkung im Gehirn, mehreren Schlaganfällen und vier Orden «Held der Sowjetunion» am Revers. Langsam hebt er seinen schweren grauhaarigen Kopf. Das Gesicht mit den buschigen Augenbrauen verzieht sich unwillig.

«General Semjonow, Sie haben General Gogols Bericht zu den Gesprächen über die gegenseitige Abrüstung in Europa gelesen?», fragt er einen Mittvierziger zu seiner Rechten mit goldroten Epauletten und olivbrauner ordenüberladener Uniformbrust.

«Sie kennen meinen Standpunkt, Genosse Vorsitzender.» General Semjonow steht auf. «Warum sollten wir unsere Überlegenheit in Europa ohne Not aufgeben?», sagt er, und seine Stimme bebt vor unterdrückter Wut. Er zieht eine Fernbedienung, zielt auf ein Wandpaneel und drückt ab, als sei es eine großkalibrige Makarow. Das Wandpaneel fährt beiseite und gibt einen Bildschirm frei. Er zeigt eine Karte von Europa. «Unsere Strategen haben mit der neuen Computertechnologie ein Szenario ausgearbeitet. Unter meinem Kommando stehen fünf Armeen allein in der DDR mit einer Gesamtstärke von 370.000 Mann und 1.020 Flugzeugen der 16. Taktischen Luftflotte – die stärkste Massierung sowjetischer Truppen in Mittel- und Südosteuropa. In den Sonderwaffenlagern Himmelpfort und Stolzenhain lagern wir schon seit Jahren nukleare Sprengköpfe, die wir im Kriegsfall an Einheiten der NVA ausgeben werden. Auf bedeutenden Militärflugplätzen wie Großenhain und Altenburg liegen ebenfalls Atomwaffen.» Auf dem Bildschirm erscheinen rote Pfeile, die von Ostdeutschland, Polen, der Tschechoslowakei und Ungarn über Österreich und Westdeutschland nach Holland, Belgien und Frankreich zeigen. General Semjonows helle Augen leuchten vor Stolz. «Auf diesen Achsen werden unsere Panzerdurchbruchsbatallione vorstoßen. Mit den T-10-Panzern starten wir einen Angriff auf breiter Front in alle strategischen Richtungen. Ein Blitzkrieg mit überraschendem Zuschlagen, mit hohem Tempo bei Tag und Nacht und hoher Beweglichkeit. Wir nennen diese Angriffsdoktrin *Zum Rhein in sieben Tagen*.»

Staunendes Schweigen. Dann springt General Gogol auf und schreit: «Die NATO wird mit einem atomaren Gegenschlag antworten!»

«Wir sind auf jede Art von Verteidigungsstrategie vorbereitet, Genosse General», schnarrt Semjonow und marschiert mit hochrotem Gesicht auf Gogol zu, als rücke er schon auf den Rhein vor. «Die USA haben allerhöchstens zehn kampfbereite Divisionen in Europa. Unter meinem direkten Kommando stehen allein in der DDR 31 Divisionen, fünf in der Tschechoslowakei sowie 60 weitere an der sowjetischen Westgrenze.»

Der alte Generalsekretär steht mühsam auf. «General Semjonow, setzen Sie sich. Haben wir nicht genug innenpolitische Aufgaben? Der Sozialismus wird sich mit friedlichen Mitteln verbreiten. Unsere Militärstrategie ist rein defensiv.»

«Genosse Vorsitzender», hebt Semjonow an. «Verstehen Sie nicht? Der Westen ist uneinig und dekadent! Wir sind 10:1 überlegen und werden zu jedem Zeitpunkt an jedem strategischen Ort über ...»

«Semjonow, Sie wollen Krieg führen, nur um Ihre Expansionsgelüste zu befriedigen?» Gogol schüttelt den Kopf. «Das ist Wahnsinn, Genosse General!»

Der Vorsitzende wirft auch Gogol einen Blick zu, der ihn zum Schweigen bringt. «Schluss damit. Der XXVI. Parteitag der KPdSU hat im vergangenen Jahr die friedliche Koexistenz als Generallinie der sowjetischen Außenpolitik bestätigt», sagt er. «Und jetzt zum nächsten Tagesordnungspunkt.»

General Walerian Borissowitsch Semjonow lässt sich in seinen Konferenzsessel fallen und lehnt sich mit verschränkten Armen zurück. Er sieht Gogols leises Gewinnerlächeln. Semjonow hat so dermaßen genug von diesen alten verrottenden Männern. Warum haben sie keinen Ehrgeiz? Natürlich geht es letztendlich darum, dass der Genosse Vorsitzender Ukrainer ist, genauso wie Gogol. Keinen Mumm, diese Ukrainer. Zu verwestlicht. In Semjonows Herzen zündet etwas, heiß wie eine Kernschmelze. Er hat ein Ass im Ärmel, und er wird es ziehen.

Draußen ist eigentlich ein ganz schöner Sommertag. Aber Peter Kappe hat keine Zigaretten mehr, und das Linoleum auf der dritten Etage des Reviers in der Keithstraße hat er auch schon durchgelaufen. Er muss sich mal bewegen, traut sich aber nicht, sich zu weit von seinem grünen Tastentelefon zu entfernen. Man kann auch nicht den ganzen Tag davor sitzen und warten. Ganz West-Berlin ist ohnehin davon überzeugt, dass in den Dienststellen nur Beamte mit einem Wecker im Schreibtisch arbeiten, die sich tagsüber die Ärmelschoner durchliegen.

Als er gerade auf der Toilette war, hat Rosi endlich Landsberger erreicht. «Er sagt, es tut ihm leid, dass er uns nicht eingeweiht hat. War ihm unangenehm. Aber er kann sich nicht vom Checkpoint Charlie fernhalten. Sie haben dort morgen noch einen Wiederholungsdreh.»

Kappe flucht vor sich hin. Er hat keine Ahnung, was er konkret befürchtet, denn wenn am Checkpoint eine Atombombe explodiert, dann ist es vermutlich egal, ob man gleich verdampft oder auf seinem Sofa in Neukölln ein paar Millisekunden später. Aber wenn einen der Galan vom BND schon warnt, wird es nicht bloß aus Daffke sein.

Ein paar Stunden später klingelt das Telefon wieder: Der Zoll hat eine Lkw-Ladung mit knallroten Splitterbomben ohne Leitwerk beschlagnahmt. Kappe schickt die Kriminaltechnik los, aber die stellt fest, dass es sich um halbfertige Feuerlöscher handelt. Zur Endmontage werden sie nach West-Berlin gebracht. Denn dann lacht dem Hersteller die Berlinzulage. Kappe und der Kollege vom Zoll lachen auch – vor Erleichterung.

Rosi schlägt die Zeit tot. Zuerst hat sie das ganze Büro umgeräumt, die Blätter der Zimmerpflanzen mit Blattglanzspray poliert, die Akten abgestaubt, die letzten Vorgänge sortiert. «Nimm dir doch frei», sagt Kappe. Er denkt, vielleicht will sie die Zeit, die ihnen noch bleibt, mit Big Bill verbringen. Aber Rosi starrt Kappe an, und Kappe starrt das Telefon an.

«Geh doch bitte mal in die Büromaterialausgabe und lass

dir 800 Büroklammern, 400 Reißzwecken und drei Radiergummi abzählen», schlägt Kappe vor. «Und bring mir Zigaretten mit.»

Rosi murmelt, ob es sonst nichts Wichtigeres zu tun gebe angesichts des Weltuntergangs, zieht aber los. Kappe fragt sich das auch. Er schaut auf die Uhr, macht Landsbergers Radio an und sucht AFN. Ein bisschen Soulmusik kann nicht schaden. Früher hat er immer *Frolic At Five* gehört, aber das ist eine Jugendsendung, und Kappe fühlt sich alt. Er kramt in seinem Schreibtisch, findet eine leere Kladde und schlägt sie auf. «Für meine Tochter Tabea», schreibt er auf die erste Seite. Aber was schreibt man an ein zehnjähriges Kind, dass man seit zwei Jahren nicht gesehen hat? «Ich denke jeden Tag an dich», schreibt er. Dann starrt er auf die leeren Linien, bis sie anfangen zu tanzen.

Es klopft an der Bürotür. Kappe zieht einen Aktendeckel über die Kladde. In der Tür steht Major Roland Galan vom BND. Überrascht steht Kappe auf. «Oh, Herr Major. Kommen Sie rein.»

«Kriminaloberkommissar Kappe», liest Galan vom Türschild ab. «Sie sehen ja noch schlechter aus als heute Nacht, Mann. Wer hat Sie denn vom Kreuz abgehängt?» Der Agent lächelt verwegen und hat die Hände in den Taschen seiner Maßanzughose vergraben.

«Als einfacher West-Berliner Beamter beeindruckt mich eine Großlage halt. Gibt's was Neues? Ich meine, außer dass wir alle sterben werden?»

Galan schüttelt den Kopf. «Ach, bleiben Sie locker. Bei geheimdienstlichen Konflikten wird selten etwas so heiß gegessen, wie es gekocht wird. Die USA hatten in den letzten vierzig Jahren sicherlich 700 Zwischenfälle mit Kernwaffen zu verzeichnen. Und sie vermissen insgesamt mindestens 17 Atombomben. Von den anderen Atommächten weiß man es natürlich gar nicht, Kappe. Nur, wenn ein sowjetisches Atom-U-Boot sinkt, kriegen wir hier etwas davon mit. So ist das eben. Und Sie? Haben Sie Familie? Kinder?»

«Ja», sagt Kappe. Er schluckt das Detail runter, dass seine

geschiedene Frau mit einem Schering-Pharmavertreter in der Nähe von New York lebt. Zu allem Unglück ist der Mann sogar Vertreter für Androcur, ein künstliches Hormonpräparat gegen männliche Hypersexualität. Aber vielleicht weiß Galan das. Vielleicht nimmt er das Zeug selbst.

«Gefällt mir», nickt Galan. «Sie sind ein solider, pflichtbewusster Typ. Man sagt, Sie sind Polizist in dritter Generation?»

Kappe nickt. Immer, wenn das Thema aufkommt, fühlt er sich wie ein sehr müder Untoter, verdammt dazu, durch dieses Amt zu spuken bis in alle Ewigkeit. «Kaffee?», fragt er. «Gibt aber nur Nescafé. Oder Sie warten, bis die Kollegin Ihnen einen Yogi-Tee ...»

Galan winkt ab. «Hören Sie zu, Mann. Ich bin hier, um Sie von einem Einsatz in Kenntnis zu setzen.»

Reflexartig greift Kappe zu einem Bleistift. Dann fällt ihm etwas auf. «Dürfen Sie denn in West-Berlin überhaupt operativ tätig werden? Das wollte ich Sie heute Nacht schon fragen.»

Galan seufzt. «Spione machen ihre eigenen Regeln. Hier in West-Berlin stehen wir auf ziemlich verlorenem Posten. Die Verluste unter den V-Leuten nach dem Mauerbau konnten wir nie kompensieren. Es ist uns nie gelungen, in die obersten Chefetagen der politischen Führung der DDR einzudringen. Die Amis und Tommys sitzen auf dem Horchposten Teufelsberg, und wir sitzen in unserer Station in Spandau, und alle versuchen, den Wegfall menschlicher Quellen durch technische Spionage zu kompensieren. Im Drei-Schicht-System hören wir den Funkverkehr der NVA und der Warschauer-Pakt-Staaten ab. Aber einen richtigen Erfolg hatten wir schon lange nicht mehr.»

«Am Teufelssee kenne ich mich aus», sagt Kappe, aber Galan geht nicht darauf ein.

«Wir Spione freuen uns jedes Jahr auf das Deutsch-Amerikanische Volksfest», sagt er. «Sobald das Riesenrad am Hüttenweg in Zehlendorf aufgebaut ist, verstärkt es die Weiterleitung und verbessert den Funkempfang deutlich.»

«Ist das nicht langweilig, was Sie da abhören? Diese ganzen banalen Alltagsinformationen. *Wie geht es dir? – Mir geht es gut!*»

«Es ist immer interessant, was der andere denkt. Auch wenn es der beste Freund ist. Man weiß ja nie, wie lange das so bleibt.»

«Worum geht's bei dem Einsatz, von dem Sie mir erzählen wollten?»

«Wir ziehen morgen einen hochkarätigen Deal durch. Top secret.»

«Wo?», fragt Kappe.

«Checkpoint Charlie.»

Kappe atmet tief durch. «Wie sichern Sie die Aktion ab?»

«Machen Sie sich keine Gedanken, Kappe. Das ist ja im amerikanischen Sektor, die Station W.B. hat uns die Operation abgesegnet. Ich wollte nur nicht, dass Sie es über den Flurfunk erfahren. Es gibt ein offizielles Amtshilfeersuchen auch hierfür, und wir haben ein paar Scharfschützen auf den Dächern.»

Kappe denkt an Landsberger, der keine Ahnung hat. «Ich habe einen Freund und Kollegen, wissen Sie. Er ist Hobbyschauspieler. Jetzt hat er ein Rolle im nächsten 007. Die drehen morgen am Checkpoint Charlie.»

«Ich habe davon gehört», sagt Galan. «Ein irrer Zufall, was? Ich meine – der berühmteste Spion der Welt am gefährlichsten Ort der Welt! Und ich ziehe dann auch noch parallel eine verdeckte Operation durch!»

«Ich will dabei sein!», ruft Kappe aus einem plötzlichen kriminalistischen Instinkt heraus. «Ich werde hier verrückt, wenn ich immer nur das Telefon bewache. Die wichtigsten Fäden laufen doch eh bei Ihnen am Hohenzollerndamm zusammen, es ist ja Ihre Mission.»

«Sie wollen dabei sein? Das geht natürlich überhaupt nicht.» Galan spielt mit seinem Autoschlüssel. Kappe kommt es so vor, als zitterten dem Major die Hände.

«Sagten Sie nicht, Sie machen Ihre eigenen Regeln?», erinnert er ihn. «Sagten Sie nicht, Sie hatten schon lange keinen Erfolg mehr? Nehmen Sie mich mit, ich bin gut!»

«Aber überhaupt nicht befugt.»

«Letzten Freitag war der 13. August, der Jahrestag des Mauerbaus. Die Dreharbeiten am Checkpoint Charlie wird die DDR als Provokation verstehen.»

«Soll sie. Nicht Ihre Baustelle, Kappe, sondern meine.» Fahrig streicht er sich durch die Haare.

«Major Galan, es ist eigentlich nicht mein Stil. Aber ich will Ihnen die Entscheidung etwas leichter machen. Mein Vater ist ja auch Polizist gewesen, und er kennt Sie von einem früheren Fall. Er hat mir gesagt, dass es beim BND normal sei, dass gesoffen wird. Martini auf Staatskosten, geschüttelt oder gerührt, das bleibt eben nicht ohne Folgen. Für die Alkoholiker gäbe es sogar eine spezielle Dienststelle in München, sagt mein Vater, wohin man sie als dienstrechtliche Konsequenz entsorgt.»

«Was wollen Sie damit sagen?»

«Nehmen Sie mich morgen mit, und alles wird gut. Machen Sie es einfach. Es ist die richtige Entscheidung. Ich bin Psychologe. Und ich spreche Englisch.»

«Scheiße, Kappe.»

Kappe spürt die Wucht, mit der Galans gutes Aussehen auf andere Menschen wirkt. Er hat so etwas Klares, Entschiedenes, Souveränes. Im Zorn kann er seine Augenbrauen schwingen wie eine Bullenpeitsche. Aber jetzt flattern Galans Lider. Schweißperlen treten ihm auf die Stirn. Er nagelt Kappe mit einem Raubvogelblick aus seinen hellblauen Augen an den Rollschrank. Dann trifft er eine Entscheidung. «Ich hole Sie hier ab. Aber Ihre Waffe bleibt hier, Sie tragen eine kugelsichere Weste. Keine Extratouren. Und Sie halten den Mund.»

«Sowieso.» Kappe nickt. «Dienstgeheimnis.»

Galan macht auf dem Absatz kehrt. Er reißt die Bürotür auf und rennt draußen auf dem Flur Rosi über den Haufen.

«Wer war das denn?», japst sie und wirft ihre Büroklammern auf den Schreibtisch.

«Unser deutscher Doppel-Null-Agent», sagt Kappe langsam. Er schaut aus dem Fenster auf die Keithstraße. Galan kommt aus dem Präsidium, zieht eine Taschenflasche aus der Innentasche seines Jacketts, trinkt sie auf ex und schmeißt sie in den Rinnstein. Dann steigt er in einen schwarzen Mercedes und fährt davon, Richtung Landwehrkanal.

Rosi tritt hinter Kappe. «Einmal hinter'm Stern gesessen, kannst den anderen Scheiß vergessen», sagt sie nachdenklich. Und kurz, ganz kurz, haben beide die Lizenz zum Lächeln.

DREI
Dienstag, 17. August 1982

ES IST NOCH DUNKEL, nicht später als 3 Uhr morgens auf der Fischerinsel. Das erste Licht glitzert auf dem Wasser der Friedrichsgracht. Eine fahlgelbe Sonne geht auf. Sie löscht die Straßenlaternen und färbt das sanft wogende Wasser rosa.

Als Marina Mars noch sehr klein war, hat ihre Oma ihr erzählt, die Spree färbe sich morgens und abends rosa zur Erinnerung an die ermordete Rosa Luxemburg.

Dass Häscher der Garde-Kavallerie-Schützen-Division Rosas Leichnam 1919 jedoch gar nicht in die Spree geworfen hatten, das wusste man nur vom Hörensagen. Selbst im Staatsbürgerkundeunterricht auf der Polytechnischen Oberschule wurde nur herumgeeiert. Denn man hatte Rosa in den Landwehrkanal im Tiergarten geworfen, in der Nähe der Budapester Straße. Das ist jetzt im Westen, und der Westen existiert im Schulunterricht nicht.

Folgt man der Logik von Marinas Oma, muss der Sonnenaufgang im Westen den Landwehrkanal noch sehr viel mehr rosa färben als die Spree an einem Augustmorgen. Denn im Januar 1919 haben sie Rosa hineingeworfen, und erst im Mai wurde die Leiche wieder geborgen. Das Kind in Marina Mars würde gerne einmal nachschauen, ob die Oma recht gehabt hat.

Wenn sie durch die gediegene Drei-Raum-Wohnung ihrer Kindheit geht, fühlt Marina sich noch geborgen wie die Berliner Göre, die sie nicht mehr ist. Sie ist erblüht, wie der lüsterne Arzt mit den nassen Lippen beim Wehrdienst der Nationalen Volksarmee vor über zehn Jahren gesagt hat. Jetzt ist sie eine normgerechte Schönheit mit einer glänzenden Karriere.

Das eine hat natürlich mit dem anderen zu tun. Marina Mars' Körper weist ein Verhältnis von Taillenumfang zu Hüftumfang von 0,7 auf. Das signalisiert Fruchtbarkeit. Überdurchschnittlich lange Beine lassen auch Stasi-Offiziere attraktiver wirken. Das fanden polnische Wissenschaftler heraus. Marinas Beine liegen zehn Prozent über dem Normalmaß.

Zudem macht sie von Natur aus kleine Schritte und wackelt leicht mit den Hüften. Das leichte Wiegen der Hüften wirke universell anziehend, hatte der Oberstleutnant des Ministeriums für Staatssicherheit beim Lehrgang gesagt. Man suche Frauen, die eine Kombination aus Reifekennzeichen (hohe, konkave Wangen) bei gleichzeitig infantilen Signalen (großer Kopf, gewölbte Stirn, große runde Augen, Stupsnase, kleines Kinn) attraktiv macht. Kurz, man suche Frauen wie Marina Mars, die unbewusst einen Aufmerksamkeits- und einen Fürsorge-Reflex auslösen.

Innere Werte sind bei einer Frau letztlich unwichtig. Ganz anders sieht die Sache bei Handtaschen aus. Hier sind die inneren Werte wie Größe, Struktur und Einteilung das Wichtigste. Marina Mars hat sich die Tasche mit der überragendsten inneren Größe herausgesucht. Trotzdem ist es wenig, was sie mitnehmen kann. Urkunden, ein paar Fotos, einen Plüschbär namens Zotti vom VEB Sonni aus Sonneberg. Sie geht durch die Wohnung und steckt hier und da eine Kleinigkeit ein. Packen kann man das wohl kaum nennen.

Das Hotel *Zum Flughafen* liegt in der Dudenstraße 6, direkt am Platz der Luftbrücke. Es ist eine Absteige, aber es hat zwei Pluspunkte, die kein anderes Hotel in West-Berlin hat: Erstens sind es von dort keine 200 Meter bis zum Lagezentrum der Berliner Polizei. Quasi nur einmal schräg über den Tempelhofer Damm. Und zweitens: Das Ministerium für Staatssicherheit der DDR hat das ganze Hotel gemietet. Für die Stasi ist das Hotel Zum Flughafen ihr West-Berliner Stützpunkt *Sauerland*.

Jens Fichte, Hauptmann der Staatssicherheit, betritt die

abgetakelte Hotelrezeption. Fichte ist 30 Jahre alt, mittelgroß und hager, keine Familie außer einer klapprigen Mutter. Seine dunklen Haare und den Vollbart trägt er streichholzkurz. Er gilt als Elitekämpfer der MfS-Abteilung AGM/S. Das «S» steht für Sonderaufgaben.

Im Juli hat er auf Befehl des Ministers für Nationale Verteidigung der DDR den Lehrgang «Grundlagen des nordkoreanischen Nahkampfsystems GJOGSUL» beim Luftsturmregiment-40 in Lehnin bei Potsdam besucht. Die Nahkampftechnik basiert auf alten koreanischen Kampfsystemen. Als Lehrgangsbester hat Fichte mit dem Prädikat *Erfolgreiche Verteidigung gegen acht Angreifer mit Waffen* abgeschlossen. Er ist kein Mann, mit dem man Späßchen macht. Er ist überhaupt kein Mann. Er ist ein Agent – effizient und verlässlich. Deshalb kann er auch auf nett machen, obwohl er es weiß Gott nicht ist.

Draußen geht ein kurzer morgendlicher Augustschauer nieder, und Fichtes Kunstlederjacke riecht leicht fischig. Dafür ist sie absolut wasser- und blickdicht. Wichtig für einen Mann, der eine Waffe trägt. *In Igelit und Lederol, da fühlt sich jeder Zoni wohl.* Der Spruch geht ihm durch den Kopf, als er seine Aktentasche abstellt. Die Aktentasche ist ebenfalls aus Kunstleder. Sie enthält die Unterlagen für die Anwerbungsverträge. Fichte haut auf die Rezeptionsklingel. Das Hotel ist noch geschlossen, er ist allein.

Während er wartet, liest Jens Fichte den Preisaushang. Die Übernachtung mit Frühstück kostet im Hotel Zum Flughafen 27 D-Mark. Gar nicht mal so billig für ein Hotel mit Etagenbad direkt in der Einflugschneise von Tempelhof. Im demokratischen Berlin – also der Hauptstadt der DDR – beträgt der durchschnittliche Monatsverdienst etwas über 1.000 Mark der DDR. Der inoffizielle Tauschkurs ist 1:7, aber schon ein Gramm Kokain kostet in West-Berlin 400 D-Mark. Eine Stunde bei einer Nutte schlägt mit 150 D-Mark zu Buche. Viel Spaß kann man als Zoni im Westen nicht haben.

Die Rezeption besteht aus einem Schreibtisch in dunklem

Eichenfurnier. Der Hochflauschteppich ist klebrig und fleckig. Die Mustertapete zeigt große hypnotisch fließende orangebraune Rauten. Neben dem Schreibtisch fletscht ein hüfthoher Porzellantiger der DDR-Marke Volkstedt die Zähne.

Es erscheinen aus einer kleinen Küche die zukünftigen Agenten Janett und Günther Neumann. Janett ist eine zierliche, dunkelhaarige, bescheidene Frau von schlichtem Gemüt und einfacher Schönheit. Günther ist zehn Jahre älter und fast zwei Meter groß, ein ehemaliger Automechaniker, der wegen seines Rückens nicht mehr in seinem Beruf arbeiten kann, jetzt Kleinkrimineller. Die schütteren Haare hat er sorgfältig zurückgegelt. Günther hat Janett in Köln kennengelernt, da ist sie auf den Strich gegangen. Er hat sie von der Straße weggeheiratet, jetzt wird er mit Haftbefehl gesucht, deshalb taucht er mit Janett in West-Berlin unter. Sie haben eine zweijährige Tochter. All das macht sie erpressbar.

Janett bittet Fichte in einen biederen Frühstücksraum. Eiche rustikal, vergilbte Gardinen. Eckkneipenatmosphäre. Ein Radio spielt *Griechischer Wein*. Über einer Anrichte hängt ein Druck mit einem röhrenden Hirsch. Das Bild hängt schief, und Fichte muss den Impuls unterdrücken, es geradezurücken. Günther Neumann serviert dünnen Bohnenkaffee. Er zittert, der Teelöffel klappert auf der Untertasse. «*Sehr* schönes Hotel», lächelt Janett und zuppelt an der Häkeltischdecke.

«Ihr leistet hier einen ganz wichtigen Beitrag zum Weltfrieden», sagt Fichte. «Das wisst ihr ja. Ihr werdet hier nach außen hin ein ganz normales Hotel betreiben. Ihr seid die Geschäftsführer, das ist schon anspruchvoll, aber wir wissen, dass ihr das könnt. Du mit deiner Lebenserfahrung, Janett, du sorgst hier für Stimmung. Und von Günther erwartet das Ministerium für Staatssicherheit eine ordnungsgemäße Bewirtschaftung des Objektes.»

«Sie werden zufrieden sein, Herr Hauptmann.» Günther Neumann macht einen Kratzfuß.

«Es ist eigentlich ganz einfach», erklärt ihm Fichte. «Du musst nur dem MfS gegenüber offen und ehrlich sein, in allen finanziellen Fragen und bei allen anderen Problemen. Wir bezahlen euch ja hauptsächlich für eure Loyalität.» Fichte könnte auch sagen, Verrat ist jetzt eure Lebensgrundlage. Aber die braunen Augen der kleinen Nutte glimmern ihn so treulich an, da kommt ihm das zu harsch vor.

Günther Neumann nickt schafsköpfig. «1.000 Mark für mich und 600 Mark für Janett im Monat?», säuselt er devot.

«Ja, und das habt ihr euch wirklich verdient.» Fichte lässt den Aktenkoffer aufschnappen. Neumann hat seine Frau angeworben für den Geheimdienst. Es wird das erste Mal sein, dass sie ein geregeltes Einkommen hat. Fichte zückt ihre Akten. Oben rechts der Vermerk: *Streng geheim. Inoffizieller Mitarbeiter für besondere Maßnahmen, IM Irma. Soziale Herkunft/jetzige soziale Stellung: kleinbürgerlich.*

Fichte schiebt ihr ein Stück Papier und einen Kugelschreiber über den Tisch. «Die Anwerbungsvereinbarung musst du selbst schreiben, mit der Hand», sagt er. «Hier ist ein Muster. Du schreibst das einfach ab: *Ich verpflichte mich auf freiwilliger Grundlage zur Zusammenarbeit mit dem Ministerium für Staatssicherheit der DDR. Bei Abgabe dieser Verpflichtung bin ich mir bewusst, dass das MfS als Organ der Regierung der DDR wichtige Aufgaben zur Erhaltung und Sicherung des Friedens für die gesamte Menschheit durchführt.* Und so weiter. Denk dran, dass du damit wichtige Informationen sammeln und sogar einen neuen Krieg verhindern kannst. Du machst das Richtige, genau wie dein Mann.» IM Irma legt los. Vor lauter Eifer erscheint ihre Zungenspitze zwischen ihren Lippen. Als sie fertig ist, unterschreibt sie mit gieriger Willigkeit. Strahlend hält sie Fichte das Blatt hin. Sie scheint geradezu verliebt in ihre neue Aufgabe.

Die Akte ihres Mannes lautet auf den Decknamen IM Deubel: *Kein geregeltes Arbeitsverhältnis. Gelegenheitsbeschäftigungen in einem Spielcasino. Zur Zeit ohne feste Beschäftigung. Seit 1979 wegen einer in Köln nicht angetretenen Haftstrafe in Fahndung. Keine ausgeprägte politische Meinung. Gegenüber der DDR hat er eine progressive*

Einstellung, die er offen zum Ausdruck bringt. Diese resultiert jedoch mehr aus rein gefühlsmäßigen Erwägungen und basiert vor allem darauf, dass die Bürger der DDR eine weitaus größere soziale Sicherheit genießen. Abschluss: 8. Klasse. Besonderheiten: ehemaliger Motorradrennfahrer.

«Ihr wisst ja», sagt Fichte, «dass die Genossen hier Rentabilität erwarten. Aber das wird alles nicht so eng gesehen. Das MfS ist stolz auf euch, das ist natürlich auch eine Ehre, da müsst ihr euch schon ins Zeug legen. Besonders deine kleine Frau, Günther. Es kommt jetzt nicht jeden Tag vor, aber du weißt ja, Janett hat ihre volle Bereitschaftserklärung abgegeben, dass sie uns auch hilft, wenn der körperliche Einsatz einer Frau erforderlich ist.» Fichte hält die Verpflichtungserklärung hoch, und Janett nickt großäugig. Fichte lächelt sie an. «Das schaffst du, Janett. Günther, du weißt ja noch, wie schlimm es für Janett war, in Köln auf den Strich zu gehen. Aber da ging es nur ums Geld, so ist das im Kapitalismus. Sollte es jetzt mal sein müssen, dann für die Arbeiterklasse und für deine Überzeugungen. Und du steckst das weg, nicht wahr? Man muss auch gönnen können, und du bist ja Humanist.»

Günther Neumann nickt und lächelt wie ein freundlicher älterer Herr. In seiner Akte steht: *IM Deubel ist befähigt, besondere Maßnahmen mit hohem Schwierigkeitsgrad durchzuführen. Fühlt sich dem MfS verpflichtet, da er sich infolge finanzieller Sicherstellung frei bewegen kann. Zuverlässigkeit: Unbedingt zuverlässig!* Hauptmann Fichte sieht ihm trotzdem an, dass ihm gerade klar wird: Er, der Kleinganove, und seine Frau, die Nutte, haben am Pokertisch der Weltmächte Platz genommen. Aber hier können sie sich was aufbauen. Eine fast bürgerliche Existenz.

Fichte packt die Unterlagen zusammen. Er steht auf.

«Herr Hauptmann?» Janett schlägt die Augen nieder. «Würden Sie uns 2.500 D-Mark für den Kauf und die Installation von zwei Duschkabinen bewilligen?»

«Ich werde mich dafür einsetzen, Janett», nickt Fichte. «Ich bin mir sicher, das wird genehmigt. Ihr sollt den Gästen auch was bieten können. Ach, und in den nächsten Tagen werden sich noch ein paar Techniker bei euch melden und sich die Elektrik hier im Haus mal anschauen. Ihr erhaltet außerdem einen Pkw, den man auch als gedeckten Posten verwenden kann, eine Fotoausrüstung und eine E-Funkausrüstung.»

«Oh, einen Pkw? Das ist ja toll, wie – wie bei ...» Janett Neumann strahlt vor James-Bond-Romantik.

«Ja, aber du denkst bitte daran, das ist absolut geheim. Vordergründig machst du hier die Betten», gibt Fichte ihr mit auf den Weg. «Ihr führt ein Hotel, da könnt ihr in den Blickpunkt der öffentlichen Behörden geraten. Sichert euch bitte ab. Achtet darauf, dass ihr vor Dritten keine operativen Gespräche führt. Vor allem passt bitte auf, dass eure Tochter nichts merkt.»

«Sie können sich auf uns verlassen, Herr Hauptmann», haucht Janett.

«Da bin ich mir sicher. Ansonsten hätten wir euch auch niemals gefragt, ob ihr uns helft. Ach, und Günther, richtest du bitte die Pkw-Garagen im Hof her? Es kann sein, dass ich kurzfristig etwas bei euch einlagern muss.»

«Selbstverständlich, Herr Hauptmann.» Günther Neumann verbeugt sich.

Kurz darauf verlässt Hauptmann Fichte den neuen West-Berliner Stasi-Stützpunkt Sauerland mit dem sicheren Gefühl, zwei ebenso schlichte wie ergebene IMs für den Kampf gegen den Kapitalismus angeworben zu haben.

Wolf Landsberger geht's gerade viel zu gut. Er sitzt auf einem Klappstuhl am Set. Man genießt die Sonne besonders nach dem letzten bitterkalten Winter mit Smogalarm der Stufe 1. Landsberger erinnert sich noch genau, wie die Lautsprecherwagen durch die Straßen gefahren sind: «Achtung, Achtung, hier spricht die Polizei!» Zu viel Schwefeldioxid und Kohlendioxid in der Luft. West-Berliner sollten ihre Autos stehen lassen, die Fenster nicht öffnen und keinen Sport im Freien treiben. Smog gibt es im

Winter, wenn der Wind aus Süden weht – aus der Tschechoslowakei und aus der Chemieregion der DDR. So ein Winter steckt einem lange in den Knochen. Nur im Osten kennen sie natürlich keine dicke Luft. Die sagen ja immer, sie haben nichts. Noch nicht mal dicke Luft.

Landsberger nippt an einem Kaffee aus dem Plastikbecher und schwelgt in seinem internationalen Agententraum, einer Mischung aus 50er-Jahre-Hitchcock-Spannung, 60er-Jahre-Komödie, 70er-Jahre-Science-Fiction und 80er-Jahre-Glamour. Das Set ist ein Wiederholungsdreh der Main Unit Crew für den nächsten Bond, *Octopussy*. Es sind die letzten Szenen, der Film ist so gut wie fertig. Die wildesten Kampfszenen hat man schon an exotischen Orten in Indien abgedreht.

Landsberger beobachtet, wie der schwarze Mercedes immer und immer wieder mit einem Double am Steuer auf den Checkpoint Charlie zufährt. Ein Team von etwa 50 Leuten schaut gespannt zu – Maske, Ton, Licht und so weiter, dazu fünf oder sechs Schauspieler.

Ein Filmset kann ein sehr gefährlicher Arbeitsplatz sein, aber davon ahnt Hobbyschauspieler Wolf Landsberger – im bürgerlichen Leben Kriminalobermeister bei der 6. Mordkommission in der West-Berliner Keithstraße – in diesem Moment nichts. Er denkt, dass seine Mutter sehr stolz auf ihn sein wird. Und er fühlt sich wohl als «Karl», deutscher MI6-Subagent und Fahrer im Geheimdienst Ihrer Majestät. Im Moment hat er Drehpause. Landsberger trägt eine dunkle Perücke, damit er mit seinem blonden Engelshaar dem Hauptdarsteller nicht die Schau stiehlt.

Landsberger sieht, dass in dem Mercedes der Kameramann mit einer Schulterkamera auf dem Beifahrersitz kniet und die Rückbank filmt. Dort sitzt der Bond-Darsteller, daneben der Darsteller seines Chefs M. Die Filmcrew ist vorsichtig. Wenn sich der Hauptdarsteller dem Checkpoint nähert, kann das auch das Letzte sein, was man von ihm sieht.

«574. Take Five, A and B Camera, Rolling ... and *Action*!»

Der Wagen fährt an und hält ein paar Meter weiter wieder am Straßenrand vor dem Mauermuseum. Bond springt aus dem Wagen. «John!» Er winkt den Regisseur heran.

«Was soll das?» Der Kameramann steigt auch aus. «Stimmt was nicht?»

Bond sieht hochadelig-besorgt aus. Der Regisseur schießt auf ihn zu. «Was ist denn jetzt schon wieder? Du musst doch im Wagen sitzen bleiben!»

Bond zuckt auf seine unvergleichlich feine britische Art mit den Augenbrauen. «Es ist so, John: Ich kann diesen Dialog nicht sprechen.»

«Hast du deinen Text nicht gelernt, mein Lieber? Bei der letzten Szene?»

«Nein, nein, *mein Lieber*. Ich meine, hier – was ist das für ein Dialog? M sagt: ‹Passen Sie auf sich auf!›, und ich soll dann sagen: ‹Ich verspreche, ich werde meine Überschuhe tragen.› – Meine Überschuhe? Was soll das bedeuten? Dass man in Ostdeutschland knöcheltief durch kommunistischen Ostblock-Mist watet? Wann war Bond denn jemals vorsichtig? Also wirklich, John – in diesem Film hier knallt Bond in den Slums von Udaipur vom Motorrad aus Dutzende Agenten ab, aber in der DDR hat er plötzlich Angst, sich die handgenähten Schuhe schmutzig zu machen? Wieso sollte ein britischer Top-Agent wie ich so etwas sagen?»

Der Regisseur atmet tief durch. Sein Blick gleitet an Bonds makellosem hellgrauen Zweireiher hinunter. Von irgendwoher erscheint eine Maskenbildnerin und pudert dem ohnehin schon ledrig-braunen Bond das Gesicht ab. «Wie würdest du es denn machen, mein Lieber?», seufzt der Regisseur.

Also nochmal von vorne. Der Wagen biegt vom Ku'damm einmal rechts ab, und da ist schon gleich der Checkpoint Charlie.

Landsbergers Kaffee wird langsam kalt. Er fragt sich, ob er den Regisseur – oder zumindest den Regieassistenten – nochmal auf die Ku'damm-Szene von gestern ansprechen sollte. Karl-

Marx-Stadt liegt nicht östlich, sondern südlich von Berlin. Aber wenn sie auch diese Szene nochmal drehen müssen, ist der ganze Zeitplan für die Postproduktion gesprengt. Landsberger muss an den alten Witz denken: In West-Berlin haben wir's leicht mit der Geografie. Von West-Berlin aus ist überall Osten. Also entscheidet er sich für's Mundhalten. Klugscheißerei sprengt seine Rolle als MI6-Subagent. Außerdem kann er sich einreden, er hätte diesen Film wirklich geprägt. Er ist der einzige Mensch auf der Welt, der *Octopussy* nie wird sehen können, ohne dass sich ihm in Szene 574 die Fingernägel hochklappen vor Peinlichkeit. Karl-Marx-Stadt südlich von Berlin, das könnte der britische Geheimdienst wissen. Aber Süden klingt vielleicht auch einfach zu leicht und mediterran für 007. Während dem Publikum schon allein das Wort «Osten» Schauer über den Rücken jagt und all die grässlichen Assoziationen von Kälte, Unterdrückung, Verarmung und generellem Ausbluten aufs Schönste transportiert.

Major Roland Galan hat Kappe pünktlich im Kommissariat abgeholt. Sein Wagen sieht aus wie eine Ministerlimousine. Auf dem Rücksitz hockt stocksteif ein älterer Mitarbeiter, den Galan als Major von Pussinske vorstellt. Daneben erkennt Kappe eine sehr schlanke, sehr distinguierte Dame im Kostüm mit riesiger Sonnenbrille und elegantem, auffällig buntem Designer-Kopftuch. «Unsere wissenschaftliche Expertin, Dr. Ostermann vom Kunstgewerbemuseum», sagt Galan. Sie biegen von der Friedrich- auf die Kochstraße ein. Galan zwängt sein Auto durch eine Toreinfahrt auf einen schäbigen Hinterhof und parkt neben einer halb zerbombten Remise.

«Kappe, das kann jetzt etwas dauern», sagt er und steigt aus. «Was auch immer passiert, Sie bleiben im Wagen. Im Handschuhfach ist ein Lunchpaket aus unserer Kantine.»

«Aber ...», macht Kappe.

«Kein aber. Ich riskiere hier meinen Job, weil ich Sie mitgenommen habe. Also, Sie warten.»

Major Galan holt einen schwarzen Aktenkoffer aus dem Kofferraum. Von Pussinske geht um den Wagen herum und öffnet Elke Ostermann die Tür. Mit ihr steigt der pudrige Geruch nach Nelken und Mandarinen aus, der den Wagen so massiv ausgefüllt hat, dass er Kappe zuvor entgangen war. Er kurbelt das Seitenfenster herunter.

«Früher mussten immer die Damen im Wagen warten», bemerkt er.

«Die Zeiten ändern sich», schnarrt Dr. Ostermann über die Schulter.

Die BNDler und die Dame verschwinden schneller durch eine schäbige Holztür in einem verfallenen Treppenhaus, als Kappe eine schlagfertige Antwort einfallen will.

Er wartet zehn Minuten. Es passiert absolut nichts. Kappe öffnet das Handschuhfach. Ein Lunchpaket kann man durchaus auch zum Frühstück essen, denkt er und tut es. Ein paar Tauben flattern auf dem Hof hin und her. Ordinäre graue Straßentauben sind das, keine Friedenstauben. Aber sie können trotzdem schön segeln. Kappe schaut sich die Flugschau nochmal zehn Minuten an. Als danach immer noch nichts passiert ist, öffnet er langsam die Autotür und steigt aus. Im hinteren Hosenbund steckt seine Dienstwaffe.

Er beschließt, den Geheimdienstlern nicht direkt zu folgen, sondern einen Haken zu schlagen. Er verlässt den Hof und wendet sich auf der Kochstraße nach rechts, dann rechts in die Wilhelmstraße und schließlich in die Zimmerstraße, in deren Mitte die Mauer verläuft. Kappe schlendert an der Mauer entlang Richtung Friedrichstraße, Richtung Checkpoint.

Entlang der Mauer passiert er Schuttberge, blicklose Ruinen und einen längst geschlossenen Herrenfriseur. Zwischen den kriegsversehrten Häusern und der Mauer befindet sich ein vier, fünf Meter breiter Streifen. Teilweise gepflastert, teilweise wächst Unkraut aus den Baulücken. Jemand hat groß und schwarz *KZ* an die Mauer gesprüht. Keine Straßenlaternen. Aber die Scheinwerfer der Grenzanlagen werden das Gässchen schon genügend ausleuchten.

Das Haus Zimmer-, Ecke Friedrichstraße ist im Krieg stehen geblieben. Rechts und links davon wurde alles zerbombt. Es war mal ein schönes neobarockes Mietshaus, jetzt ist seine rußgeschwärzte Fassade voller Einschusslöcher, und die Brandwände liegen bloß. Im Obergeschoss residiert der amerikanische Geheimdienst, sagt man. Hinter dem Haus auf einer Brache sieht Kappe einige Lkws und Busse, die wohl zu Landsbergers Filmcrew gehören.

Im Erdgeschoss des Eckhauses hatte es laut Aufschrift an der Fassade seit Siebzehnhundertlangsam die Adler-Apotheke gegeben, nun sind ihre Fenster vernagelt. Daneben hält sich auf der Friedrichstraße der kleine Elektroladen Noster und die Buchhandlung und Bürobedarf Paul Hans. Gegenüber dem Elektroladen, auf einer Verkehrsinsel in der Friedrichstraße, stehen zwei weiße Container, in dem die Militärpolizei der Franzosen, Engländer und Amerikaner den Checkpoint für Ausländer kontrolliert. *Allied Checkpoint* steht auf einem weißen Schild neben den Flaggen der Westmächte.

Hier ist die Mauer aus weiß getünchtem Beton, ebenso wie der Wachturm, den die DDR-Grenztruppen etwas zurückgesetzt neben dem rot-weißen Schlagbaum quer über der Friedrichstraße errichtet haben. Vor zwei Monaten war der US-amerikanische Präsident Ronald Reagan hier am Checkpoint gewesen. Ringsum hatte die Randale der APO getobt. Autos brannten. Fast alle Berliner Polizeikräfte wurden für die Sicherheitsmaßnahmen eingeteilt. Kappe auch. Mit seinem gewaltigen schwarzen Lincoln Continental war Reagan vorgefahren worden, die Motorhaube mit westdeutscher und amerikanischer Fahne beflaggt, die Scheinwerfer aufgeblendet, die Trittbretter voller Secret-Service-Agenten. Es war derselbe Wagen, von dem die Kugel des Verrückten abgeprallt war, der im letzten Jahr in Washington D.C. auf Reagan geschossen hatte und ihn um ein Haar getötet hätte.

Bundeskanzler Helmut Schmidt, Reagans Frau Nancy und der Regierende Bürgermeister Richard von Weizsäcker waren bei dem Ausflug zum Checkpoint auch mit von der Partie gewesen. Schmidt, einen halben Kopf kleiner als der Amerikaner und von Weizsäcker, hatte die Arme vor der Brust verschränkt und wie ein Honigkuchenpferd gegrinst. Reagan hatte linkisch an der Staatsgrenze mit einem Militärpolizisten posiert. Zum Foto mit Weizsäcker und Schmidt hatte Reagan die weiße Linie der Staatsgrenze um einen halben Meter überschritten. Pausenlos hatten die Kameras geklickt. Auch die der Stasi. Man sah, wie etwa zehn Agenten ein Stück links vom Checkpoint auf der Mauer saßen und knipsten.

«Will Berlin ever be one city again?», hatte ein Reporter gerufen.

«Yes!» Der Präsident hatte genickt.

Wahrscheinlich war er der einzige gewesen, der den Quatsch glaubte. Nach kaum fünf Minuten war der Lincoln Continental mit seiner kostbaren Fracht wieder losgeschaukelt.

Kappe drückt sich in der Zimmerstraße hinter einer Absperrung und ein paar Straßenschildern herum. Die Filmarbeiten zu dem Bond-Streifen sind nicht zu übersehen. Trotzdem läuft direkt daneben der ganz normale Grenzverkehr weiter. Kappe kann Landsberger nirgendwo entdecken. Er fragt sich, wie sehr das Ministerium für Staatssicherheit sich provoziert fühlt. Immerhin gaukelt hier die englische Traumfabrik einem weltweiten Publikum vor, dass sie die Coolsten sind. Dass sie die beste operative Spionagetechnik haben (fliegende Luxusautos etc.), die schönsten und patentesten Mädchen sowieso (Miss Moneypenny), und dass ihre Spione elegante, am Martini nippende Frauenhelden im Maßanzug sind, voller Leben, Cocktails und Romantik, die den gesamten Ostblock wie einen Haufen russische Bären mit klapprigen Kalaschnikows aussehen lassen, die Kaviar mit Fingern essen, Wodka aus der Flasche trinken und sich dann auf die nächstbeste Klischee-Natascha werfen, während ein zahnloser Alter Balaleika spielt und im Hintergrund eine Ballerina *Schwanensee* tanzt.

Naja, träumt mal alle weiter. Fakt ist, dass das Verhältnis zwischen Ost und West zurzeit sehr angespannt ist. Jeder weiß, dass die Sowjets aufrüsten und SS-20-Mittelstreckenraketen in Bruderstaaten stationiert haben. Schon vor drei Jahren haben deshalb die Staaten des Nordatlantikvertrages den NATO-Doppelbeschluss unterschrieben. Damit ist es legitim, atomare Raketen in ganz Westeuropa aufzustellen. Das macht Kappe abstrakt Angst. Um Tag für Tag weitermachen zu können, redet er sich ein, dass das alles weit weg ist.

Auf dem Kontrollturm auf der DDR-Seite drängen sich hinter den Fenstern Männer mit Ferngläsern und Teleobjektiven. Kappe zählt mindestens zehn alarmierte Staatsorgane. Ein Filmteam, das ist ein Zwischenfall. Wahrscheinlich debattieren sie militärisch-fachmännisch, was nun zu tun sei. Sicher glühen die Telefondrähte zwischen Washington, Moskau, Bonn und Ost-Berlin. Warum passiert nichts? Wahrscheinlich ist den DDR-Grenzern klar, dass sie mit ihren Uralt-Kalaschnikows gegen Bond, James Bond ohnehin keine Chance haben.

Plötzlich fällt Kappes Blick auf einen Mann, gegen den auch viele West-Berliner Verbrecher in der Vergangenheit keine Chance hatten. Der Mann sitzt vor einem Wohnmobil im Hof des Hauses Zimmerstraße 19a in der Sonne. Es ist sein Freund und Kollege Landsberger, aber irgendetwas stimmt nicht mit seinen Haaren.

Marina Mars wartet scheinbar geduldig und schicksalsergeben in ihrem Büro. Die Sendung aus den vollklimatisierten Lagerräumen der Kunst & Antiquitäten GmbH in Mühlenbeck bei Berlin trifft einfach nicht ein. Das Kurierauto hatte eine Panne, sagt man ihr. Man suche einen Ersatzwagen, der für den Transport dieses wertvollen Kulturgutes geeignet ist.

Marina zwingt sich zur Konzentration. Wie eine Besessene kann sie an nichts anderes mehr denken als an die Mauer – den sogenannten antifaschistischen Schutzwall, den Todesstreifen, der sie vor dem Klassenfeind schützt. Den Beton, den fein geharkten Sand, die Panzersperren, die Peitschenmasten, die Schießscharten, die Wachtürme, den Signaldraht, die schwarzen Schäferhunde. Um sich abzulenken, spielt sich Marina in ihrem Kopf ein altes Lieblingslied ihrer Oma aus dem West-Radio vor. Es ist ein Duett von Roy Black mit der kleinen Norwegerin Anita. Marinas Lieblingsstelle ist die, wo es im Text heißt: *Das Schönste im Leben ist die Freiheit / Denn dann sagen wir: «Hurra!»*

Ministerrat der Deutschen Demokratischen Republik
Ministerium für Staatssicherheit
Hauptabteilung VI
Grenzübergangsstelle Friedrich- / Zimmerstraße

BERICHT
über Dreharbeiten zu einem «James Bond-Film» im westlichen Vorfeld der Grenzübergangsstelle Friedrich- / Zimmerstraße am 17.08.1982 in der Zeit von 07:30 Uhr bis 19:10 Uhr.

Am 17.08.1982 in der Zeit von 07:30 Uhr bis 08:30 Uhr erschienen im westlichen Vorfeld der Grenzübergangsstelle Friedrich- / Zimmerstraße zwölf Fahrzeuge, die überwiegend auf dem Parkplatz hinter dem Haus Zimmerstraße 19 a parkten. Es handelte sich um folgende Kfz:
3 LKW mit geschlossenem Aufbau und der Aufschrift «Arri Lichttechnik»
1 LKW, Kennzeichen B-[anonymisiert]
6 VW-Kleinbusse, Kennzeichen [anonymisiert]
2 Mercedes-Kleinbusse in Campingausführung mit der Aufschrift «James Cook» B-[anonymisiert]
mit insgesamt 25 bis 30 Personen.
Die beiden Mercedes-Kleinbusse parkten kurze Zeit hinter der Tribüne.
08:00 Uhr veränderten Personen die Anbringung des CPC-Schildes, indem sie es ca. 80 cm tiefer befestigten.
08:15 Uhr gingen drei männliche Personen mit zwei Kameras und einem

Handwagen mit Kisten, den sie den Mercedes-Bussen entnommen hatten, Kochstraße rechts ab.
Ab 08:25 Uhr handelten mehrere Personen mit Sprechfunkgeräten.
08:30 Uhr stellten Personen ein zweites Sektorenschild auf dem Fußweg in Höhe des Dienstgebäudes des Westzolls ca. 30 m hinter dem Originalschild auf, das um 09:00 Uhr wieder entfernt wurde.
09:20 Uhr erschien die in der DDR akkreditierte Diplomatin aus [anonymisiert]
geb. am [anonymisiert]
Diplomatenausweis des MfAA der DDR Nr.: [anonymisiert]
im PKW CD [anonymisiert] zur Einreise an der Grenzübergangsstelle.
Sie teilte mit, daß am Checkpoint Charlie Dreharbeiten zu einem «James Bond-Film» stattfinden. Diesen Sachverhalt bestätigte ein italienischer Staatsbürger.
Von 09:34 Uhr bis 11:25 Uhr erfolgten von vier Standorten aus Filmaufnahmen.
Von der U-Bahnstation Kochstraße aus wurde der PKW
Kennzeichen: B-JH 375
Typ: Mercedes
Farbe: schwarz
besetzt mit drei männlichen Personen, gefilmt, als das Fahrzeug von der Kochstraße links kommend bis zur Höhe Hetzausstellung fuhr. Dort verließ eine Person das Fahrzeug.
Nach Standortwechsel der Kamera zur Straßenmitte Friedrichstraße, hinter das CPC-Dienstgebäude, wiederholte sich die Handlung, wobei das Fahrzeug die Fahrt in Richtung Grenzübergangsstelle fortsetzte. Beim Wenden verletzte das Fahrzeug viermal die Staatsgrenze um ca. 4 bis 5 Meter.
Vom gleichen Standort aus filmten die Kameraleute mehrmals den PKW
Kennzeichen: B-CJ 6894
Typ: BMW
Farbe: silbergrau
als er den Parkplatz hinter dem Haus Zimmerstraße 19 a verließ, auf die Friedrichstraße fuhr und dort hielt – auf der Mitte der Fahrbahn. Von

der linken Seite der Friedrichstraße begab sich die o.g. männliche Person zum PKW und stieg in diesen ein.
In der Zeit von 11:45 Uhr bis 13:33 Uhr fanden weitere Filmaufnahmen in Höhe Kreuzung Friedrich- / Kochstraße links statt, an denen die gleichen Personen mit dem PKW
Kennzeichen: 401 MY
Typ: Mercedes
Farbe: schwarz
beteiligt waren. Dabei befand sich die Kamera im Fahrzeuginnern. Die Aufnahmen wurden mehrfach wiederholt.
19:10 Uhr wurden sämtliche Handlungen beendet, und die Fahrzeuge sowie die Personen verließen das Vorfeld.
Während der Filmaufnahmen beteiligten sich Angehörige der CPC-Besatzung an verkehrsregulierenden Handlungen in Höhe Kochstraße.
Es ergaben sich keine Auswirkungen auf den grenzüberschreitenden Reiseverkehr.

Checkpoint Charlie, später Nachmittag. Landsberger fährt jetzt selbst, und er fährt mit dem Mercedes zum siebten Mal auf den Kontrollpunkt zu. Er wendet. Dabei überfährt er die Staatsgrenze der DDR um etwa fünf Meter. Eine waghalsige Tat für einen West-Berliner Beamten. Auf eine komplett selbstsüchtige Art und Weise wünscht Landsberger sich, dass der Tag niemals endet.

Aber obwohl der Himmel wolkenlos ist, wird das Licht langsam schlecht. Der Regisseur ist endlich zufrieden. «Let's wrap it, that's enough for today», sagt er und klopft dem müde aussehenden Bond-Darsteller auf die Schulter.

Landsberger legt den Kopf in den Nacken, um die dunkle Perücke abzustreifen. Aus dem Augenwinkel sieht er eine Bewegung auf dem Dach des Hauses Friedrich-, Ecke Zimmerstraße. Neben einem Schornstein liegen Sandsäcke, und dahinter erkennt er den dünnen Lauf eines Scharfschützengewehrs.

Der Checkpoint ist eine Agentenschleuse. An diesem Abend ist Unterfeldwebel Müller der Stasi-Offizier vom Dienst. Hinter ihm an der Wand hängt ein Foto des Staatsratsvorsitzenden Erich Honecker. Eine Frau mit einer großen Handtasche betritt die Baracke. Er kennt die Frau, sie war schon mehrfach hier. Sie fällt auf. Sie ist sehr schön, dunkel und resolut, wie er sich eine argentinische Tangotänzerin vorstellt. Ihre Papiere schiebt sie mit selbstverständlicher Ruhe durch den Plasteschlitz seines Schalters. Pass, Grenzschein, den Ausweis der Hauptverwaltung Aufklärung. Dann der Dienstreiseauftrag, das wichtigste Dokument, mit dem vorgeschriebenen Vermerk *Gepäckschleuse*. Alles in Ordnung. Müller stempelt den Dienstreiseauftrag, ohne zu zögern.

«Kommen», sagt BND-Major Ottmar von Pussinske in sein Funkgerät.

«Der Kurier ist jetzt schon zehn Stunden überfällig, Sir», sagt eine Stimme mit amerikanischem Akzent.

Dr. Elke Ostermann beobachtet, wie von Pussinske nickt. «Das kommt vor», sagt er zu dem amerikanischen Militärpolizisten. «Machen Sie sich keine Gedanken. Wir warten.»

«Es wird schon dunkel, Sir.»

«Wir warten. Over and out», sagt von Pussinske.

Seit Stunden sitzen sie im Hinterzimmer von Noster Elektronik und Radio. Elke Ostermann hat das Buch, das sie mitgenommen hat, mehrfach gelesen und das BND-Lunchpaket längst gegessen. Dazu so viel schwarzen Tee mit Milch und braunem Kandiszucker getrunken, dass ihr Herz dauerhaft hektisch flimmert. So kommt es ihr jedenfalls vor.

Draußen hat es sich zugezogen. Ein lauwarmer Sprühregen hängt in der Luft wie Spinnweben und trübt die Peitschenmastenlichter über dem Checkpoint. Kappe steht im Eingang des Hauses am Checkpoint Charlie. Er raucht. Die letzte Zigarette, die er dabei hat. Der Rauch bleibt bei ihm unter dem Werbeschild für das

Museum. Es zeigt das Schwarz-Weiß-Foto eines Soldaten und eines Kindes. Die beiden stehen sich auf zwei Seiten einer Stacheldrahtrolle gegenüber. Das Kind streckt bittend die Hände aus, der Soldat hält den Stacheldraht hoch.

Es ist still am Checkpoint. Man hört das Klappern der Metallösen der Staatsflaggen an den Fahnenmasten. Zwar ist das hier der Grenzübergang für Ausländer. Aber die tamilischen Drogenschmuggler zum Beispiel, die in Schönefeld landen und West-Berlin mit im Darm geschmuggelten Heroinpäckchen überschwemmen, bevorzugen die Einreise über den Bahnhof Friedrichstraße. Das ist unauffälliger. Im Berufsverkehr fährt die U6 alle drei Minuten und ist pickepackevoll.

Rechts und links vom Checkpoint Charlie huschen Scheinwerfer über die in der Dämmerung weiß strahlenden Grenzanlagen, die sich wie ein Fluss durch die Stadt schlängeln. Wie eine leere Bühne liegen die etwa dreißig Meter Niemandsland zwischen Kontrollturm und Mauer kurz hinter der Zimmerstraße und dem Grenzstrich vor der Kontrollbaracke der Westalliierten. Der Asphalt glänzt feucht. In der Ferne bellt ein großer Hund. Eine lachende und scherzende Gruppe Frauen und Männer tritt durch die Lücke in der Mauer neben dem Kontrollturm auf ostdeutscher Seite und läuft auf den alliierten Checkpoint zu. Es folgt eine einzelne Frau im hellen sommerlichen Trenchcoat. Sie trägt eine Handtasche und einen beigen Regenschirm. Ihr Gang ist sicher und gemessen. Die langen dunklen Haare umwehen die Frau wie einen Schleier. Auf Höhe der alliierten Baracke grüßt sie ein Militärpolizist. Sie zeigt ihm routiniert ein Papier, er winkt sie durch. Die Frau überquert den Grenzstrich. Ihr Schritt beschleunigt sich unmerklich. Fasziniert lauscht Kappe dem scharfen Rhythmus ihrer Absätze auf dem Asphalt. Als sie die Schaufenster von Noster Elektro auf der anderen Straßenseite passiert, sieht Kappe ein schönes Gesicht, ein klares Kinn, einen sehr roten Lippenstift. An der Kochstraße biegt sie rechts ab und verschwindet hinter der Hausecke. Ist es ihre entschlossene Art? Ihre Klasse? Sie trägt den Schirm wie ein Waffenschild. Ist es die Faust, mit der sie den Griff ihrer Handtasche umklammert? Kappe stößt sich von der Hausecke ab und folgt ihr. Als er die Straßenecke erreicht, ist sie verschwunden. Einfach weg. Er zögert. Hat er übersehen, dass sie in den Zeitungsladen mit Theaterkasse an der Ecke gegangen ist? Kappe schaut durch die Fenster, aber der Laden ist bis auf den Mann hinter dem Verkaufstresen leer. Na gut. Der Tag war lang. Jetzt eine nagelneue Schachtel Ernte 23. Kappe betritt den Laden. Der Verkäufer, der gerade schließen will, verkauft ihm widerwillig noch schnell die Zigaretten. Eine Frau hat er nicht gesehen. Leider.

Als Kappe aus dem Laden tritt, knallt es. Er denkt zuerst an eine Fehlzündung. Aber dann knallt es nochmal. Jemand schreit. Reifen quietschen. Ein Motorrad schießt aus einer Hofeinfahrt, schleudert auf die Kochstraße. Der Fahrer gibt Gas. Die Maschine stabilisiert sich, rast Richtung Wilhelmstraße. Ein Einsatzfahrzeug mit Blaulicht ist ihm auf den Fersen. Als die Kollegen Kappe sehen, stoppen sie kurz ab. «Zur Wilhelmstraße!», schreit Kappe. Der Bulli rast los. Gleichzeitig nähert sich das Signalhorn eines Krankenwagens.

Die machen ja wirklich ernst! Verblüfft schaut der Mann dem Motorrad hinterher, das durch die dunkle Hofeinfahrt davonrast. Was da hinter dem Fenster der Elektrowerkstatt passiert ist, hat mit Platinenlöten nichts zu tun. Er starrt auf das bunte Ding in seiner Hand. Wie der Nippes von Tante Trude sieht das aus. Und deshalb gleich eine Schießerei? Na, er wird mal lieber nicht so viel denken. Einfach machen, was ihm befohlen wurde. Also raus mit der gelben Plastiktüte mit dem schwarzen Schriftzug *ZIP*, dieser Plattenladen unten links im Keller vom Forum Steglitz. Die LP von Sailor hat er da letztens gekauft. ZIP-Tüten sieht man viele auf der Schloßstraße. Die Kinder nehmen sie als Schultaschen. Er sieht sich um und klettert dann über den Mauerrest Richtung Zimmerstraße. Dabei stopft er das komische Ding in die coole

Tüte. Er sieht, wie Leben in die Grenzanlagen der DDR kommt. Mehr Flutlichter knallen an, die Scheinwerfer beginnen hektisch zu huschen. Hunde bellen, Befehle werden gerufen. Vom westlichen Teil der Friedrichstraße hört er Polizeisirenen. Die Sirenen werden immer leiser, je weiter er Richtung Wilhelmstraße läuft. Als er über die Baustelle des Martin-Gropius-Baus zur Stresemannstraße schleicht, hört er von dem ganzen Polizeitheater am Checkpoint schon kaum noch etwas.

Kappe rennt auf den Hof, aus dem das Motorrad gekommen ist. Es ist dieselbe Einfahrt wie heute Morgen. Sie führt zur Rückseite des Eckhauses Friedrichstraße 206 / Zimmerstraße 19a. Der Krankenwagen jagt an Kappe vorbei. Die Tür zum Haus fliegt auf. Agenten mit Funkgeräten winken die Rettungssanitäter heran. Das Flackern des Blaulichts huscht über die Brandwände. Links im Schatten einer eingestürzten Wand glaubt Kappe ein Huschen zu sehen. Plötzlich ist überall Polizei. Die Direktion 5 ist ja auch nur ein paar hundert Meter entfernt.

«Was ist hier los?», keucht eine Stimme neben ihm. «Was machst du hier?»

Kappe erschrickt und stolpert. «Landsberger!» Er atmet durch. «Bist du im Dienst, 007?»

«Das könnte ich dich auch fragen. Ja, klar. Habe mich selbst zum Zwecke der Verbrechensbekämpfung oder der Gefahrenabwehr in den Dienst versetzt, mein Lieber.» Landsberger schaut tödlich beleidigt. Dabei sieht er trotzdem noch so gut aus, dass sich dieser österreichische Mister Universum Arnold Schwarzenegger bei seinem Anblick vor Neid entmannt hätte.

Kappe klopft ihm auf den brettharten Bizeps. «Ja, super, dann komm! Da muss was schiefgelaufen sein.» Er packt den Freund an der Jacke und stürzt auf die Hintertür des Elektroladens zu. Er schiebt einen Agenten im schwarzen Anzug beiseite.

Sie stehen in einer Elektrowerkstatt. Die Regale sind voller winziger Schubläden, an die kleine und kleinste bunte Widerstände geklebt sind. Schachteln mit Glühlampen stapeln sich neben Radios, Tonbandgeräten und Plattenspielern. An der Wand hängen Kabelabroller mit brauen, blauen und gelbgrünen Mantelleitungen. Es riecht nach Kolophonium, Kontaktspray und Lötzinn.

Auf dem schmutzigen Holzfußboden steht eine offene Ledertasche mit Schraubenziehern. Daneben unter einem Schrank glitzert etwas, und als Kappe sich bückt, sieht er so etwas wie den Sockel einer teuren antiken Tischuhr - grün, glitzernd, mit goldenen Früchten.

Der Mann, dem dieses Schmuckstück aus der Hand gefallen ist, erhebt jedenfalls keinen Anspruch mehr darauf. Er liegt mit geschlossenen Augen auf dem Boden. Seine Hand an dem lang ausgestreckten Arm ist auf diese endgültige Art kraftlos geöffnet, die Kappe so hasst. Sie wird sich nie mehr um etwas schließen. Ein Notarzt und ein Sanitäter haben ihm das Hemd aufgerissen und drücken hilflos an ihm herum. In seiner Brust ist ein böses, kleines schwarzes Loch.

Etwas abseits auf einem Drehstuhl sieht Kappe die schicke Dame von heute früh sitzen. Frau Dr. Ostermann vom Rücksitz von Galans Limousine. Sie ist blass, sie trägt weiße Baumwollhandschuhe, ein Sanitäter legt ihr eine goldene Alufolie um.

Major Galan lungert in der Nähe des Ausgangs herum. Sein Gesicht ist gelblich und feucht. Aufgeregt spricht er immer wieder in sein Funkgerät. «*Zar* ist *safe*», hört Kappe. Dann sieht Galan ihn und lässt das Funkgerät sinken.

«Kümmern Sie sich hier mal», krächzt er.

Kappe nickt und zeigt auf Landsberger. «Mein Kollege. Was ist passiert?»

Der Notarzt richtet sich auf. «Tut mir leid, Major», sagt er zu Galan. «Herzdurchschuss. Nichts mehr zu machen. Haben Sie die Telefonnummer der Angehörigen?»

Kappe zieht seinen roten Ausweis. «LKA Berlin», sagt er. «Kappe, Mordkommission.»

«Jaja», grantelt der Notarzt. «Herzdurchschuss. Nichts mehr zu machen. Gilt auch für die Mordkommission.»

Kappe steckt den Ausweis weg. «Wer ist der Tote?»

«Major Ottmar von Pussinske. Wohl vom BND, sagt der da.» Der Notarzt zeigt auf Galan.

«Schweren Dienst gehabt?», fragt Kappe.

Der Notarzt winkt ab. «Sie sehen alle vier Wochen eine Leiche, ich alle vier Stunden. Wieso sind Sie überhaupt schon da? Braucht die Mordkommission nicht normalerweise Stunden zum Tatort?»

«Wir hören neuerdings die 112 ab», sagt Kappe. «Damit Typen wie Sie bei Herzdurchschuss auf dem Totenschein nicht aus Versehen *natürlicher Tod* ankreuzen.»

«Gehen Sie mal zur Nachschulung, Mann!», brummt der Notarzt, rafft sein Equipment zusammen und rauscht ab. Kappe sieht aus dem Augenwinkel, wie Landsberger sich bückt und mit einer Asservatentüte den glitzernden Sockel unter dem Schrank hervorholt.

«Und?», fragt Kappe und zeigt mit dem Kinn auf den Toten am Boden. «Was ist passiert?»

«Major von Pussinske hat mit Dr. Ostermann hier auf einen Boten von der Kommerziellen Koordinierung gewartet», sagt Galan. «Ich habe im ersten Stock bei den Amis am Funkgerät gesessen. Kaum war *Zar* da, ist ein Schuss gefallen. Der Schütze ist flüchtig.»

«Einfach so, hm?», fragt Kappe, dem das hier zu einfach vorkommt. «Klingt ziemlich lahm. Und flüchtig mit dem Motorrad?»

«Ja», sagt Major Galan und reibt sich die roten Augen. «Vermutlich.»

«Was ist mit sonstigen Zeugen? Der Elektroladen-Verkäufer?»

«Saß die ganze Zeit unter dem Verkaufstresen. Da würde er jetzt noch sitzen, wenn die Kollegen ihn nicht herausgezogen hätten. Er steht unter Schock und sitzt draußen im Krankenwagen. Gibt an, ein Mann sei hereingestürmt. Mit Sturmhaube. Er soll mittelgroß und sportlich gewesen sein.»

«1-A-Beschreibung. Keine Einzelheiten? Das könnte jeder gewesen sein. Und wo ist denn Ihr Bote jetzt?» Kappe sieht sich um. «Wir reden über diese Frau im Trenchcoat, nicht wahr?»

«Die Frau ist in Sicherheit. Wir fahren jetzt zum Hohenzollerndamm. Dann sehen wir weiter. Sie lassen das hier alles von der Spurensicherung aufnehmen, Kappe.»

«Und die Tatwaffe? Liegt irgendwo ein goldener Colt herum?»

Galan seufzt. «Keine Waffen, leider. Auch die Dienstwaffe von Major von Pussinske ist verschwunden.»

«Wie immer», nickt Kappe. «Ich lasse Sie von einer Streife begleiten. Sie kommen bitte zeitnah zu uns in die Keithstraße. Ich muss Ihre Aussage protokollieren. Bitte lassen Sie die Dame auf keinen Fall gehen, bevor ihre Personalien feststehen und ihre Aussage von uns protokolliert wurde.»

«Aber heute nicht mehr.»

«Ist das Ihr Ernst?» Kappe fasst es nicht. «Hier geht es doch um Ihren Kollegen, Mann!»

Landsberger tritt neben ihn und hält den durchsichtigen Asservatenbeutel mit dem glitzernden Teil darin hoch. «Was ist das? War es das, was die Botin Ihnen mitbringen sollte?»

Major Galan schüttelt den Kopf. «Das kann sich Ihre Kriminaltechnik gerne erst mal ansehen.»

«Haben Sie so einen Sockel schon mal gesehen?», fragt Landsberger Dr. Elke Ostermann.

«Mein Spezialgebiet», sagt sie.

«Dann begleiten Sie uns aufs Revier», sagt Kappe. «Wenn Sie sich in der Lage fühlen.»

Die Schicke nickt gottergeben. Fast hatte Kappe gehofft, dass sie sich weigern würde. Dann hätte er einfach alles hinschmeißen und wutentbrannt nach Hause stürmen können, zu einem kühlen Feierabendbier. Was soll's. Kappe hofft, dass Rosi noch im Büro ist. Irgendwie muss er heute noch dringend ein freundliches Gesicht sehen.

Es ist heiß im dritten Stock des LKA-Gebäudes in der Keithstraße. Die Augusthitze hängt unter den hohen Altbaudecken. Rosi hat im Vernehmungszimmer alle Fenster aufgerissen. Sie begleitet Frau Dr. Ostermann auf die Damentoilette. Landsberger wäscht sich schnell noch den Perückenkleber aus dem Gesicht und fährt dann in die Gerichtsmedizin zur Autopsie, damit Kappe und Rosi die Befragung machen können.

Kappe hat einen kurzen Moment, um sich den merkwürdigen Schmucksockel anzuschauen, den sie auf dem Boden gefunden haben. Es ist eine sehr feine Arbeit, soweit er das beurteilen kann. Die Zierelemente bestehen aus goldenen Bananen und Ananas. Sollten das wirklich Diamanten sein, dann hat er einen Gegenstand von unschätzbarem Wert vor sich.

Der Parfumduft eilt Dr. Elke Ostermann voraus.

«Wasser?», fragt Kappe. Sie nickt, und er schenkt ihr ein Glas ein. Sie nippt spitzmündig.

Rosi startet das Tonband. «Befragung von Frau Dr. Elke Ostermann, anwesend Kriminaloberkommissar Peter Kappe und Kriminalkommissarin Roswitha Habedank.»

«Sie sind heute Morgen gegen 8 Uhr mit den BND-Agenten Galan und von Pussinske in die Werkstatt des Elektrogeschäfts Noster gegangen. Was wollten Sie da?», fragt Kappe.

«Das wissen Sie doch», sagt Elke Ostermann müde. Die Hand, mit der sie das Wasserglas hält, zittert. Kein Wunder. Sie ist Kunsthistorikerin, aber gerade hat sie einen Menschen sterben sehen.

«Sagen Sie es nochmal für's Protokoll», bittet er.

Sie seufzt und macht sich gerade. «Also, nach allem was ich weiß, war das so: Der BND hat am Checkpoint Charlie einen Boten des Bereichs für Kommerzielle Koordinierung im Ministerium für Außenhandel erwartet. Das ganze hieß *Operation Zar*.

Von Pussinske hatte einen Koffer voller Geld dabei, wie viel da drin war, weiß ich nicht. Ich sollte die Echtheit eines kunsthandwerklichen Gegenstands bestätigen, den *Zar* mitbringen sollte zum Ankauf durch das Kunstgewerbemuseum. Ich bin davon ausgegangen, dass es eines der verschollenen Fabergé-Eier ist. Eier sind mein Spezialgebiet.» Sie zwinkert zweideutig, wenn auch mit mangelnder Überzeugung. Wer weiß, wie oft sie den Witz schon gemacht hat.

Kappe winkt das durch. «Aber der Bote kam nicht?»

Ostermann schüttelt den Kopf. «Von Pussinske und ich haben den ganzen Tag in der Werkstatt gesessen. Ich hatte ein Standardwerk über Fabergé-Eier mit, das kann ich jetzt auswendig.» Sie holt ein großformatiges Buch aus der Tasche und legt es auf den Tisch. Der Titel lautet *The Imperial Eggs 1885-1916.* Auf dem Cover glitzert ein gelbes Ei vor einer filigranen Pferdekutsche. «Das ist beispielsweise das Krönungs-Ei von 1887», sagt sie.

«Was hat so etwas für einen Wert?», fragt Rosi.

«Schätzungen gehen von 18 bis 24 Millionen Dollar aus. Aber das ist nichts gegen den Wert der sogenannten verschollenen Eier, die nach der Russischen Revolution verschwunden sind.»

«Wir haben diesen Sockel hier neben Major von Pussinske auf dem Boden gefunden. Was können Sie uns dazu sagen?», fragt Kappe.

Dr. Elke Ostermann lacht bitter. «Dieser *Zar* war eine Frau, das haben sie ja gesehen. Der BND hat sie einkassiert. Die ist also über den Hof in die Werkstatt gekommen, zehn Stunden zu spät, aber von Pussinske hat sich gefreut, als sei die Jungfrau Maria persönlich erschienen. Im Futter ihrer Handtasche war ein Geheimfach, und darin war ein Fabergé-Ei verborgen.»

«Konnten Sie das Ei erkennen?»

«Es war das *Vögel der Westindischen Inseln-Ei.* Der Anblick ging mir durch und durch. Es ist eines der verschollenen Eier.

Unglaublich wertvoll. Es hat die Form einer Tischuhr. Niemand hat es je in natura gesehen. Man weiß nur von Rechnungen des Hauses Fabergé und von einem alten Foto, das es existieren muss. Hier.» Dr. Elke Ostermann schlägt in ihrem Buch die entsprechende Seite auf. «Es gibt nur dieses unscharfe Foto. Das Ei fällt mit seinem karibisch beeinflussten Dekor aus der Reihe. Es besteht aus Vierfarbgold, opaleszenter weißer Emaille, undurchsichtiger roter, gelber und grüner Emaille, Diamanten, Perlen und Samtfutter. Das Ei ist durch stilisierte Palmblätter in zwölf Tafeln unterteilt, an deren Enden Diamanten gesetzt sind. Es ist umgeben von Hibisken und Frangipani-Blüten. In jede Tafel ist ein exotischer Vogel gemalt, hier ein Dreifarbentangare, ein Pitpit, Zuckervögel. Öffnet man das Ei, breitet ein wunderschöner Türkisvogel aus Vierfarbgold die Flügel aus und schlägt damit, als ob er losfliegen will.»

«Und die Botin hat nur den Sockel des Fabergé-Eis zum Ankauf durch das Museum mitgebracht?»

«Nein.» Elke Ostermann nimmt sich die Wasserflasche und schenkt sich nach. «Sie haben nicht zufällig was Stärkeres?»

«Ist gegen die Vorschriften», schnarrt Rosi sehr hochdeutsch. «Sie sagten ...»

Die Ostermann nickt genervt. «Sobald das Ei auf der Werkbank gestanden hat, flog plötzlich die Tür zum Laden auf. Ein Mann mit einer Motorradmaske, ganz in Schwarz, platzt herein. Mit gezogener Waffe. ‹Her damit!›, schreit er. Der wollte das Ei. Aber Herr von Pussinske hält es fest, der andere will es ihm wegreißen. Die Botin ist zur Hintertür raus, glaube ich. Ich krieche unter den Tisch. Es gibt einen Kampf. Das Ei muss zerbrochen sein. Plötzlich fällt der Sockel unter den Schrank. Dann knallt es. Pussinke muss auf den mit der Maske geschossen haben. Glaube ich. Ich habe mir die Ohren zugehalten. Der mit der Maske schießt zurück. Von Pussinske fällt um. Der andere haut ab, hinten raus.»

«Haben Sie irgendwas gehört? Einen Wortwechsel?»

«Das hat alles nur ein paar Sekunden gedauert. Ich habe noch ein Motorrad wegfahren gehört. Plötzlich war auch schon Major Galan da. Und dann die Polizeisirenen.»

«Haben Sie gesehen, wo die Dienstwaffe von Major von Pussinske geblieben ist? Hat der Maskierte sie mitgenommen?»

Sie schaut verblüfft. «Keine Ahnung, ehrlich. Lag sie nicht auf dem Boden? Dann muss der Maskenmann sie mitgenommen haben.»

«Und die Botin war während dieser ganzen Aktion nicht in der Werkstatt?»

«Die ist in den Hof gerannt.»

«Glauben Sie, von Pussinske hat den Angreifer verwundet?»

«Hat ihn am Arm getroffen.»

«Konnten Sie irgendetwas erkennen? War der Mann groß oder klein? Augenfarbe? Akzent?»

«Eher groß und sportlich. Kein Akzent. Aber für alles andere ging das viel zu schnell.»

Rosi zieht das Fachbuch zu sich heran. «Wir haben also die Basis des *Vögel der Westindischen Inseln-Eis? Ein quadratischer Sockel mit konkaven Seiten in emailliert durchscheinendem Smaragdgrün, verziert mit stilisierter Ananas und Bananen*», liest sie vor. «Das kommt doch hin, oder?»

«Ja, schon.» Ostermann schenkt sich Wasser nach. «Und auch die emaillierte Verzierung in Form einer Chilischote ganz oben auf dem Ei war da. Chilis waren zur damaligen Zeit in Russland kaum bekannt. Das ist der Grund, warum man dieses Ei auch *Die karibische Gurke* nennt. Es soll eine Höhe von 12,7 Zentimeter haben, steht in dem Buch. Ich hatte es nur zwei Sekunden in der Hand. Aber das Ei war viel größer. Mindestens 15 Zentimeter hoch. Sehen Sie, ich kann das mit der Spannweite zwischen meinem Daumen und meinem Zeigefinger messen. Genau 15 Zentimeter. Ansonsten ist die Fälschung sehr gut gemacht. Auf den ersten Blick waren alle Punzen und Stempel da.»

«Weiß jemand, dass Sie es für eine Fälschung halten?»

«Nein. Ich bin nicht dazu gekommen, es jemandem zu sagen. Kann ich jetzt nach Hause? Ich bin sehr müde.»

«Verständlich. Rosi, frag trotzdem beim BND, ob sie die Zeugin befragen wollen», sagt Kappe, und Rosi geht telefonieren. «Eins noch.» Kappe steckt sich eine Zigarette an und gratuliert sich zu der kooperativen Zeugin. «Wieso schenkt ein Zar seiner Mutter ein Ei mit karibischen Vögeln?»

«Das ist einfach», sagt Elke Ostermann. «Niemand weiß es mehr, aber die Karibik-Insel Tobago hätte im 18. Jahrhundert russisches Überseegebiet werden können. Tobago war nämlich Teil von Kurland, einem Herzogtum, das vom 16. bis zum 18. Jahrhundert im Baltikum existierte.»

«Mein Gott. Ich dachte, nur die Engländer waren überall unterwegs?»

«Die Engländer waren dann auch schneller und haben den Russen die sogenannten Inseln über dem Winde weggeschnappt. Der kurländische Herzog Jakob Kettler hatte in Afrika und der Karibik einige Kolonien eingerichtet, darunter Tobago. Im 18. Jahrhundert wurde Kurland ein Teil Russlands. Damit hätten auch die Kolonien ans Russische Reich fallen müssen. Aber sie standen bereits unter britischem Einfluss, da der Herzog sie im 16. Jahrhundert als Sicherheit für Darlehen aus London gegeben hatte. Katharina II. versuchte im späten 18. Jahrhundert unter Berufung auf die Verbindungen zu Kurland mehrfach, Einfluss in Tobago zurückzugewinnen, aber vergeblich. Das Ei gilt als Reminiszenz an die verlorenen russischen Kolonien.»

Rosi erscheint in der Tür. «Major Galan will Sie noch sehen», sagt sie.

Dr. Elke Ostermann steht auf. «Aber ich ihn nicht», sagt sie. «Erzählen Sie ihm doch, was ich gesagt habe. Ich bin müde, ich brauche eine Gurkenmaske und Schokoladenpudding und muss auf dem Sofa sitzen und heulen.»

«Ihre Entscheidung. Ich würde mir gerne Ihr Buch für

ein paar Tage leihen», sagt Kappe. «Eine Streife bringt Sie nach Hause.»

Aber Elke Ostermann winkt ab. «Behalten Sie das Buch. Ich nehme mir eine Taxe. Für heute habe ich genug von der Polizei. Sie werden das verstehen.»

VIER

Mittwoch, 18. August 1982

WAS SOLL MAN nachts machen, wenn im Finstern nur die Wohnzimmeruhr tickt? Das ist für die Angst wie ein Freudenfest. Sie stürzt sich auf Kappe, verbeißt sich in seinen Nacken und schüttelt ihn. Das Morgengrauen heißt auch nicht umsonst so. Nach dem Taumel vom Schlafzimmer zum Bad helfen harter Nescafé und eine Vitamintablette, gefolgt von einer Zigarette und reichlich Paracetamol. Die Angst reagiert sofort. Fauchend zieht sie sich zurück. Natürlich weiß Kappe, dass sie noch da ist. Sie lauert in ihm, wartet auf ihre Gelegenheit. Der Tag mit seinem Telefongeklingel, seinen Menschen und ihren Allerweltsproblemen schlägt nur vorübergehend die Tür zwischen der Angst und Kappes Bewusstsein zu.

Auf dem Revier findet er schon wieder eine Postkarte im Posteingang: *Gruß aus Wiesbaden*, zu sehen sind Marktkirche und Rathaus. Während er benommen seinen Nescafé nippt, liest er in einer steilen, strengen, unbekannten Handschrift: *Berlins Polizei muss pro Jahr 180.000 Strafanzeigen aufnehmen. Aus 1,5 Millionen Karteikarten und 150.000 Kriminalakten müssen bei der Fahndung Anhaltspunkte herausgesucht werden. Niemand weiß mehr, wo die Informationen stecken. Das Konzept der Berliner Kripoführung stellt die Siemens 4004 des Landesamtes für eDV in den Mittelpunkt und schließt on line 73 Nixdorf-Terminals an.*

Werbung von Siemens oder Nixdorf? Was die eDV-Einführung angeht, so hatte Kappes Chef Harry Engländer eigentlich gehofft, den Ruhestand zu erreichen, ohne damit behelligt zu werden. Aber nachdem er bei einer Schulung einen Lehrfilm gesehen hat, ist er von einer geradezu skurrilen Technikbegeisterung erfasst worden. Kappe, Landsberger und Rosi hingegen sehen sich auf endlosen Lehrgängen hocken und anschließend tage- und nächtelang Daten abtippen, während die Berliner Mörder unbeobachtet im Großen Tiergarten fröhliche Schlachtfeste feiern.

Kappes grünes Tastentelefon klingelt.

«Juten Morgen, Kappe!», schmettert die Hammerwerferinnenstimme von Dr. Doreen Niedergesäß, der Leiterin der Gerichtsmedizin in Moabit.

«Du klingst sehr wach», seufzt er.

«Ich freu mich jeden Morgen, det ich hier arbeiten darf. Ejal, wo ich mein Sektchen abstelle – et bleibt immer schön kühl!» Sie lacht wie ein Pferd. Kappe denkt, dass er Doreen Niedergesäß vermissen wird, falls ihnen wirklich eine Atombombe auf den Kopf fällt.

«Was Neues zu unserer BND-Leiche?», fragt er.

«Todesursache Kreislaufstillstand durch Zerstörung des Herzens und von Hauptblutgefäßen, anschließend Sauerstoffmangel im Hirn. Nich mit dem Leben vereinbar. Oder wie man in Berlin sacht: Blattschuss, Herzmuskel jeplatzt, Schock, aus die Maus. Hab ich Landsberger gestern schon gesagt. Issa noch nich da?»

«Hat Urlaub. Der ruft mich sicher auch gleich an. – Projektil? Kaliber?»

«Habe jerade mit der Kriminaltechnik gesprochen. 9 mm. Könnte 'ne Makarow jewesen sein. Aber det Kaliber is jängig, wie du weeßt. Ohne einen Beschussvagleich mit der Tatwaffe könnte et jeder jewesen sein. Und alle Waffen sind ja verschwunden. Aber warum ich anrufe: Auf dem Sockel von dem Ei sind nich nur die Fingerabdrücke von Pussi.»

«Pussi?»

«Spitzname von Ottmar von Pussinske beim BND. Jedenfalls ist da noch ein halber anderer Abdruck. Die Kollegen schauen schon die Karteikarten durch. Dauert. Sind ja 'n paar.»

Kappe muss kurz an Kommissar Computer denken. Dafür wäre der jetzt gut. Aber das ist ja noch Zukunftsmusik. Außerdem glauben die Gewerkschaften, dass die aus der KT dann alle arbeitslos werden.

«Okay, danke, Doreen», seufzt Kappe.

Es graust ihn, wenn er sich vorstellt, dass er gleich zum BND fahren muss. Major Galan scheint ja eine echte Flachpfeife zu sein. Wenn man schon einen Überläufer erwartet, sollte man sich mit dem nicht weit weg von der Grenzkontrollstelle treffen? Vielleicht im Affenhaus im Zoo? Oder hat Galan eine undichte Stelle in seiner Abteilung?

Also erst mal eine Zigarette und dann anrufen. Kappe wählt Galans Nummer und kommt sofort durch. «Hoffentlich ist es wichtig», grantelt der Agent gleich zum Einstieg.

«Wir würden gerne mit der dunkelhaarigen Dame sprechen. Mit dem Kurier von gestern Abend», sagt Kappe und zieht an seiner Zigarette. «Sie ist eine wichtige Zeugin, das wissen Sie ja.»

«Junge, das wird nichts. Trennungsgebot, muss ich Ihnen nicht erklären. Polizei einerseits, Nachrichtendienste andererseits. Zwei getrennte Sphären.»

«So lautet die Theorie», sagt Kappe. «Jetzt haben wir einen Mord.»

«Wenn überhaupt, dann mischen wir uns bei Ihnen ein.» Galan lacht. «In die Niederungen der deutschen Landespolizei. Vielleicht haben Sie schon davon gehört, das heißt ‹verstetigte Amtshilfe›. Wenn Sie nicht weiterkommen, bietet der BND Ihnen Hilfe an. *BND for hire.* Natürlich tragen Sie als ersuchende Behörde gegenüber dem Bundesnachrichtendienst die Verantwortung für die Rechtmäßigkeit der durchzuführenden Maßnahme.»

«Ja, prima. Mir egal, wie wir das nennen.»

«Wird trotzdem nichts draus. Kommen Sie her, wenn es sein muss. Gehen wir ein Stück spazieren. Am Telefon kann ich Ihnen nichts erzählen. Sie wissen doch – Feind hört mit.»

Das Gebäude des BND zieht sich scheinbar endlos und abweisend den Hohenzollerndamm entlang. Major Galan lehnt lässig am Pförtnerhäuschen, als Kappe aus dem Dienstwagen steigt. Sie nicken sich zur Begrüßung zu.

«Gehen wir ein Stück», sagt Galan und schlendert los. Neben dem Bürokomplex ist eine Wiese. Kappe zündet sich eine Zigarette an. Es tut gut, nicht dieselbe Luft atmen zu müssen wie der Lackaffe vom BND. Auch das Gehen tut gut. Es hilft gegen die Angst. Ist ein Schritt ein Schritt, oder sind rechtes Bein – linkes Bein ein Schritt? Kappe konzentriert sich auf die Gleichförmigkeit der Bewegung. Das missfällt der Angst. Sie mag das Sinnieren nicht, und auch nicht das Rauchen. Im weiteren Tagesverlauf wird sie sich wohlerzogen und verständig zeigen.

«Die schöne Dame ist ein Oberleutnant des MfS im besonderen Einsatz», sagt Galan, ohne dass Kappe nochmal nach der Frau gefragt hätte. «Vordergründig eine Diplomatin.»

«Welche Abteilung? Kommerzielle Koordinierung?»

«Ja, ich glaube, so viel kann ich Ihnen verraten.»

«Das heißt, als Diplomatin dürfen Sie sie gar nicht befragen? Hat sie freiwillig mit Ihnen gesprochen?»

«Ach, Kappe. Warum sollte sie mit uns sprechen?»

«Was war denn Ihr geheimer Deal?»

«Wir wollten das Fabergé-Ei ankaufen. Für das Kunstgewerbemuseum.»

«Das heißt, Sie werden die Frau wieder gehen lassen? Zurück über die Grenze?»

«Diese Information ist klassifiziert.»

«Also nicht. Na gut. Wer wusste noch davon? Wer hätte den Mann mit der Sturmhaube schicken können?»

«Da kommen Sie selbst drauf, Kappe.»

«Die Zonis. Die KoKo. Die Stasi. Aber warum? Die wollten das Ei doch verkaufen.»

«Wir werden es herausfinden.»

«Da draußen läuft ein Mörder herum.»

«Macht nichts. Hier laufen jede Menge Mörder rum – KGB, CIA, MI6, Stasi, James Bond, sogar wir selbst ... und alle haben die Lizenz zum Töten. Das macht mir keine Angst.»

«Und was ist mit der Frau?»

«Was soll mit der sein?»

«Vielleicht will sie überlaufen, was weiß ich? Auf Fahnenflucht steht drüben die Todesstrafe. Ich fand ihre Handtasche ziemlich groß. Wie heißt sie denn? Das brauche ich schon, für's Protokoll.»

«Nicht so ungeduldig, Kappe. Warten Sie meinen Bericht ab.»

«Major Galan, die ersten paar Stunden in einer Ermittlung sind entscheidend. Müssten Sie nicht auch daran interessiert sein, wer Ihren Kollegen ins Jenseits ...»

Galan kichert böse. «Immer dieselben blöden kleinlichen Argumente, Kappe. Wer beim BND arbeitet, kennt das Berufsrisiko. Wir kassieren alle Gefahrenzulage, wir sind nicht so emotional beteiligt. Wir sehen das große Ganze. Wir sind hier auch nicht alle Freunde. Vielleicht sind wir noch nicht mal alle auf einer Seite. Manche sind sogar auf mehreren Seiten. Genau weiß man es nie.»

Unangenehm. Kappe versucht, sich das vorzustellen. «Wie sagt man – Augen auf bei der Berufswahl? Ich bilde mir ein, ich bin auf der Seite des Rechts.»

«Jaja, das denken sie alle. Aber was Sie hier von mir verlangen, ist Verletzung von Dienstgeheimnissen und von besonderen Geheimhaltungspflichten, Junge. Also. Melden Sie sich, wenn Sie in unserer anderen Angelegenheit etwas haben. Finden Sie die Bombe. Das ist jetzt wichtiger.»

Kappe bleibt stehen, tritt seine Zigarette aus und schüttelt den Kopf. «So viel Menschenverachtung», sagt er. «Man könnte meinen, Sie arbeiten für den Osten.»

«Osten, Westen.» Major Galan zuckt die Schulter. «Nichts als Punkte auf dem Kompass.»

Kappe ist kaum zurück im Büro, da klingelt das Telefon schon wieder. Es ist sein Vater, Kriminalhauptkommissar a.D. Otto Kappe.

«Peter», flüstert er in den Hörer. «Ich bin mit deiner Mutter im KaDeWe. Silberterrasse, das Restaurant in der fünften Etage.»

Kappe sieht das Restaurant mit seinem polierten Nussbaumdekor und der silbernen Blattdeko, den feinen Jugendstilgardinen, den strahlend weißen gestärkten Tischdecken und dem glänzenden Silberbesteck vor sich. Eine andere Welt. «Schön!», seufzt er. «Was habt ihr bestellt?»

«Die Fischplatte für zwei, und jeder einen Weißwein. Aber das tut nichts zur Sache, Peter! Ich rufe von den Toiletten an. Stell dir vor, wer auch da ist. Wer sich hier gerade den Gruß aus der Küche schmecken lässt!»

Es könnte jeder sein, von Günter Pfitzmann bis Harald Juhnke. «Na, wer?»

«Lilli Lenné! Kannst du das glauben?»

«Ach, herrje. Unsere Kriminalmeisterin Lilli Lenné?» Eine heiße Biene, ein paar Jahre älter als Peter Kappe und definitiv zu jung für seinen Vater. Aber das ganze Revier Keithstraße war ein wenig in sie verliebt gewesen. Die Männer konnten sich ihrer Ausstrahlung nicht entziehen. Vielleicht war es ihr leicht französisch anmutender Charme gewesen, dieses gewisse Strahlen, die Lebensfreude, die von ihr ausging. Ihre Figur konnte es nicht gewesen sein. Ihr Hinterteil war schon immer ausladend gewesen, ihre Beine eigentlich zu dick. Aber sein Vater hatte Peter Kappe in einem seltenen Moment der Vertrautheit erzählt, dass er Lilli Lenné trotzdem gerne vernascht hätte. Jetzt plagt seinen Vater ein schlechtes Gewissen und der wiederkehrende Albtraum, dass er mit der Kollegin ein gemeinsames Kind hätte.

«Und, hat sie dich erkannt?», flüstert Peter Kappe.

«Nein! Ich bin ja sofort zum Telefon geflüchtet! Was würdest du sagen - als Psychologe? Was soll ich denn jetzt machen, Junge?»

«Gar nichts. Mutter weiß ja nichts von deinen Albträumen. Und Frau Lenné? Das ist zehn Jahre her. Wenn sie dich bemerkt, tust du einfach so, als ob du sie nicht erkennst.»

«Ja. Ja genau. Sie ist ja auch ganz schön dick geworden. So mache ich das. Danke dir, Junge.»

Beschwingt und frisch psychologisch gestärkt legt Kappe senior auf.

Lilli Lenné ist also zurück in Berlin. Kappe denkt an ihre blauen Augen. Dann fällt ihm noch etwas ein. Hatte sie nicht Beziehungen gehabt zum Staatsschutz oder zum Verfassungsschutz?

Er greift sich seine Herrenhandtasche und rennt los. Sehr weit ist es nicht zum KaDeWe, eigentlich bloß einmal um die Ecke.

Willkommen im KaDeWe steht in geschwungenen Goldlettern auf der braunen Markise über dem Haupteingang. Das Kaufhaus des Westens am Wittenbergplatz war schon immer das Grandhotel unter den Kaufhäusern. Alles ist gediegen, alles hat eine Goldkante. Die Klimaanlage läuft auf Hochtouren. Das Entree riecht nach Parfumproben und Leder. Kappe hat keine Zeit zum Schlendern. Die Kosmetikabteilung ist voller flanierender Ossis in zu engen Hosen, Vollbart und Jeanshemd. Kappe schiebt sie beiseite und schnürt durch zu den Fahrstühlen. Der Fahrstuhlführer ruft die einzelnen Etagen aus. Es dauert ewig bis in den fünften Stock. Abteilung Inneneinrichtung. Kappe drängt sich aus dem Fahrstuhl. Der Schaumgummigeruch der Teppichrollen mischt sich mit dem Staub der schweren Vorhangstoffe.

Kappe betritt die Silberterrasse und sieht sich um. Seine Eltern sind nicht mehr zu sehen. Vielleicht hat sein Vater Unwohlsein vorgetäuscht, und sie haben sich die große Fischplatte einpacken lassen.

Aber an einem Tisch am Fenster sitzt sie. Da, hinter der Silberblütendeko isst sie ein Schnitzel – ganz unverkennbar Lilli Lenné.

Zehn Jahre sind eine lange Zeit, denkt er. Sie ist gut gealtert. Mühelos elegant, dezent zurechtgemacht, in schickem Kleid und klassischen Schuhen. Verträumt kauend schaut sie aus dem Fenster. Kappe tritt an ihren Tisch. Langsam wendet Lilli Lenné den Kopf. Sie ist wirklich dicker geworden, aber auf so eine saftige sexy Art. Kappe setzt sein bestes Netter-Junge-von-Nebenan-Lächeln auf. Sie erkennt ihn sofort, und in ihrem Gesicht geht die Sonne auf.

«Kann ja nicht wahr sein!», sagt sie. «Peter Kappe!»

«Ein doller Zufall, was?», strahlt er zurück. «Wie lange ist das her?»

«Das muss ein halbes Leben her sein», sagt sie. «Setzten Sie sich doch!»

Kappe zieht einen Stuhl zurück und setzt sich. «Ich will Sie nicht stören, wenn Sie ...»

«Nein nein, Sie stören mich nicht, Kappe, im Gegenteil.» Sie lacht ihn an, ihre Lachfältchen lassen ihre Augen funkeln. «Sie muntern mich auf.» Sie winkt dem Kellner. «Darf ich Ihnen einen Kaffee ausgeben?»

Kappe nickt. «Sehr gerne, Frau Lenné.»

Sie lacht ein bisschen lauter, etwas zu laut und ein wenig zu bitter. «Lenné ist passé. Ich heiße jetzt Lilli Krugowski.»

«Oh! Na, da gratuliere ich», stammelt er und hofft, dass ihre Ehe andere Vorteile hat als einen schönen Namen.

«Ja, danke! Wie geht's denn Ihrem Papa, dem alten Haudegen?»

«Bestens. Er ist seit ein paar Jahren in Rente.»

Sie nickt und mustert ihn von oben bis unten. «Gut sehen Sie aus, Kappe! Gereift. Sind Sie auch noch dabei?»

«Ja. Oberkommissar bei der MK6. Ich hatte gehört, Sie haben sich nach Hamburg versetzen lassen?»

Der Kaffee kommt, und Kappe nippt ehrfurchtsvoll. Immerhin ist es KaDeWe-Kaffee. Trotzdem ein bisschen dünn.

«Hamburg war schön. Das Meer, das Geld.» Sie seufzt. «Aber

dann erlag ich den Verlockungen von Polizeimeister Wilfried Willi Krugowski von der Schutzpolizei. Und da bin ich wieder. Wohne in Haselhorst.»

«Gibt Schlimmeres, oder?»

«Auf jeden Fall. Ich bin jetzt beim LKA, Organisationsgruppe elektronische Datenverarbeitung, Abteilung ADV ZD II. Die Dienststelle ist in Spandau, Heerstraße. Wir sind mit dem Ausbau der polizeilichen Datenverarbeitung INPOL beschäftigt.»

«Ach, du Schreck. Da sind Sie? Sie arme Person.»

«Eine ruhige Aufgabe. INPOL gibt es jetzt auch schon seit zehn Jahren. In Berlin haben wir das ISVB entwickelt, um die Anforderungen umzusetzen. Das läuft jetzt seit drei Jahren im Vollbetrieb.»

«Bei uns ist es noch nicht auf Sachbearbeiterebene angekommen, Gott sei Dank.»

«Die Schutzpolizei hat natürlich unmittelbarere Erfolge, bei der Kfz- und Personenfahndung.» Sie runzelt ihre hübsche Stirn. «Sie sind doch nicht technikfeindlich, Kappe? In Ihrem jugendlichen Alter?»

«Für die Verkehrspolizei ist das bestimmt genau richtig. Ich habe das polizeiliche eDV-Konzept gelesen. Da steht drin, dass für die Aufgaben Fallanalyse und Dateneingabe kein zusätzliches Personal benötigt wird. Das glaube ich aber nicht. Und ich arbeite bereits jetzt zu viel, wissen Sie?»

«Naja, die Eingabeterminals stehen jedenfalls auch bei Ihnen schon, und es werden noch mehr werden. Und was das Konzept angeht – das ist wohl eher ein Eingeständnis, dass wir sowieso niemanden dafür einstellen können, und schon gar keine Datentypisten aus der freien Wirtschaft.»

«Ich liege also richtig? Was dagegen, wenn ich rauche?»

«Natürlich nicht. Ich sehe Männern gerne beim Rauchen zu. Warten Sie mal, ich weiß, wann wir zuletzt zusammengearbeitet haben – das war diese Sache mit dem Sprengstoffanschlag auf den Britischen Yachtclub in Gatow. 1972?»

«Richtig. Ich hatte gerade beim Diskussionskommando des MEK 5 angefangen. Mein erster richtiger Fall.»

«Und jetzt sind Sie ein gestandener Beamter! Haben Sie Familie?»

«Ja.»

«Schön!»

«Mal so, mal so. Sagen Sie mal, Frau Le ... Krugowski, Sie hatten doch früher immer so einen heißen Draht zum Verfassungsschutz oder Staatsschutz? Ich erinnere mich, dass Sie sogar Akten besorgen konnten. Ist der Draht noch heiß?»

Sie lehnt sich zurück, legt das Besteck ab und tupft sich die Lippen mit der Serviette sauber. «Hey, Peter Kappe, sind Sie etwa an etwas Großem dran?»

Er legt den Kopf schief und setzt sein Kitsch-Jesus-Gesicht auf. «Mord ist immer etwas Großes», sagt er so nachdrücklich, als wäre es ein James-Bond-Spruch.

«Wie kann ich helfen?», seufzt sie. «Sie haben natürlich recht. Ich vermisse das schon, das Operative. Immer nur Formulare und Kommissar Computer ist auch nicht das Gelbe vom Ei.»

«Wo würde der BND hier in West-Berlin jemanden unterbringen, den er diskret verhören will?»

«Oh, da muss ich nicht lange nachdenken. Versuchen Sie es in der Sven-Hedin-Straße 11. Das wird dienstintern die ‹Agenten-Villa in Zehlendorf› genannt. Das Haus gehört der Bundesrepublik Deutschland, wird aber seit dem Krieg vom US-Geheimdienst und vom BND genutzt. Hat 14 Zimmer und einen riesigen Garten. Da fällt ein Gast mehr oder weniger gar nicht auf.»

«Und gut bewacht?»

«Sehr gut. Natürlich.»

Sie plaudern noch ein bisschen, tauschen Adressen und Telefonnummern aus. Als Kappe sich verabschiedet, hat er Lilli Krugowski eine halbe Stunde beim Essen zugesehen und einen beißenden Hunger.

Er fährt mit der Rolltreppe in die Feinkost-Abteilung im sechsten Stock. Vielleicht bekommt er hier eine Bratwurst auf die Hand. Hinter der Fleischtheke bauschen sich Ketten von fettglänzenden Würsten auf ihren Haken wie die Rüschen von Volantröcken. Inmitten der rohen Fleischstücke in der Kühltheke fällt Kappes Blick auf ein braunes Preisschild mit dem KaDeWe-Logo, einer Hansekogge unter vollen Segeln. Auf dem Schild wird Löwenkeule angepriesen, ohne Knochen, aufgetaut, 500 Gramm für 19,50 DM.

Er macht auf dem Absatz kehrt, rennt fast eine Beamtenwitwe um, deren Twinset nach Mottenkugeln riecht, und sieht zu, dass er Land gewinnt.

Der August ist die beste Zeit, um Moskau zu besuchen, denkt General Semjonow. Von seinem Büro hinter der Kreml-Mauer kann er die Touristen auf dem Roten Platz sehen. Es ist ein schönes Büro, goldene Gardinen, glänzendes Holz. Eine Kaminumrandung aus grünem Marmor. Ein süßlicher Geruch nach Reinigungsmittel liegt in der Luft. Im Licht einer messingfarbenen Schreibtischlampe setzt sich General Semjonow auf seinen Ledersessel. Seine Stirn fühlt sich heiß und kalt zugleich an, wie ein Sommer in Sotschi. Konzentriert hebt er den Hörer von einem seiner drei sicheren Telefone und wählt eine Nummer in West-Berlin, die er auswendig kann.

«Warum muss ich Sie anrufen, Hauptmann Fichte? Warum melden Sie sich nicht?», fragt er in flüssigem Deutsch. «Ich höre, es gab eine Schießerei? Muss ich mir Sorgen machen?»

«Nein, Genosse General.»

Die Stimme des Deutschen klingt gefasst, aber gepresst.

«Haben wir das Zielobjekt sichergestellt?»

«Wir haben es. Nicht unversehrt. Aber funktionsfähig.»

«Sehr gut. Und der Bote?»

«Sie wissen sicher, dass es eine *Botin* war. Marina Mars. Der BND hat sie.»

Semjonow atmet tief durch, um das Feuer hinter seinem Zwerchfell zu löschen. «Wie lautete Ihr Befehl, Hauptmann?»

«Zielobjekt sicherstellen, den Boten liquidieren.» In der militärischen Zackigkeit schwingt eine gewisse Gequältheit mit. Diese verdammten Deutschen mit ihrer Romantik.

«Marina Mars muss ein sehr schönes Mädchen sein», seufzt General Semjonow. «Ein Kämpfer für den Sozialismus wie Sie sollte sich schämen, wenn er eine *marionetka* verschont. So spätkapitalistisch dekadent!»

«Es war eine operative Entscheidung.» Der Deutsche klingt beleidigt.

«Kleinmut und Faulheit, das war es!», donnert Semjonow. «Nun, dann müssen Sie das Problem jetzt auch selbst lösen. Sie wollen doch nicht, dass wir Ihre Mutter auf ihre alten Tage noch zur Umerziehung abholen müssen, nur weil ihr Sohn ...»

«Nein, Genosse General.»

«Marina Mars weiß zu viel. Finden Sie sie. Liquidieren Sie sie.»

«Ja, Genosse General.»

«Ich erwarte einen Genickschuss. Egal was Gogol sagt, der Sozialismus wird sich nicht mit friedlichen Mitteln verbreiten.»

«Ja, Genosse General.»

«Ich werde persönlich dafür sorgen, dass Ihnen der Karl-Marx-Orden für besonders hervorragende Leistungen auf dem Gebiet der Organisation der nationalen Verteidigung an die Brust geheftet wird. Wenn Sie erfolgreich sind. Ihre Mutter wird stolz sein, Hauptmann Fichte. Schließlich haben Sie unterschrieben, dass Sie allzeit bereit sind, zum Schutze der Deutschen Demokratischen Republik aktive Aktionen gegen den Feind und sein Hinterland erfolgreich durchzuführen. Und genau das werden Sie tun.»

«Danke, Genosse General!», schmettert der Deutsche.

«Wir glauben doch alle an die Sieghaftigkeit des Sozialismus, nicht wahr, Genosse Hauptmann?»

Fichte dankt ihm mehrfach. Es scheint, als platze der Deutsche fast vor Dankbarkeit für diese zweite Chance. Er ist wieder ganz Diener des Volkes. Semjonow legt trotzdem mit dem schalen Gefühl im Bauch auf, dass er hier in Moskau zu weit weg ist, um wirklich durchschlagend einzuwirken. Andererseits ist es sehr gut, 1.600 Kilometer entfernt und damit außer Reichweite zu sein, wenn sein Plan aufgeht.

Bei der Lagebesprechung am Nachmittag in Tempelhof sitzt Kappe unruhig in der dritten Reihe. Die Hitze steht im Großen Saal. Es wird viel Sinalco und Cola getrunken. Das Beste sind die Kekse, die irgendjemand vermutlich aus der Senatsreserve gekramt hat.

Die alliierten Verbindungsoffiziere melden keine auffälligen Aktivitäten. Bei Zollkontrollen wurde zwar dies und das beschlagnahmt. Aber nach Begutachtung durch Sachverständige stellten sich die Objekte als Maschinenteile für die Lampen-Produktion von Osram in Spandau heraus. Der Betriebsleiter von Osram protestierte gegen das Vorgehen der Zollbehörden mit dem Spruch: «Wir brauchen jede Lampe!» Ein anderes Objekt stellte sich tatsächlich als das in den Warenbegleitpapieren ausgewiesene Turbinenteil für das Kraftwerk Reuter West heraus.

«Dass wir bisher nichts gefunden haben, davon sollten wir uns nicht einlullen lassen», sagt Major Galan.

Aber der stellvertretende Polizeipräsident regt an, angesichts der Ruhe die Einsatzstufe wieder von Berta (Großlage) auf Anton (Streifendienst) zurückzustufen.

«Stellen Sie besser die Absicherung der Zugänge zu den öffentlichen Zivilschutzanlagen sicher», gibt Galan ihm auf.

«Dazu müsste ich mehr Männer haben», mault der Mann.

«Dann mobilisieren Sie doch endlich Ihre Freiwillige Polizeireserve!», schlägt der Ami vor. «Dann haben Sie auf einen Schlag 2.500 Mann mehr.»

«Das will ich als Stellvertretender nicht entscheiden. Was meinen Sie, das gibt ein Gerede in der ganzen Stadt.»

Major Galan schüttelt den Kopf. «Jetzt holen Sie endlich Ihre Hilfssheriffs in die Kasernen, Mann. Was meinen Sie, was das erst für ein Gerede gibt, wenn uns hier eine Bombe eingeschleppt wird.»

«Blasen Sie sich mal nicht so auf, Major. Wir sind hier in der entmilitarisierten Sonderzone West-Berlin. Hier steht nicht ein einziger deutscher Soldat unter Waffen.»

«Wozu hat denn Ihre Polizei hier eine Sonderausbildung am Nato-Sturmgewehr G3? Wozu haben Sie Stahlhelm und Gasmaske? Weil Sie im Kombattantenfall Heimatschutzaufgaben wahrnehmen sollen. Dann machen Sie das auch, verdammt nochmal!»

Bei Heimatschutz muss Kappe wieder an den Atombunker unter dem Ku'damm-Karree denken. Von der Wohnung seiner Eltern aus ist es gar nicht so weit bis dorthin. Vielleicht sollte er sie doch einweihen und ihnen gleichzeitig raten, in der Nähe des Bunkereingangs herumzulungern? Er hat den Bunker mal dienstlich besichtigt. Viertausend Quadratmeter für dreitausendsechshundert Menschen. Vierzig Grad heiße Luft. Vier Toiletten. Keine Duschen. Das Licht ist rationiert und wird nur eingeschaltet, wenn es gebraucht wird. Wer zuerst kommt, kommt rein. Man rechnet mit einer Nutzungsdauer von vierzehn Tagen. Danach kann man den Strahlenschutzbunker ohne gesundheitliche Folgen verlassen, das sagen die Forscher.

Schließlich setzt Galan sich durch, und die Mobilmachung wird beschlossen. Als offizieller Einberufungsgrund werden Übungen im Objektschutz sowie die Teilnahme an der Alliierten-Parade am Tag der alliierten Streitkräfte im Juni nächsten Jahres genannt.

Kappe kann es kaum erwarten, dass die Sitzung schließt. Draußen dämmert es bereits. Er steigt am Platz der Luftbrücke in die U-Bahn. Immer wenn er die Treppen zu einer U-Bahn-Station hinuntersteigt, hört er im Geiste den Satz aus dem zehn Jahre alten Klimbim-Sketch: *Django zahlt heut nicht, Django hat 'ne Monatskarte.*

Die Bahn ist relativ leer. Mit ihm zusammen steigen ein paar Berliner Bengels ein. Sie kichern und stecken die Köpfe zusammen. Kurz vor der nächsten Station, Mehringdamm, fummeln sie mit ihren Schwitzefingern ein paar Pfennigschwärmer aus der Tasche. Die Herausforderung ist, bei der Durchsage «Nächster Bahnhof ... Mehringdamm» den Knaller anzuzünden und in letzter Sekunde durch die sich schließenden U-Bahntüren auf den Bahnsteig zu werfen. Es klappt. Kappe, der eigentlich umsteigen wollte, sieht sich das Ganze fasziniert an.

«Watt glotzten so, du Spasti?», pöbelt ihn der eine Bengel an.

Kappe zieht seinen Ausweis. «Kriminalpolizei. Eure Papiere, bitte.» Die Bengels erstarren, dann springen sie weg wie wildgewordene Knallfrösche. Den Frechsten erwischt Kappe am Ohr.

«Spasti sagt man nicht, Bürschchen», zischt er.

Seine Handschelle findet wie von selbst den Weg um das Handgelenk des Jungen, und das andere Ende schlägt er um eine Haltestange. In diesem Moment fährt der Zug am Bahnhof Hallesches Tor ein. «Gute Fahrt!», wünscht er dem Bubi, der ihn mit offenem Mund anstarrt. «Endstation Tegel. Soll ja sehr schön sein.»

«Eh!», kreischt der Junge. «Det könnse doch nich machen!»

Den Rest hört Kappe schon nicht mehr. Im Aussteigen findet er noch einen Strang Pfennigschwärmer, den einer der Bengels auf der Flucht verloren hat. Vor lauter Ordnungssinn steckt er ihn ein. Kommissar Kappe, der Mann, der sogar die U-Bahn aufräumt. Dann fährt er tief befriedigt bis Krumme Lanke, der Endstation der Linie 2. Manchmal gewinnt eben doch noch der Gute.

Landsberger legt auf. Sein Schauspielagent hat angerufen und ihm mitgeteilt, dass man bei der Produktion für den Bond-Film sehr zufrieden mit ihm gewesen sei. Ob er noch Zeit hätte? An der Mauer würde auch gerade *Der Mauerspringer* gedreht, mit Marius Müller-Westernhagen. Ob er dazu noch Lust hätte? Regisseur sei Reinhard Hauff, kennt man ja von *Messer im Kopf*.

«Worum geht's?», hat Landsberger gefragt.

«Darum, dass West-Berlin gar nicht Deutschland ist, sondern ‹der Westen›, und dass alle West-Berliner ziemlich kaputt sind», hat der Agent gesagt.

«Ich brauch mal Urlaub», hat Landsberger gesagt. «Sie werden das verstehen.»

Der Agent versteht es.

Landsberger ruft auf dem Revier bei der Kollegin Rosi Habedank an.

«Der Kappe is stinksauer», sagt sie. «Auch wenn er's nicht zeigt.»

«Das geht vorbei», sagt Landsberger. «Ab morgen komme ich wieder und greife euch unter die Arme.»

«I g'frei mi!» Ihre Stimme lächelt aus dem Telefon. «Sag mal, hast du eigentlich jemanden instruiert, uns jeden Tag eine Postkarte aus Wiesbaden zu schicken?»

«Hab ich nichts mit zu tun», sagt er.

«Total komische Nachrichten. Immer was mit Computern. Kannst es dir ja morgen mal anschauen.»

Landsberger verspricht es. Er verbringt den Tag damit, seinen Kleiderschrank aufzuräumen. Seine Mutter hat nachmittags eine Probe vom Kirchenchor. Um nicht alleine essen zu müssen, beschließt er, das Café in der Kleinen Orangerie am Schloss Charlottenburg auszuprobieren. Das war letztens als Restaurantempfehlung im Stadtmagazin *Tip*.

Das Café verbreitet ein urgemütliches stilvolles Altberliner Flair, wie man es selten sieht im vor Moderne strotzenden West-Berlin. Eine charmante Standuhr, karierte Gardinen, Nähmaschinentische, gestreifte Tapeten, alte Drucke an den Wänden. Er bestellt sich eine Currywurstpfanne mit Pommes und schwelgt in der süffigen Sauce.

Am Rande seines Gesichtsfeldes kommt ihm irgendetwas bekannt vor. Für schöne Stoffe hat er einen Blick, und es ist ein auffällig buntes Designer-Tuch. Vorsichtig hebt er den Kopf.

Einen Raum weiter, von einer Zimmerpflanze nur unvollständig verborgen, sitzt die schicke Frau Dr. Ostermann, die Kappe und Rosi gestern nach dem Vorfall am Checkpoint verhört haben. Gestern hat sie das Tuch als Kopftuch getragen. Heute liegt es um ihre Schultern.

Landsberger fällt ein, dass das Kunstgewerbemuseum ja derzeit noch in den Räumen des Schlosses untergebracht ist. Somit arbeitet Frau Doktor hier um die Ecke. Gerade bezahlt sie ihre Rechnung. Was Landsberger am meisten ins Auge fällt, ist ein amtlich aussehender viereckiger Ledertornister, der neben dem Teller der Dame auf dem Tisch steht. Während sie das Kleingeld und die Rechnung einsteckt, berührt sie das schwarze Ding ein paarmal beiläufig mit den Fingerspitzen, nervös flattert ihre Hand darüber, wie um sich zu versichern, dass es noch da ist. Diese viereckige Lederschachtel wirkt robust und maskulin, sie passt überhaupt nicht zu einer Dame. Das Ding muss eine Bedeutung haben, denkt Landsberger. Wenn er es sich genau überlegt: Die Ostermann war ganz versessen auf das Fabergé-Ei. Wer sagt eigentlich, dass es tatsächlich mit dem Maskenmann verschwunden ist? Sie könnte es sich eingesteckt haben, und es könnte genauso gut gestern Abend die ganze Zeit in ihrer Handtasche gewesen sein. Die Größe der Schachtel kommt jedenfalls hin.

Blitzschnell klaubt er einen Zwanni aus seinem Portemonnaie und klemmt ihn unter seine halb leere Currywurstpfanne. Er wartet, bis die Ostermann das Café verlassen hat, und folgt ihr dann zu ihrem Wagen.

Es ist die Blaue Stunde. Ein seidiges, fast zärtlich warmes Lüftchen umweht Kappe, als er durch das Zehlendorfer Villenviertel geht. Er ist froh, dass die U-Bahn schon wieder bis Krumme Lanke fährt. In der ersten Augustwoche waren hier schwere Wärmegewitter heruntergegangen, die besonders in Grunewald, Wilmersdorf, Charlottenburg und Tegel mit 83 Millimeter Niederschlag in 90 Minuten große Schäden angerichtet hatten. In Zehlendorf waren die U-Bahn-Gleise durch einen Erdrutsch verschüttet worden. Aber die Reparaturen waren schnell gegangen, denn hier im Süden West-Berlins wohnt das Geld. Jedes Haus ist ein Schloss, jeder Garten ein Park, jedes Tor ein Portal und jeder, der Jeans trägt, ein Krimineller oder ein Dienstbote.

Das Haus in der Sven-Hedin-Straße 11 schimmert in der Dämmerung weiß wie eine herausgeputzte kleine Reichsbank mit Portikus und Vorfahrt. Ein schweres, hochadeliges Gebäude inmitten hoher alter Bäume. Im Innern hat man schon die Kristalllüster angezündet, deren Licht warm durch hohe Fenster fällt. Im ersten Anlauf schlendert Kappe einfach unauffällig vorbei und schaut sich um.

Obwohl es hier um die nationale Sicherheit geht, ist der Jägerzaun um das Grundstück nur halbhoch. Kappe muss bei Jägerzäunen immer an Nazis denken, ohne zu wissen, wie es zu dieser Assoziation kommt. Im hinteren Teil des Gartens ist es sogar nur ein grüner Maschendrahtzaun. Mehrere Polizisten stehen an der Einfahrt und vor dem Haus. Ein Name am Klingelschild fehlt. In der Auffahrt sieht er dunkle Limousinen. Männer in schwarzen Maßanzügen mit Begleitschutz steigen aus. Das wird schwierig. Es ist eine Menge los, und er kann nicht einfach hineinmarschieren, seinen Ausweis zeigen und nach einer geheimnisvollen Schönen fragen. Dann würde er unweigerlich abblitzen, wie bei Galan.

Durch die Knallerbsensträucher sieht er, wie sich die Silhouette einer Frau mit Haltung vor der Tür zur Gartenterrasse abzeichnet. Leichtsinnig. Wenn er sie sehen kann, kann sie auch jeder andere sehen, zum Beispiel jeder dahergelaufene Stasi-Scherge mit einem Zielfernrohr.

Gegenüber der Villa befindet sich eine Freifläche mit einem Spielplatz. Kappe setzt sich in der Dunkelheit auf eine Bank. Er überlegt, ob er es wagen darf, sich eine Zigarette anzuzünden, und kramt in seiner Tasche nach dem Feuerzeug. Was hat er denn da noch? Er lässt die Pfennigschwärmer durch seine Finger laufen wie eine Gebetskette.

Als er zur Villa zurückkommt, steht die schöne Frau von gestern Abend allein auf der Terrasse und raucht. Fasziniert beobachtet Kappe, wie sie die Stufen in den dunklen Garten hinabsteigt und spazieren zu gehen beginnt.

Ein paar Sekunden später knallt es auf der Vorderseite des Hauses scharf. Ein Schuss. Dann folgt in schneller Abfolge eine ganze Salve. Sämtliche Sicherheitskräfte stürzen in den Vorgarten.

Kappe flankt über den Jägerzaun. Es ist leicht, die Frau im Garten anhand des Glühens ihrer Zigarette zu finden. Sie hat sich in den Schatten einer alten Kiefer gedrückt. Er weiß, er hat maximal ein paar Sekunden.

«Mordkommission», keucht er und hält einen Ausweis hoch, den sie im Dunkeln nicht lesen kann.

Sie starrt ihn an wie ein Reh ein paar Autoscheinwerfer. Auf ihren halb geöffneten Lippen schimmert das Licht der Kristallüster. «Was ist passiert?», haucht sie.

«Wir haben uns gestern Abend am Checkpoint gesehen», stößt er hervor. «Sagen Sie mir nur eins: Sind Sie freiwillig hier?»

Sie schüttelt den Kopf und schlägt die Augen nieder. «Das ist wohl das übliche Prozedere, sagen die», flüstert sie.

«Die?»

«BND, CIA – ich weiß es nicht genau.»

Kappe hat schon die zweite gute Idee innerhalb weniger Minuten. «Kommen Sie.» Er packt sie am Arm. «Ich bringe Sie hier weg.»

«Was wollen Sie denn von mir?» Sie wehrt sich ein bisschen, aber nicht sehr überzeugend.

Er duckt sich in die Schatten. Vor dem Haus ist noch immer ein großes Hallo. «Kinderstreich!» und «Falscher Alarm!» wird gebrüllt.

«Erst mal machen Sie Ihre Zigarette aus, Frau …?»

«Mars. Marina Mars.»

Ein Name wie ein Schokoriegel, denkt er, sagt aber: «Kappe. Peter Kappe.»

Er schiebt sie zum Zaun. «Wir klären einen Mord auf. Sie helfen mir.»

Landsberger gibt dem Fahrer Anweisung, das Taxi zurückfallen zu lassen. Sie folgen dem Wagen von Frau Dr. Ostermann in sicherem Abstand über die gelblich beleuchtete Kaiser-Friedrich- und die Lewishamstraße. Ecke Konstanzer biegt sie rechts auf den Hohenzollerndamm ab und parkt schließlich vor dem lang gestreckten Gebäude der Hauptstelle für Befragungswesen. Landsberger lässt das Taxi warten und steigt aus.

Im Schatten der parkenden Autos beobachtet er, wie Frau Dr. Ostermann das Innenlicht in ihrem Wagen anknipst und sich im Rückspiegel die Lippen nachzieht. Dann steigt sie aus, Handtasche und Tornister um die Schulter geschlungen.

Landsberger vertritt ihr den Weg. «Guten Abend, Frau Dr. Ostermann», sagt er. «Landsberger, LKA. Vielleicht erinnern Sie sich noch?»

Sie verzieht ihr makelloses Gesicht. «Ich würde mich lieber nicht erinnern», sagt sie. «Aber sicher. Sie sind einer der Beamten von gestern Abend aus der Keithstraße. Was wollen Sie? Beschatten Sie mich?»

«Offenbar wollen Sie sich einen zauberhaften Abend mit unseren Kollegen vom BND machen», sagt er galant, aber sein Herz hämmert vor innerer Anspannung. «Da will ich Sie auch gar nicht von abhalten. Ich habe nur eine Frage. Darf ich mal einen Blick in Ihren Ledertornister da werfen?»

Ihr Gesicht wird spitz. «Ich wüsste nicht, was Sie das angeht», faucht sie. «Hier ist ja nicht die Staatsgrenze der DDR – von wegen ‹Gofferraum uff!› und so!»

«Wir können das auch auf dem Präsidium klären», sagt Landsberger.

Ihre Schultern sacken ab. Sie atmet tief durch und zieht einen erdbeerroten Schmollmund. Sie kann ja nicht wissen, dass Landsberger gegen diese Art von Geschäker immun ist. Dann streift sie widerwillig den Tornister von der Schulter und hält ihn ihm hin. «Na, bitte schön.»

Mit schweißnassen Händen lässt Landsberger den Schnappverschluss aufklappen. Es funkelt im Straßenlaternenlicht. Ein Blitzaufsatz, kein Zaren-Ei. Zum Vorschein kommt eine Polaroid-Sofortbildkamera mit einem Inventaraufkleber des BND.

«Sind Sie enttäuscht?», fragt Frau Dr. Ostermann und stemmt die Hände in die Hüften.

«Teils, teils», sagt Landsberg. «Das heißt, der BND hatte Ihnen eine Kamera mitgegeben. Konnten Sie denn das Ei fotografieren?»

«Es ging alles sehr schnell.» Sie weicht seinem Blick aus.

«Ich bitte Sie wirklich nochmal nachdrücklich, uns zu helfen.» Landsberger greift nach ihrem Oberarm und drückt zu.

«Aua, lassen Sie mich los, Sie tun mir weh!»

«Sie werden mir doch sagen können, ob Sie ein Foto gemacht haben!»

«Ich arbeite für den BND, nicht für Sie», zischt sie.

«Sie arbeiten bald für niemanden mehr, wenn wir Ihren Museumsleiter über Ihre kleine Nebentätigkeit informieren.»

Er sieht, wie es hinter ihrer Stirn arbeitet. Dann lässt sie wutentbrannt ihre Tasche aufschnappen. «Hier, in drei Teufels Namen! Wenn dann Ruhe ist!» Sie knallt ihm ein Polaroid vor die Brust. Er dreht es um. Es zeigt den Tisch in der Elektrowerkstatt, und darauf steht das Ei in seiner ganzen Pracht – komplett mit Sockel. Es ist wundervoll. Üppig. Prächtig. Landsberger starrt das Bild mit offenem Mund an.

Dann springt sein Gehirn wieder an. «Was wird der BND sagen, wenn Sie nur die Kamera zurückgeben und nicht das gewünschte Foto?», fragt er.

Sie bläst ihre Nasenflügel auf. «Erstens, was kümmert Sie das?», schreit sie. «Und zweitens, für wie doof halten Sie mich eigentlich? Ich habe z-w-e-i Fotos gemacht. Das eine wollte ich für meine Forschungen benutzen. Das war die Chance meines Lebens, Sie – Sie ...» Ihr fällt kein Schimpfwort ein, stattdessen zieht sie ihm ihre Handtasche über. Dann dreht sie ab und läuft Richtung BND-Pförtner.

«Sie können das Foto zurückhaben, wenn wir mit den Ermittlungen fertig sind!», ruft Landsberger ihr nach.

Aber zu spät. Ihre Schultern zucken. Landsberger fühlt sich schlecht. Aber das ist der Job.

Als er wieder in sein Taxi steigt, fragt der Taxifahrer: «Sind Se von de Pullezei?»

«Um Gottes willen.» Landsberger räuspert sich. «Ich bin Hellseher. Für den ganzen Rest des Sommers werden Sie beispielsweise lange Wartezeiten am Halteplatz haben, nur kurze Fahrten bekommen und deswegen kaum Umsatz machen.»

«Det is imma so», versetzt der Taxifahrer. «Da brauch ick keenen Hellseher nich, um det zu wissn.»

«Na gut», seufzt Landsberger und drückt selig das Polaroid an sich. «Ich bin vom LKA. Fahren Sie mich in die Keithstraße. Und ich brauche eine Quittung.»

«So'n Mist. En Hellseher wär mia lieba jewesen.» Der Fahrer zieht den Wagen auf die Straße.

«Ich kann mir meine Kundschaft auch nicht aussuchen», sagt Landsberger abwesend. Ein Glück, dass er der Ostermann gefolgt ist. Da können die anderen wenigstens nicht sagen, der schwule Kollege, der ist in unserer Abteilung nur zur Dekoration da. Wenn er denn mal da ist.

Kappe und seine neue Freundin fahren mit dem Bus nach Tempelhof. Bei der U-Bahn weiß er nicht genau, von wegen Überwachungskameras. Marina Mars schweigt, klammert sich an ihrer Handtasche fest und starrt vor sich hin. Kappe traut sich nicht, mehr als zehn Zentimeter Abstand zwischen ihnen zuzulassen. Er weiß ja nicht, wen er vor sich hat. Vielleicht ist sie eine

Kampfsportlerin oder Marathonläuferin, und in beiden Fällen wären seine Chancen eher gering, sie wieder einzufangen.

Am S-Bahnhof Tempelhof sucht er sich eine Telefonzelle. Während Kappe mit einer Hand den Blusenärmel von Frau Mars festhält, schiebt er Kleingeld in den Schlitz und wählt die Nummer der Kollegin Roswitha Habedank.

Es klingelt sehr lange. Kappe schließt die Augen und betet. Dann hebt sie doch noch ab, woran Kappe wieder einmal sieht, dass es doch einen Gott geben muss.

«Habedank?» Es klingt verschlafen und eher wie Habedonk.

«Rosi! Gott sei Dank!»

«Kappe? Wo zum Deifi ...?»

«Rosi, ist Big Bill bei dir?»

«Na. Kimmt a nimmer mehr. Dem hob I's gradraus g'sagt.» Ihr Dialekt ist deutlich schwerer als sonst, fast so schwer wie ihre Zunge.

«Heißt das ...», setzt Kappe an.

«Do hob I sauber in'n Dreeg neiglangt.»

«Rosi, bist du betrunken?»

«Sehr. Dei Glick. I hätt's sonst läut'n lassen!»

«Rosi, Du musst mir helfen.»

«Du bist a so a Sprüchmacher.»

«Ja, geschenkt. Ich komme gleich zu dir. In einer Viertelstunde.»

«Magst a Busserl?»

«Später. Hast du ein Gästebett?»

«Hob ich aussigschmissn.»

«Alles klar. Bis gleich.»

Kappe erkennt seine Chance. Die Hoeppnerstraße ist lang. Ein gleichförmiges halbhohes Wohnhaus folgt auf das andere. Klar, hier in der Einflugschneise vom Flughafen Tempelhof gibt sich keiner Mühe mit der Wohnbebauung.

«Wo bringen Sie mich hin?», fragt Marina Mars. Sie wirkt ausgesprochen müde und schicksalsergeben für eine feindliche Agentin.

«Zu einer Kollegin», sagt Kappe. «Zu einer Freundin», ergänzt er nach ein paar Schritten des Nachdenkens. «Da sind Sie in Sicherheit. Da können Sie sich erst mal ausruhen.»

Die Hoeppnerstraße 74 steht quer zur Straße. Der Eingang liegt hinter ein paar Betongaragen. Rosi wohnt im zweiten Stock. Sie öffnet sofort. Ihr Gesicht glänzt und ist knallrot. Kappe könnte wetten, sie hat geweint. Ihr Blick fällt auf Marina Mars.

«Jesses, Maria und Josef!», seufzt sie. «Kommts rein.»

Es riecht süßlich und reich nach fruchtigen Räucherstäbchen. Kappes Blutdruck senkt sich sofort. Die Wände sind bedeckt mit indischen Tüchern. Überall stehen Gitarren, ein Verstärker. Ein Sofa gibt es nicht, dafür riesige bunte Bodenkissen und ein Opiumtischchen. Der Fernseher läuft ohne Ton. Neben der Tür stehen viel zu viele leere Rotweinflaschen. Die Tür fällt hinter ihnen zu.

Rosi baut sich dicht vor Kappe auf, packt ihn am Hemdkragen und droht ihm mit dem anderen Zeigefinger. «Wenn I ned bsufa, Kappe, I tät des niemals machen, wos du mi jetzt frogn willst.»

«Ich übernehme natürlich die volle Verantwortung», versichert ihr Kappe.

Jedenfalls ist Rosi besoffen noch gastfreundlicher als ohnehin schon. Sie schieben ein paar Bodenkissen für Marina Mars zusammen, ein Nachthemd und eine Zahnbürste hat Rosi auch noch. «Und jetzt schleich di», lächelt sie munter. «Die scheene Frau und I trinken jetzt noch an Absacker.»

Kappe hat kein gutes Gefühl dabei, die beiden alleine zu lassen. Aber es geht jetzt nicht mehr anders. Nach allen Seiten sichernd läuft er zurück zum Bahnhof. Nur ein einziges Mal hat er das Gefühl, dass ein Schatten hinter einer Hausecke verschwindet, als er sich unverhofft umdreht. Als er nachschaut, ist da aber niemand. Was, wenn die GSG 9 morgen früh bei Rosi auf der Matte steht? Kappe redet sich ein, dass er vorsichtiger nicht hätte sein können, hofft das Beste und nimmt wieder die U-Bahn.

Kappe ist fast allein im U-Bahn-Abteil. Sein Kopf fällt ihm auf die Brust. Er dämmert mit jedem Meter mehr seinem Bett entgegen. Er weiß, auch nachher, vorm Schlafengehen, wird sich seine Angst wieder auf die Lauer legen. Wird beobachten, wie er sich eine Dose Texastopf aufmacht und sie auf die Herdplatte stellt. Wenn es blubbert, wird er aus der Dose essen. Nichts ist mehr übrig von ihm als ehemaligem Müsli. Er fragt sich überhaupt, was er für einer geworden ist. Einer, der einer betrunkenen Kollegin eine Stasispionin unterschiebt? Oder ist Marina Mars eine Überläuferin? Wichtig ist ihm das nicht. Weil ein riesengroßes dunkelgraues Egal sich angesichts der Angst seiner bemächtigt hat.

FÜNF

Donnerstag, 19. August 1982

ES WIRD SEINE erste Fahrt nach West-Berlin sein. Lieutenant Kelly von den britischen Irish Guards sitzt im letzten Waggon des Zirkuszuges. Der letzte Waggon ist den Wachen vorbehalten, die den Zirkus *Thunderball* auf der Transitfahrt begleiten. Vor ihm in den zwanzig Wagen brüllen Löwen in ihren Käfigen, jonglieren Artisten mit Keulen, packen Hiwis Ausrüstung zusammen. Der Zirkus Thunderball ist auf großer Deutschlandtournee. Seine größte Attraktion ist ein Mädchen, das sich als lebender Lufttorpedo quer über die Manege schießen lässt – Ilona Strauss, bekannt als die Silberne Möwe. Und natürlich die exotischen Tiere. Sogar ein Wagen mit Elefanten hängt an dem Zug.

Lieutenant Kelly beobachtet, wie die bunt gekleideten Zirkusmitarbeiter mit großem Hallo die letzten Tiere und Packstücke verladen. Der Zug steht im Ladebereich des Güterbahnhofs Hannover. Von hier sind es nur 180 Meilen nach West-Berlin, etwa 280 Kilometer. Man hat Kelly gewarnt, dass die Kontrollen am Grenzübergang Helmstedt lange dauern werden. Der Lieutenant hat einen handverlesenen Platoon dabei, eine Gruppe von elf Männern und seinen Sergeanten.

Als der Zug in Helmstedt einfährt, um die Grenze zur Deutschen Demokratischen Republik am Checkpoint Alpha in Marienborn zu passieren, staunt Lieutenant Kelly über die schäbigen Hütten, aus denen die Grenzanlagen dieses wichtigen Übergangs bestehen. Ein Reihe hoher Betonlichtmasten markiert den Todesstreifen.

Die Kontrolle am alliierten Checkpoint geht schnell. Der Zug fährt an, aber bereits nach 100 Metern ziehen die Bremsen zischend wieder an. Die Lokomotive stößt eine gewaltige Dampfwolke aus. Aus dem Dunst tritt ein Dutzend Trapos – ostdeutsche Transportpolizei. Hinzu gesellen sich drei sowjetische Soldaten. Sie rauchen billige Zigaretten, ihre Augen tasten den Zug wachsam ab. Die Maschinenpistolen hängen lässig über den Schultern. Der hannoveranische Lokführer und sein Personal steigen aus. Nach der Kontrolle wird ostdeutsches Fahrpersonal den Zug übernehmen.

Kelly steigt aus und geht nach vorne. Der Zirkusdirektor übergibt die Transportpapiere. Die Kontrollen beginnen. Die Papiere sind in Ordnung. Kelly raucht auch noch eine und lauscht den Geräuschen, die aus dem Elefanten-Waggon kommen. Dann geht er zurück zum Waggon des Wach-Platoons.

Auf seiner Koje liegt ein wunderbarer russischer Ledergürtel, das Messingkoppel verziert mit Hammer und Sichel. Daneben ein Päckchen Belomorkanal-Papirossa. Russische Zigaretten.

«Was soll das?», fragt er in die Unschuldsmienen seiner Soldaten.

«Wir dachten, der Gürtel würde Ihnen gefallen, Sir», sagt einer von ihnen. «Also haben wir ein bisschen getauscht.»

Soldaten ändern sich nie, denkt Kelly. «Wogegen haben Sie getauscht?», fragt er und runzelt streng die Stirn.

«Gegen ein paar Decks Spielkarten», sagt der Wachmann.

Kelly nickt. Irgendwie nimmt ihm das seine innere Anspannung. Sie fahren über die Grenze. Die Strecke ist in sehr schlechtem Zustand. Der Zirkuszug kann deswegen teilweise nur 30 km/h fahren.

Kurz hinter Magdeburg hält der Zug plötzlich ganz. An der Strecke stehen zwanzig Volkspolizisten mit Maschinengewehren und ein Lkw mit Flecktarnplane.

Lieutenant Kellys Befehl lautet, am Zug zu patrouillieren,

falls er hält, damit kein blinder Passagier aufsteigt, um nach West-Berlin zu gelangen. Kelly springt vom Zug. Er lässt seinen Platoon-Sergeanten nach vorne gehen, um zu fragen, was los ist. Plötzlich ein Handgemenge – zwei Volkspolizisten versuchen, den Sergeanten festzunehmen. Der Sergeant, ein Bär von einem Mann, schlägt die beiden Volkspolizisten nieder. Kelly und sein Sergeant springen mit letzter Kraft auf die Plattform hinten am Wachwaggon. Die Volkspolizisten umzingeln den Zug, blockieren die Strecke.

Ein finster dreinblickender Vopo-Offizier steht nur ein paar Meter entfernt. Er zeigt auf den Sergeanten. «Dieser Mann hat das souveräne Territorium der Deutschen Demokratischen Republik verletzt. Sie werden ihn uns jetzt ausliefern!»

Kelly weiß, das kommt gar nicht in Frage. Also schreit er auf Deutsch zurück: «Das werde ich nicht tun!» Sein Platoon bringt seine Gewehre in Anschlag. Sofort entsichern die Vopos ihre sowjetischen Maschinengewehre, legen auf die Briten an.

Für eine Ewigkeit hört Kelly nur seinen Herzschlag und das Knirschen der deutschen Stiefel im Kies der Gleise. Weiter vorne am Zug rumpelt es. Im Unterbewusstsein hört Kelly Motorengeräusche. Es klingt, als öffne und schließe sich eine Waggontür. Richtig darauf achten kann er nicht, denn er starrt in viele böse Mündungslöcher und hofft verzweifelt, dass er nicht als der junge britische Lieutenant in die Geschichte eingehen wird, der den Dritten Weltkrieg ausgelöst hat.

Plötzlich senken die Vopos ihre Gewehre. Vielleicht hat ein Offizier die Sinnlosigkeit und gleichzeitig die Gefahr, die in der Eskalation dieser Banalität liegt, erkannt. Es wird ausgespuckt, ein paar Flüche fliegen hin und her, aber die Männer geben die Strecke frei. Die Lok ruckt an. Die Kupplungen zwischen den Wagen knallen aufeinander. Im Wegfahren sieht Kelly einen Gabelstapler mit leeren Gabeln neben dem Truck stehen. Dann nimmt der Zirkuszug Fahrt auf, Richtung Freiheit.

Das unscheinbare Hotel Zum Flughafen liegt vom sommerlichen Tourismusverkehr umrauscht an der vierspurigen Dudenstraße. Schon so kurz nach der Neueröffnung ist es recht gut gebucht. Janett, die ehemalige Bordsteinschwalbe, macht eine erstklassige Arbeit. Trotz des eher gediegenen Ambientes steigen viele Reisende aus Tempelhof hier ab. Die Genossen sind mit dem Objekt zufrieden.

Neben der Hotelküche, in der ehemaligen Speisekammer, hat Günther Neumann ein kleines Sanitätszimmer eingerichtet. Seine Frau Janett hat beim Roten Kreuz der DDR, Außenstelle 119 Berlin, an der Bevölkerungsausbildung «Erste Hilfe» teilgenommen. Mit Schusswunden hat sie allerdings nicht gerechnet.

Aber Janett ist robust und entscheidungsfreudig. Aus der Bar holt sie einen Whisky. Kurzentschlossen gießt sie Hauptmann Jens Fichte den Hochprozentigen über den Oberarm. Der schließt die Augen und verkneift sich einen Aufschrei. Er will sich nicht anstellen. Schließlich ist er selber schuld, er hätte ansatzlos schießen sollen, und zwar auf alles und jeden in dem Hinterzimmer der Elektrowerkstatt.

Der Streifschuss, den ihm der BND-Agent verpasst hat, ist eigentlich nicht der Rede wert. Die Hautläsion ist deutlich, aber die Wunde ist sauber, die Wundränder glatt. Janett legt ihm einen neuen Druckverband an. Er rutscht von der Sanitätsliege und zieht sein unauffälliges Freizeithemd wieder über.

Dann geht er über den Hof zu den Garagen. Die Garage ganz links in der Ecke ist mit einem auffallend neuen, robusten Tor gesichert. Hauptmann Fichte bückt sich, schließt mit dem gesunden Arm auf und lässt das Tor nach oben aufschwingen, bis er hindurchschlüpfen kann. Er findet den Lichtschalter. Im kargen Garagenlicht steht ein massiver Tresor, fast genauso hoch wie Fichte groß ist. Mit einem großen Schlüsselbund öffnet er die verschiedenen Schließmechanismen. Er zieht mit aller Kraft die zwanzig Zentimeter starken Stahltüren auf. In dem Tresor stehen zwei schlichte Holzkisten. Er hebt die kleinere vorsichtig heraus und stellt sie auf einer Werkbank ab.

Mit viel Fingerspitzengefühl hebelt er den Deckel auf. Inmitten eines Nestes aus Holzwolle liegt ein Ei. Kein Hühnerei, sondern ein glitzerndes funkelndes Fabergé-Ei von scheinbar unschätzbarem Wert, verziert mit exotischen Vögeln. Ganz oben auf dem Ei sitzt eine rot emaillierte Chilischote.

Fichte zieht dünne weiße Baumwollhandschuhe über. Er hebt das Ei vorsichtig heraus. Dann dreht er an der Chilischote. Es gibt ein leises mechanisches Geräusch. Etwas beginnt zu summen. Die Verkleidung des Eis klappt zur Seite. Im unteren Bereich, wo man ein Uhrwerk mit Zahnrädern und Walzen erwartet hätte, sieht Fichte ein großes digitales Display. Ein Zeitzünder. In eckigen, leuchtend roten Ziffern steht dort *000:00:00*. Der Countdown zählt nicht herunter, was fast noch unheimlicher ist, als wenn sich die Zahlen bewegen würden.

Dem Hauptmann bricht der Schweiß aus. Bis vor ein paar Sekunden hat er es nicht geglaubt. Das ist also der Zünder zu der Bombe, die er erst noch bekommen wird. Niemand wird diesen speziellen Zünder entschärfen können, wenn er ihn erst mal eingesetzt hat. Fichte kennt das System. Mit jeder Eingabe eines falschen Codes zum Abbruch des Countdowns verringert sich die Restzeit um fünf Sekunden. Das ist gemein, aber so ist das Leben. Wenn jemand den Zünder ausbauen will, muss er die Kabel in einer bestimmten Reihenfolge durchknipsen. Wenn man einfach mit dem gelben Draht anfängt, löst der Zünder sofort aus.

Fichte wird hier sein, hier in West-Berlin, wenn die Bombe hochgeht. Wie wird der Befehl lauten? Was werden sie bombardieren? Das Stadtzentrum am Zoo? Etwas in Sichtweite des Brandenburger Tors? Eine konventionelle Bombe richtet ja immer nur einen punktuellen Schaden an.

Fichte drückt die Mechanik des Eis wieder zu. Das Summen hört nicht auf. So als hätte er etwas in Gang gesetzt, dass er nicht mehr beherrschen kann.

Noch weiß er nicht, wie der Plan lautet. Aber damit der Westen nicht gewarnt wird, wird er Marina Mars finden und liquidieren. Na warte, denen wird er's zeigen.

Jens Fichte stellt das Fabergé-Ei zurück in den Tresor, entnimmt stattdessen eine Kühltasche. Er öffnet sie und inspiziert die enthaltenen Chemielabor-Materialien. Diverse Fläschchen und Dosen tragen den gelben Aufkleber mit dem Totenkopf. Fichte bindet sich den linken Arm ab und wartet auf das Hervortreten der Venen. Dann bricht er den Kopf einer gläserne Ampulle ab, zieht den Inhalt mit einer Spritze auf und injiziert sich die Flüssigkeit in den linken Arm. Das Röhrchen mit den Tabletten rollt ihm entgegen. Fichte schluckt eine gleich und steckt die anderen ein für später. Dann geht er hinüber ins Hotel und steckt die Kühlkissen der Kühltasche in die Gefriertruhe.

Die Wiesbaden-Postkarte des Tages zeigt diesmal das Kurhaus mit Bowling Green und Teich. Der Text in einer wieder anderen, unbekannten Handschrift lautet: *Kommissar Computer ermittelt selbst, zieht Querverbindungen, findet Namen nach Täterbeschreibungen und Tatortmerkmalen, sorgt für die unkomplizierte Übermittlung aller Daten. Er arbeitet schnell und zuverlässig. So lässt sich die Parallelarbeit einzelner Reviere verhindern. Auch die Zahl der eingesetzten Formulare wird sich von 200 auf 50 verringern.*

Wir werden es erleben, denkt Landsberger und wirft die Postkarte auf Rosis Schreibtisch. Er öffnet die Fenster, und eine milde müde Morgenwärme weht herein. Jemand hat am Radio AFN eingestellt. Er sucht nach SFB2. Es läuft *Carbonara* von Spliff: *Sentimento grandioso per Italia.* Zumindest das West-Berliner Wetter unterscheidet sich nicht von der Strada del Sole.

Landsberger zieht das gestern Abend von Dr. Elke Ostermann erbeute Polaroid-Foto aus der Innentasche seines Jacketts. Stolz drapiert er es mitten auf seinem Schreibtisch. Wo bleiben nur die Kollegen? Er kann es kaum erwarten, Kappe seine Story zu erzählen.

Aber noch bevor Landsberger sich einen Tee machen kann, klopft es heftig. Landsberger schiebt das Polaroid unter seine Schreibtischunterlage.

«Was ist denn schon so früh am Morgen?» Er reißt die Tür auf, bevor der Besucher sie einschlagen kann. Davor steht Major Roland Galan vom BND. Sein Gesicht ist leichenblass.

«Was läuft hier?», zischt er und stößt Landsberger mit der Tür zurück ins Büro.

«Moment ma!», keucht der. «Was meinen Sie?»

«Ach, tun Sie doch nicht so scheinheilig! Das wird für Ihren ganzen Verein hier Folgen haben», geifert Galan.

«Ich verstehe überhaupt nicht, wovon Sie reden, Mann», sagt Landsberger ruhig.

«Wo sind Ihre Kollegen? Spucken Sie's aus!»

«Wenn ich Ihnen helfen soll, verehrter Herr Major, müssen Sie mir schon sagen, worum es geht.»

Galan, keuchend, aufgepumpt bis zum Anschlag, glotzt ihn mit rotgeränderten Augen an. Da hat Landsberger eine Eingebung. «Jetzt setzen Sie sich doch erst mal», sagt er und zieht die Hängeregisterschublade an seinem Schreibtisch auf. «Wie wär's mit einem schönen Schluck aus der Büroflasche?»

Der Major fällt in sich zusammen. Er plumpst auf Landsbergers Besucherstuhl und kippt ein Wasserglas mit dem Büro-Jim-Beam, den Landsberger ihm nicht ohne Mitleid eingeschenkt hat, auf ex.

«Ah. Das tut gut.» Galan leckt sich die Lippen.

«In unserem Job braucht ein Mann manchmal schon vor dem Frühstück was zu trinken», nickt Landsberger.

«Verdammt richtig. Entschuldigen Sie bitte meinen Auftritt.»

«Jetzt erzählen Sie doch mal in aller Ruhe.»

«Marina Mars ist verschwunden.»

«Wer soll das sein?» Landsberger kann es sich denken, will es aber von Galan selbst hören.

«Die Kurierin der KoKo von gestern Abend, die uns das Fabergé-Ei gebracht hat.»

«Und die heißt Marina Mars? Das ist ja eine Name wie ...» Er will sagen, wie aus einem James-Bond-Film, aber er dann erinnert er sich gerade noch rechtzeitig, dass seine Dreharbeiten nichts mit der Lebenswirklichkeit der Kollegen hier zu tun haben, und er will sich ja nicht in den Vordergrund spielen. «... wie von einem Porno-Mogul ausgedacht.»

«Der Name ist jetzt nicht ganz so entscheidend.»

Aber Landsberger kriegt sich gar nicht mehr ein. «*Marina Mars – das neue Schleckeis von Langnese!* Herrlich! – Und da dachten Sie, die ist hier bei uns?»

Galan reibt sich verzweifelt die Augen. «Ihr Kollege Kappe wollte doch so unbedingt ihre Aussage protokollieren, und da dachte ich ...»

«Also, wissen Sie. Wirklich. Vielleicht sollten Sie mal beim amerikanischen Stadtkommandanten anklopfen und nach Frau Mars fragen.» Landsberger schaut beleidigt, gießt aber Galans Glas gleichzeitig nochmal voll. «Wir sind hier zwar im wilden Westen. Trotzdem ermitteln wir mit rechtsstaatlichen Mitteln. Ist ja sonst auch gar nicht gerichtsfest.»

«Rechtsstaatliche Mittel, das kann sehr frustrierend sein», seufzt Galan.

«Wir normalen Kriminalbeamten haben ehrlich gesagt keine Ahnung, was wir von euch Spionen halten sollen», quatscht Landsberger deeskalierend drauflos. «Wir mögen James Bond, sehr sogar, aber wir mögen keine sogenannten Kollegen, die sich für wichtiger halten und in unserer Arbeit herumpfuschen. Mir ist schon klar, dass James Bond mit Ihrer Arbeit ungefähr so viel zu tun hat wie Helmut Schmidt mit Meister Eder und seinem Pumuckl. Aber – von James Bond weiß ich immerhin, was er den lieben langen Tag so macht: Frauen, Alkohol, Schießereien und wieder von vorn. Von deutschen Agenten wie Ihnen weiß ich praktisch nichts. Wahrscheinlich sind Sie ja auch ganz nützlich, oder?»

«Sie ist weg. Marina Mars. Wenn sie hier bei Ihnen gewesen wäre, dann wäre sie jedenfalls noch im Westen gewesen», jammert Major Galan. «So ist die Alternative, dass die Staatssicherheit sie hat. Oder sie ist freiwillig zurückgegangen.»

«Na gut. Aber was wäre daran so schlimm?»

«Unsere ganze Operation ist gescheitert, wenn ich die Mars nicht wiederfinde. Mein Vorgesetzter kommandiert mich nach Pullach ab.»

«Und weiter?»

«Wenn der Osten die Mars wieder in die Finger bekommt, dann ist sie verloren. Tot. Ich weiß nicht, ob sie sich das klar macht. Sie ist ziemlich lebensfroh. Ich glaube, sie möchte vor allem weg. Ein Leben in Freiheit führen. Reisen, schöne Kleider und so.»

«Na gut, aber sie hat eine Vertrauensposition bei der KoKo. Was soll ihr schon passieren? Vielleicht ein paar Monate Bautzen.»

Galan lacht bitter. «Sie haben wirklich keine Ahnung, Landsberger! Verräter aus den eigenen Reihen muss die härteste Strafe treffen, das ist eine persönliche Anweisung von Erich Mielke. Erst im letzten Jahr wurde in der DDR ein Überläufer durch den Militärstrafsenat des Obersten Gerichts zum Tode verurteilt und hingerichtet.»

«Was? Die richten ihre eigenen Leute hin?» Landsberger ist klar, dass es die Todesstrafe im Osten noch gibt, aber dass sie auch vollstreckt wird, das kann ja wohl nicht wahr sein.

«Genickschuss. Der Mann war gerade 40 Jahre alt. Verheiratet, eine Tochter. Und er war noch nicht mal übergelaufen. Er hatte es nur geplant.»

«Das heißt, Ihre Marina Mars wollte tatsächlich überlaufen?»

«Zwei Fliegen, eine Klappe. Der Ankauf des Fabergé-Eis war einerseits ein Deal für sich, andererseits auch nur der Vorwand, damit sie eine Dienstreise nach West-Berlin genehmigt bekommt.»

«Genickschuss?» Landsberger schüttelt sich. «Ich fasse es nicht. Das ist ja wie ’45. Verstößt das nicht gegen die UN-Menschenrechts-Charta?»

«Das tut es. Fahnenflucht, ungesetzliches Verlassen der DDR, Verrat an imperialistische Geheimdienste – alles Gründe für die Todesstrafe. Aber die DDR hat ja auch zu den Teilnehmerstaaten der Konferenz über Sicherheit und Zusammenarbeit in Europa gehört. Mit Unterzeichnung der Schlussakte von Helsinki im August 1975 hat sie sich verpflichtet, die Menschenrechte ohne Einschränkungen zu gewährleisten. Aber das passiert natürlich nicht.»

«Nicht die feine englische Art.»

«Tja. Ich kann das auch nicht mehr hören, wie die *Aktuelle Kamera* jeden Tag berichtet, dass drüben anders als im Westen niemand von Arbeitslosigkeit und Obdachlosigkeit bedroht ist.»

Landsberger nickt und zückt einen Notizblock. «Da ist die SED ziemlich selbstgerecht. Aber kommen wir doch zurück zu unserem aktuellen Fall. Wie konnte denn die Zeugin verschwinden? Haben Sie nicht so etwas wie ein *safe house*? Oder Zeugenschutz?»

«Haben wir. Aber das *safe house* wurde gestern Abend angegriffen.»

«Von der Stasi?»

«Von einem Pfennigschwärmer.»

«Oh. Sie nehmen mich hoch, Major.»

«Nein. Ich hab’s wirklich vermasselt.»

«Ja. Sie haben es wirklich vermasselt.» *Marina Mars*, notiert Landsberger, bevor er den Namen wieder vergisst. «Noch einen Schluck?»

Galan nimmt die Flasche, steht auf und setzt an, um sich den Rest direkt hinter die Binde zu kippen. «Sie wollten uns ja leider nicht helfen», sagt Landsberger sanft und nachdenklich. «Aber vielleicht helfen wir Ihnen trotzdem.»

Galan fällt wieder zurück auf den Stuhl. «Meinen Sie, ich

hätte Ihre Hilfe nötig?» Die Adern an seiner Nase treten hervor und leuchten blau-rot. «Ich bin beim BND, Mann.»

«Eben deshalb ja», sagt Landsberger.

Galan stiert ihn schweratmend an. «Haben Sie noch eine zweite Flasche, Landsberger?», lallt er dann, schon deutlich bedrückter im Ton.

Landsberger findet die Zweitflasche und gibt sie ihm. «Sie haben unsere Hilfe genauso nötig wie unseren Whisky», stellt er fest. «Übrigens haben wir auch ein Sofa. Wir nennen es den Schläfer. Jeder, der sich dort einen Moment ausruht, schläft sofort tief und fest ein.»

Das Paket ist so groß, dass Madam Mambo Bajou dem Briefträger zwei Mark Trinkgeld gibt. Die Inhaberin des *Mambo Bajou Memorial Home* an der Clayallee ist ein Bestattungsprofi. Viele sagen, sie sei eine sehr laute, sehr dicke schwarze Frau in Frack, Zylinder und weißen Handschuhen. Normalerweise überführt sie die Leichen von US-Soldaten. Mit einem One-Way-Ticket in die Staaten. Aber heute bekommt sie selbst ein Paket von dort.

Gerade noch rechtzeitig.

Denn am Samstag wird hier um die Ecke auf der Zehlendorfer Truman Plaza das Deutsch-Amerikanische Volksfest eröffnen. Das Motto ist diesmal *Northwest Wilderness.* Gemeint ist die Landschaft an der pazifischen Westküste, südlich der Grenze zu Kanada. Die Staaten Washington, Oregon und Idaho. Wenn man wie die Mambo aus dem French Quarter von New Orleans stammt und an die *Northwest Wilderness* denkt, dann denkt man an Wildwasser-Rafting in ungemütlich kalten Flüssen, Lachsfischen vor Blockhütten ohne Innentoilette und blutrünstige Puma oder Adler, die über kargen Bergwipfeln kreisen. Kurz: Zu dem Thema fällt der Mambo eigentlich nichts ein.

Aber sie ist nun mal ein prominentes Mitglied der US-amerikanischen Community in West-Berlin, und der Veranstalter des

Volksfestes hat sie gefragt, ob sie nicht wieder das Wahrsagerinnen-Zelt machen möchte. Wie im letzten Jahr. Da hat die Mambo Spaß dran. Sie erzählt den Besuchern ein bisschen übersinnlichen Hokuspokus, ein bisschen *mambo jambo*. Dazu schwingt sie ihre *asson*, eine Rassel aus einer Kalebasse mit einem langen Hals, die außen von einem Netz aus den Knochen der Königspython umgeben ist. Im Innern befinden sich acht Sorten von Steinen und Rückenwirbel von Schlangen. Wenn die Mambo die Rassel lange genug schwenkt, dann ergreift ein *Loa* Besitz von ihrem Bewußtsein. Ein Loa ist ein Voodoo-Geist mit großer Macht.

Hinter ihrer Kristallkugel im Wahrsagerinnen-Zelt trinkt sie gerne den einen oder anderen Zuckerrohrschnaps. Dann kann es sein, dass Simbi Andezo von ihr Besitz ergreift. Das ist ein sehr angesehener Geist, der die verrücktesten Fähigkeiten zur Präkognition verleiht. Wenn das passiert, erzählt die Mambo ihren Gästen ohne ihr Zutun die dollsten Geschichten, und alle staunen oder tanzen im Kreis, als wären auch sie besessen. Eine Riesen-Sause also.

Vorsichtig öffnet Mambo Bajou das Paket, das sie sich aus dem Reservat der Nez Percé in Idaho hat schicken lassen.

Darin ist ein handgegerbtes Kleid aus Kaninchenleder, Haarperlen, ein buntes Stirnband, Kopfschmuck aus Adlerfedern und eine Halskette aus Wapitizähnen. Damit wird sie eine erstklassige Schamanin abgeben. Sie hält sich das Kleid an und dreht sich vorm Spiegel. Fast so schön wie Winnetous Schwester. Die Mambo liebt Verkleidungen.

Genau wie sie freut sich ganz West-Berlin jedes Jahr auf das Deutsch-Amerikanische Volksfest. Der Commander der U.S. Army Berlin wird es am Samstagnachmittag mit einer Ansprache eröffnen. Dann werden dem West-Berliner Innensenator und dem Bürgermeister von Zehlendorf ein indianischer Federschmuck und eine Kriegsbemalung verpasst. Es wird viel Bier getrunken.

Diesmal soll sogar ein amerikanischer Zirkus, der Thunderball-Zirkus aus Seattle, auf seiner Europatournee für die Zeit des Volksfestes in West-Berlin gastieren. Die haben eine berühmte Show mit einer menschlichen Kanonenkugel und vier dressierten Braunbären, die auf den Hinterbeinen stehen und Bier aus der Flasche trinken.

Ullrich Uhlig ist der Mann, der die DDR retten wird.

Der Chef der West-Berliner Senatskanzlei mag ihn trotzdem. Er ist ein angenehmer Mensch, alle sagen das. Es ist sein größter Vorteil.

Sie treffen sich im Rathaus Schöneberg. Als Senatsdirektor, was einem Staatssekretär in den westdeutschen Bundesländern entspricht, hat der Chef der Senatskanzlei ein gediegenes Büro mit Holztäfelung und wuchtigem Schreibtisch.

Er kennt Ullrich Uhlig von verschiedenen Deals, die halbe Lebensmittelversorgung West-Berlins kommt aus der DDR. Und beim Schnäpschen nach dem Geschäftlichen hat er immer einen guten Draht zu Uhlig gehabt. Das macht sich gut, denn so kann man mal den kurzen Dienstweg nutzen. Uhlig ist Leiter der KoKo, des Bereichs Kommerzielle Koordinierung im Außenhandelsministerium, gleichzeitig Oberst bei der Stasi, ein Offizier im besonderen Einsatz.

Wie Uhlig so am Fenster steht und auf den Wochenmarkt auf dem John-F.-Kennedy-Platz hinausschaut, bemerkt der Chef der Senatskanzlei, dass der Leiter der KoKo seit ihrem letzten Treffen nochmal dicker geworden ist. Wahrscheinlich zu viele Südfrüchte. Dabei kann Uhlig mit seiner Größe Einiges an Gewicht kaschieren. Er ist ein dunkler Typ mit dem schönen schwarzen Haar eines Tasmanischen Teufels. Ähnlich wie bei dem australischen Raubbeutler werden auch Uhligs Ohren rot, wenn er erregt ist – sagt man. *Der Beutelteufel*, das ist dann auch sein Spitzname unter westlichen Politikern. Er verhandelt hart für seine DDR, hört man – das ist seine Aufgabe. Andererseits gilt Uhlig als verbindlich und verlässlich.

«Nehmen Sie doch Platz.» Der Senatsdirektor zeigt auf den Besucherstuhl, der kaum groß genug ist für Uhligs massige Figur. «Kaffee?»

Uhlig winkt ab, was für einen Genussmenschen schon komisch ist.

«Wie laufen die Intershops?», fragt der Chef der Senatskanzlei vorsichtig.

Ullrich Uhlig lacht dröhnend. Er beugt sich vor. «Bestens», grinst er. «Aber Sie wissen ja – vor allem leben wir vom Import Ihres Hausmülls.»

«Haben Sie nicht auch die kommerzielle Abwicklung der Häftlingsfreikäufe unter sich?»

«Ja, mein Lieber, und die Devisengeschäfte mit den Kirchen. Wir kaufen auch Luxusartikel jeder Art für die Funktionärssiedlung Wandlitz.»

«Ist das denn politisch opportun?»

Uhlig lacht wieder dröhnend. «Wir verkaufen auch die Waffen aus alten NVA-Beständen nach Mosambik. Neenee, mein Lieber, ich bin schon der Schlimmste von allen!»

«Also, ich habe unsere Zusammenarbeit ja immer geschätzt», lächelt der Senatsdirektor.

«Ich weiß.» Uhlig nickt. «Deshalb bin ich heute auch hier und gehe nicht über die offiziellen Kanäle.»

Der Senatsdirektor setzt sich aufrecht. «Was ist passiert?»

«Sie wissen ja, ich habe viele Aufgaben, die ich natürlich nicht alle alleine wahrnehmen kann. Dafür habe ich eine große Mannschaft von Mitarbeitern», sagt Uhlig. «Ich bin auf die Genossen angewiesen. Kurzum, ich brauche meine Assistentin.»

«Ich verstehe nicht?», stellt sich der Chef der Senatskanzlei dumm. Er weiß natürlich ganz genau, dass dem BND eine Überläuferin abhandengekommen ist.

«Sicherlich sind Sie informiert über den Ankauf eines Fabergé-Eis durch das Kunstgewerbemuseum, der vorgestern abgewickelt werden sollte», sagt Uhlig mit warmer, zugewandter Stimme.

«Sicher. Ich hörte auch, dass dabei bedauerlicherweise etwas schiefgegangen ist?»

«Ja, aber vielleicht können wir beide, Sie und ich, doch noch etwas retten», kumpelt Uhlig ihn an und zieht ein Etui aus der Tasche. «Havanna-Zigarre?»

Der Chef der Senatskanzlei nimmt eine und riecht daran. «Ich höre.»

«Sie halten meine Assistentin hier fest», sagt Uhlig. «Ich lege im Namen des Ministeriums für Staatssicherheit der DDR Beschwerde dagegen ein. Sie werden jetzt sofort Anweisung geben, Marina Mars freizulassen. Dann bringen Sie sie hierher, sie steigt mit mir in meinen Wagen, und dann sind Sie uns auch schon los.»

Der Leiter der Senatskanzlei nickt. «Das geht leider nicht.»

Uhlig zuckt mit den Schultern. «Ich habe natürlich Verständnis dafür, dass Sie sie noch befragen lassen wollen. Sie ist ja auch sehr schön. Wissen Sie was, dann komme ich einfach morgen früh wieder.»

«Sparen Sie sich das», sagt der Senatsdirektor lapidar, steht auf und steckt die Zigarre schwungvoll in Uhligs Hemdbrusttasche. Er muss das riskieren, er muss jetzt Rückgrat zeigen.

«Aber so geht das doch nicht!», donnert Ullrich Uhlig.

«Bieten Sie uns etwas an», sagt der Leiter der Senatskanzlei. «Etwas anderes als eine Zigarre. Machen Sie uns ein gutes Angebot, dann können Sie den augenfreundlichen Anblick Ihrer Sekretärin vielleicht bald wieder genießen. Ich wünsche Ihnen noch einen schönen Tag.»

Sobald sich die Tür hinter dem wutschnaubenden Uhlig geschlossen hat, greift der Senatsdirektor zum Telefon und ruft den Minister für innerdeutsche Beziehungen an. Der soll ihm den Beutelteufel mal vom Leib halten.

Wie oft hat ihn das verfluchte Telefon in den letzten Jahren geweckt? Schlaftrunken und schwer fällt Kappes Arm in die ungefähre Richtung, aus der das Klingeln kommt. «Hm?», grunzt er in den Hörer.

«Ich bin's», flüstert die Stimme von Landsberger. «Sag mal, dieser Major Galan vom BND, der ist ja wohl der totale Vollalkoholiker.»

«Jo.» Kappe reibt sich das Gesicht. «Wie hast du's rausgefunden?»

«Der hat unseren gesamten Bürovorrat ausgeschluckt, und jetzt liegt er auf unserem Schläfer und schnarcht wie ein Walross.»

«Was will der überhaupt bei uns im Büro?»

«Die Zeugin ist verschwunden. Die Kurierin von gestern. Sie heißt Marina Mars.»

«Hm. Soll er doch mal bei den Amis fragen.»

«Habe ich ihm auch gesagt. Jedenfalls hat mir der Galan erzählt, wenn die Ostzone sie in die Finger kriegt, dann richten die sie hin!»

«Na, das gibt Ärger.» Kappe setzt sich auf und riecht probehalber an seiner Achsel. Auch da besteht dringender Handlungsbedarf. «Okay, Landsberger, lass den Galan einfach schlafen. Ich hab noch einen Termin, dann komme ich rein.» Ja, das würde Ärger geben, und nicht nur für Major Galan.

«Ja, komm mal her, ich muss dir dringend was zeigen. Und sag mal, wo ist denn eigentlich Rosi?»

«Du klingst so aggressiv, Landsberger», nuschelt Kappe.

«Na, weißte. Schau mal auf die Uhr. Es ist schon Nachmittag, und ich bin hier ganz allein.»

«Rosi hat sich heute freigenommen», lügt Kappe. «Sorry, ich hatte vergessen, dir Bescheid zu sagen.»

«Ach, macht doch alle, was ihr wollt.», brummt Landsberger und legt auf.

Den besten Freund zu belügen, ist unschön. Ihn in eine unüberlegte Aktion hineinzuziehen, ist noch unschöner. Jedenfalls ist Kappes schlechtes Gewissen bezüglich der Lüge trotzdem größer als seine Angst vor den Konsequenzen hinsichtlich seiner Entführung von Marina Mars. Es hat immer alles mit dem Motiv zu tun, und Kappe hat ein Motiv.

Kappe raucht eine verspätete Frühstückszigarette am Fenster. Draußen herrscht eine angenehme, spätsommerlich gedämpfte Wärme. Seine weiße Bundfaltenhose und das puderrosa Polohemd haben monatelang gebügelt und unbenutzt im Schrank gehangen. Selbst die frisch gewaschenen Haare sitzen zu Kappes Zufriedenheit. Er kauft noch eine Tüte Brötchen, dann setzt er sich am Wittenbergplatz in die U-Bahn und fährt zu Rosis Wohnung.

In den Grünanlagen an der Hoeppnerstraße zwitschern die Vögel. Der Hausflur vor Rosis Tür riecht angenehm leicht nach Blumenölen. Als Kappe klingelt, hört er leise Musik und fröhliches Gekicher durch die Tür. Er hofft, dass es sich nur um gute Stimmung und nicht um ein Drogendelikt handelt.

Aber Rosi hat die Kette vorgelegt und öffnet mit gezogener Waffe. Ihr Blick spiegelt den Ernst der Lage vollkommen wieder. «Wir sollten ein Klopfzeichen ausmachen», sagt Kappe. «Dreimal lang, dreimal kurz.» Er winkt mit der Brötchentüte.

Als sie kurz darauf um Rosis Küchentisch sitzen und Erdbeermarmelade aus einem großen Glas kratzen, hat Kappe zum ersten Mal Gelegenheit, sich Marina Mars bei Tageslicht zu betrachten. Sie trägt eines von Rosis indischen Hippie-Kleidern, aber sie ist trotzdem schön wie ein Bond-Girl.

Schlanke Fesseln, ein stilles, wissendes Lächeln. Die Haare glänzen wie flüssige Schokolade.

«Entschuldigen Sie, dass ich dienstlich werden muss», sagt Kappe.

«Das verstehe ich doch», haucht Frau Mars mit schüchternem Augenaufschlag.

«Danke. Als LKA-Mitarbeiter sind wir leider mit den Details

der Pläne des BND zu Ihrer Aktion nicht vertraut. Können Sie mir dazu etwas sagen?»

«Aber natürlich», nickt sie und schenkt sich einen weiteren Orangensaft ein. «Wenn Sie mich so nett bitten.»

Ihre Hände sind elegant und gepflegt. Kappe hat eine Vision, in der sich Marina Mars vollkommen in Ursula Andress verwandelt. In Anlehnung an Sandro Botticellis *Geburt der Venus* steigt sie singend aus dem Karibischen Meer auf. Sie hat eine Taucherbrille auf dem Kopf und in jeder Hand eine Muschel. Sie trägt einen atemberaubenden weißen Bikini. Während sie kritisch die Qualität der kostbaren Muscheln prüft, die sie in Miami teuer zu verkaufen gedenkt, betrachtet Bond (Peter Kappe - äh, Sean Connery) verschmitzt die Frau, die sich wie er verbotenerweise auf Crab Key, der streng bewachten Insel des Schurken Dr. No, befindet. Das Jagdmesser, das auf der linken Seite ihrer Bikinihose hängt, ist groß und scharf.

«Ich muss mich nochmal bei Ihnen bedanken, Herr Kappe, dass Sie mich gestern beim BND - sagen wir, abgeholt haben», sagt sie mit leiser, sanfter Stimme.

«Ich kann mir vorstellen, dass es da bei der Befragung keine Marmeladenschrippen gab», sagt Kappe.

«Ich durfte noch nicht einmal rauchen», lächelt sie und holt aus den Tiefen ihrer Handtasche eine grün-weiß-braun gestreifte Schachtel Juwel-Filterzigaretten. Kappe gibt ihr Feuer.

«Sind Sie eine Mitarbeiterin der Staatssicherheit?», fragt Kappe.

«Im Rang eines Oberleutnants zur besonderen Verwendung», nickt Marina Mars. «Wundert Sie das?»

«Nein.» Er lächelt. «Ich dachte nur, dass Agenten in diesem Rang mindestens drei Kampfsportarten beherrschen und fünf Sprachen sprechen.»

«So ist es», lächelt sie. Kappe braucht einen Moment, um das zu verarbeiten.

Rosi nimmt sich einen Stenoblock. «Mia zwei sagen Du.» Sie

zwinkert Kappe fast unmerklich zu. «Die Marina hat mir schon gesagt, sie ist aus Karl-Marx-Stadt. Sie ist eine enge Mitarbeiterin des Leiters der KoKo, Ullrich Uhlig. Das West-Berliner Kunstgewerbemuseum wollte das *Vögel der Westindischen Inseln-Osterei* ankaufen. Es stammt aus den Beständen des Ministeriums für Außenhandel. Vermutlich wurde es in der Werkstatt des Hauses Fabergé hergestellt und ist eines der sogenannten verschwundenen Zaren-Eier. Die Kaufsumme kennt Marina nicht.»

«Wie ist das Ministerium zu dem Ei gekommen?», fragt Kappe.

Marina Mars zuckt mit den Schultern. «Es stammte aus dem Besitz einer Dame – das hat mir Oberst Uhlig gesagt.»

«Wie sollte der Verkauf genau ablaufen?»

«Ich sollte das Ei am Dienstag früh vom Genossen Uhlig erhalten. Das hat sich aber den ganzen Tag verzögert, wegen einer Autopanne. Erst gegen Abend ist es dann eingetroffen. Ich bin mit meinem Dienstreiseauftrag und dem Ei über den Checkpoint Charlie gegangen. Wir waren im Hinterzimmer von Elektro Noster verabredet. Das ist üblich. Gott sei Dank hatten die BND-Mitarbeiter gewartet. Geplant war, dass sie das Ei auf seine Echtheit prüfen. Dann sollte ich einen Koffer mit Devisen bekommen, den ich dann zu Oberst Uhlig zurückbringen sollte.»

Der Konjunktiv entgeht Kappe nicht. «Wieso war Uhlig sich sicher, dass Sie zurückkommen würden?»

«Mein Vater hat Krebs, wissen Sie. Manchmal gibt es Medikamente, manchmal gibt es keine», sagt sie leichthin.

«Aber Sie hatten Ihre eigenen Pläne?»

«Ich weiß nicht», sagt sie. «Ich habe heute Nacht schon versucht, es Rosi zu erklären. Ich wollte intuitiv entscheiden, ob ich überlaufe. Ich habe eine Banklehre gemacht. Mit Geld kenne ich mich aus. Ich habe ein schlechtes Gefühl, was die Staatsfinanzen der DDR angeht. Im letzten Jahr hat sich ja schon Polen für bankrott erklärt. Und wussten Sie, dass der Genosse Uhlig mit Franz-Josef Strauß über die Bürgschaft der BRD für einen

Milliardenkredit verhandelt? Minister Mielke sagt, er will so dem imperialistischen Gegner die Hoffnung auf eine ökonomische Destabilisierung der DDR und damit auf Möglichkeiten für ideologische Übergriffe nehmen. Ich fürchte aber, das Ganze ist eine riesige Selbsttäuschung.»

«Sie sind sehr offen, Frau Mars. Wessiland soll für Kredite an die DDR bürgen? Das ist mir neu», sagt Kappe, und Rosi schreibt fieberhaft mit.

«Wissen Sie, wie lange ich schon keine so gute Erdbeermarmelade mehr gegessen habe?», seufzt Marina Mars, und ihr Blick ruht auf dem leeren Glas. «Bei uns ist immer zu viel Rhabarber drin.»

«Jetzt können Sie nicht mehr zurück», stellt Kappe fest. «Die werden denken, Sie haben geplaudert.»

«Vermutlich.» Sie zuckt federleicht mit den Schultern. «Und das habe ich ja auch, nicht wahr?»

Kappe staunt, wie zutraulich und resigniert Oberleutnant Mars sich gibt.

«Zurück zu Dienstagabend», sagt er. «Sie haben also das Ei bei Elektro Noster auf die Werkbank gestellt. Wer war da anwesend?»

«Ein älterer BND-Agent, Major von Pussinske. Er hat mir seinen Ausweis gezeigt. Und eine Frau Dr. Ostermann, die Kunstsachverständige. Die hat Fotos gemacht, mit einer Sofortbildkamera.»

«Aha. Und was geschah dann?»

«Plötzlich kommt so ein Maskierter mit gezogener Waffe vom Laden her in die Werkstatt hereingestürzt und schreit: ‹Her mit dem Ei!› Ich habe noch gesehen, wie der BND-Agent das Ei vom Tisch genommen hat. Dann bin ich sofort zur Hintertür raus und auf dem Hof hinter den Mülltonnen in Deckung gegangen.»

«Das heißt, Sie haben nicht gesehen, was drinnen passiert ist?»

Sie schüttelt mit großen traurigen Augen ihr zauberhaftes

Köpfchen. «Nein. Ich hatte Order, mich nicht in Gefahr zu bringen. Durch die Fenster habe ich nur das Licht gesehen. Es hat einen Moment gedauert, dann gab es in der Werkstatt Kampfgeräusche. Es wurde geschrien, der erste Schuss fiel, kurz darauf der zweite. Der Maskierte ist in den Hof gestürmt, auf sein Motorrad gesprungen, und weg war er.»

«Was glaubst du, wie viel Zeit lag zwischen den beiden Schüssen?», fragt Rosi.

«Schon ein paar Sekunden. Also das war jetzt kein direkter Schusswechsel, falls du das meinst.»

«Weißt du, wer zuerst geschossen hat?»

«Nein, woher? Ich hätte gedacht, der Maskierte? Vielleicht wollte der Pussinske ihm das Ei nicht geben?»

«Davon gehen wir auch aus», nickt Kappe.

«Hast du noch jemanden gesehen?», fragt Rosi. «Jemanden, der etwas beobachtet haben könnte?»

«Die anderen BND-Agenten kamen dann gleich aus dem ersten Stock, zusammen mit den Amerikanern», sagt sie. Und nach einer Pause: «Vielleicht war da noch jemand im Hof. Ich weiß es nicht genau. Ich hatte das Gefühl, da wäre noch jemand.»

Kappe hat auch ein Gefühl, und zwar, dass es noch sehr viel zu fragen gäbe. Aber er muss jetzt erst mal der Spur des Geldes folgen, wie es jeder Ermittler tun würde, wenn es ganz offensichtlich nicht um Liebe geht.

«Wie geht es jetzt weiter?», fragt Marina Mars und streckt ihre langen eleganten Füße in die Sonnenflecken auf den Fliesen in Rosis Küche.

«Ich kann Ihnen nur sagen, was man so hört», sagt Kappe. «Normalerweise leben Überläufer etwa ein Jahr lang unter dem Schutz des BND, ohne Kontakt zur Außenwelt. Es geht nicht anders, Sie müssten sonst jederzeit davon ausgehen, dass die Killer von der Stasi vor der Tür stehen. Dann können Sie im Rahmen des Zeugenschutzes ein neues Leben anfangen. Am besten in den USA.»

Rosi legt Marina Mars die Hand auf die Schulter. Man sieht dem Stasi-Mädel an, wie es unter der Entscheidung leidet, im Westen zu bleiben. Vielleicht verurteilt Marina ihren Vater dadurch zum Krebstod. Andererseits – wenn sie zurückgeht, ist ihr eigenes Leben gefährdet.

«Das heißt also, Sie meinen, ich sollte mich dem BND stellen?», fragt sie.

«Es ist Ihre Entscheidung. Früher oder später würde ich das tun. Niemand anderes kann Sie dauerhaft vor Ihren eigenen Leuten beschützen», gibt Kappe zu bedenken. Das mit dem Genickschuss behält er lieber erst mal noch für sich. Aber vielleicht weiß sie es sowieso.

«Was ist mit Ihnen? Können Sie mich nicht schützen?»

Kappe und Rosi sehen sich an. «Ich muss mit ein paar Leuten sprechen», sagt Kappe. «Natürlich hat das LKA auch einen Zeugenschutz.»

«Gut.» Marina Mars nickt. «Kann ich so lange bei Rosi bleiben?»

«Des passt scho», sagt Rosi frohgemut.

Marina Mars steht auf. «Ich muss mich einen Moment hinlegen. Hast du eine Kopfschmerztablette, Rosi?»

Natürlich hat Rosi eine Spalttablette, und auch ein Glas frisches West-Berliner Wasser dazu.

Kappe mahnt die Frauen zur Vorsicht. Nicht die Tür aufmachen, nicht die Wohnung verlassen. Unter keinen Umständen.

Dann fährt er ins Büro. Während er aus dem Fenster der U-Bahn auf die mit Graffiti verzierten Brandwände schaut, gesteht er sich ein, dass die Aktion mit der Mars ermittlungstechnisch nichts gebracht hat. Aber jetzt haben sie sie an der Backe. Immerhin hat er etwas für's Leben gelernt, nämlich dass jemand auch vom Schicksal zu einer unfreiwilligen Überläuferin gemacht werden kann. Soll er sie gleich an Major Galan übergeben und ihr so die Entscheidung abnehmen? Auf jeden Fall wäre er die

Mars dann los, könnte das Territorium der internationalen Spionage langsam und auf Zehenspitzen wieder verlassen, und wenn Hauptkommissar Harry Engländer wiederkommt, wäre es, als sei nie etwas geschehen.

West-Berlin ist ein riesiger Abenteuerspielplatz, auf dem man Sachen ausprobieren kann, von denen man im Rest der Republik noch nicht einmal etwas gehört hat. Und im Osten schon gar nicht. Das weiß natürlich auch Marina Mars. Und so wundert sich Kriminalkommissarin Rosi Habedank nicht, als die Überläuferin sie fragt, ob sie nicht zusammen nach Kreuzberg fahren und etwas trinken wollen. «Du hast es ja gehört, es kann sein, dass ich ein Jahr lang keinen Kontakt zur Außenwelt mehr haben darf», bettelt sie.

«Hast du denn gar keine Angst?», fragt Rosi, merkt aber schon, wie wieder diese Muttergefühle in ihr aufwallen. «Die Stasi könnte dich in der Öffentlichkeit erkennen und dann ...»

«Ach, das ist doch bloß imperialistische Propaganda.» Marina grinst und wirft ihr glänzendes nussbraunes Haar zurück.

Durch das Musikmachen kennt Rosi jede Menge Kneipen, wo man auch tanzen kann. Andererseits ist sie fast 50, und Marina Mars ist zwanzig Jahre jünger.

«Du musst mir versprechen, dass du dich nicht betrinkst oder abhaust», nimmt Rosi ihrem Gast ein Versprechen ab. Marina schwört es.

Rosi hat kein Auto, nur eine quietschgelbe Vespa mit Hippie-Blümchen drauf. Aber das ist genau das Richtige für eine Sommernacht in Berlin. Sie holt die Helme, und dann sausen sie los. Marina breitet die Arme aus und jauchzt selig.

Die Ratten-Jeannie sitzt in ihrer Lieblingskneipe, dem *Roten Kreuz*, in einer Ecke und nuckelt an einem Drink namens Blutsturz. Hier servieren die Kellner in Krankenschwesternuniform.

Die Ratten-Jeannie heißt so, weil ihr Markenzeichen eine zahme Ratte ist, die in ihrer Nietenlederjacke wohnt und gerne auf ihrer Schulter sitzt.

Beruflich ist sie Punkerin, Künstlerin, Ausgesetzte, Ausgegrenzte und Tagediebin. West-Berlin ist ihr Grab in den Lüften; da liegt man nicht eng. Kunst wird aus dem Müll der Flohmärkte gemacht, in den kaputten Häusern kann man immer etwas zu essen und einen Platz zum Schlafen finden. Die Ratte macht es der Jeannie vor.

An der Bar sitzen zwei Frauen. Die eine ist ein Bulle, das sieht die Ratten-Jeannie an der Art, wie sie die andere nicht aus den Augen lässt, so als fessele sie sie mit einem unsichtbaren Seil.

Die andere ist sehr hübsch. Sie erinnert die Ratten-Jeannie an eine der fünf Sabinen aus ihrer Klasse, die hübscheste. Die immer Paul Celan vorlesen musste in Deutsch. Diese Sabine hatte sich immer Apfel-Lipgloss auf die Lippen geschmiert und eine stumme Kussbewegung in Richtung vom Chrille gemacht, mit einem Plopp. Die halbe Klasse hat gegrölt. Die Jungs, weil sie von Sabine schwärmten, die Mädchen, weil sie wie Sabine sein wollten.

Die Sabine hier erinnert an eine Mischung aus Isabelle Adjani und Nancy Allen, die die rücksichtslose Klassen-Queen in Brian de Palmas *Carrie* spielt. Sie verübt mit ihrem Freund John Travolta beim Abschlussball einen Anschlag auf die übersinnlich begabte Carrie: Sie überschütten sie mit einem Kübel Schweineblut. An die qualvoll lange Szene, die sich in Zeitlupe abspielt, erinnert die Ratten-Jeannie sich noch heute. Die berüschten Ballkleider aus goldenem, perlmuttweißem, kristallblauem Taft, die Jungens in eisblauen Anzügen mit Rüschenhemden, am Revers eine weiße Nelke, das pinke, zu einer Blüte gebundene Geschenkband an Sissy Spaceks Arm. Wie sie alle lachen. Die rauschgoldenen Frisuren. Das Knarren der Schnur, die hoch zum Kübel führt. Das Blut, das dann schwer und in Echtzeit auf das

Opfer Carrie niederpladdert, das erstarrende Gesicht, das sich zu einer Fratze verzieht. Das Massaker, bei dem Carrie mit Psi-Power die Turnhalle der Schule mitsamt Schülern runterbrennt. Niemanden lässt sie entkommen. Und dann lacht keiner mehr über sie.

Es ist 1979. Die Ratten-Jeannie ist 17 Jahre alt. Sie sitzt während des Unterrichts an ihrem Tisch, in Springerstiefeln und dem Pullover ihres toten Bruders, und strickt.

Sie möchte so gerne Satans Tochter sein, wie Linda Blair in *Der Exorzist*, den sie noch gar nicht gesehen hat, nur das Buch hat sie schon ein paarmal gelesen.

Sie träumt davon, wie Carrie alle Idioten mit nur einem Blick anzünden zu können. Die Ratten-Jeannie hasst alle diese Spießer, die zur Sparkasse, nach Wessiland zur Bundeswehr oder zu den Bullen gehen. Die Mädchen, die in der Jungen Union sind, im Tennis-Club Rot-Weiß mit Unternehmersöhnen anbandeln, in Discos wie dem Riverside zu *If I can't have you* bei *Saturday Night Fever*-Tanzwettbewerben antreten. Dabei ist sie heimlich in Chrille verliebt.

Die beiden Frauen an der Bar ordern einen Drink namens Transfusion. Nach einer Weile sagt die, die wie ein Bulle aussieht, dass sie zur Toilette muss. Die andere, die Sabine, muss ihr irgendwas versprechen. Nicht zum ersten Mal, das sieht die Ratten-Jeannie an ihrem genervten Gesicht.

Sobald die Bullenfrau Richtung Klo verschwunden ist, geht sie rüber zu der Hübschen. «Hey, Sabine», sagt sie.

«Ich heiße Marina», lächelt die Sabine.

«Scheiße», sagt die Ratten-Jeannie. «Biste 'n Zoni?»

Die Marina-Sabine schaut beleidigt. Also ja. Die Ratten-Jeannie fragt, ob sie ihr einen Drink spendieren kann. Da rutscht die Marina-Sabine vom Barhocker und lässt sie stehen, geht an ihr vorbei Richtung Ausgang. Die Ratten-Jeannie natürlich hinterher. Vor der Tür steckt sich die Marina-Sabine eine Zigarette zwischen die Lippen. Das sind ganz anständige Lippen. Kann man nich meckern. Die Ratten-Jeannie kramt ihr Feuerzeug raus und gibt der Marina-Sabine Feuer. Sie schützt die Flamme mit der hohlen Hand. Die Marina-Sabine beugt sich runter zum Feuerzeug, wegen des Sommerwinds.

In diesem Moment klatscht der Ratten-Jeannie aus dem Nichts etwas ins Gesicht. Die Ratte auf ihrer Schulter kreischt, bäumt sich auf und stirbt. Was die Jeannie einatmet, beißt ihre Lunge kaputt. Sie will schreien, aber es schnürt ihr den Hals zu. Sie ringt nach Luft, aber nichts. Ihr Atem pfeift. Sie würgt und hustet. Die Brust brennt ihr, als würde sie platzen. Sie knallt aufs Pflaster. Plötzlich fühlt sie sich ganz ruhig und still. Das Letzte, was die Ratten-Jeannie in ihrem Leben sieht, ist die Marina-Sabine. Die rennt, so schnell sie kann.

Verdammt. Das falsche Weibsstück erwischt. Semjonow wird toben. Hauptmann Jens Fichte drückt sich im Laufen ein Tuch vors Gesicht. In einem Hauseingang eine Straßenecke weiter stoppt er kurz, bricht eine Gegengiftampulle auf und inhaliert die Dämpfe. Das Blasrohr hat er in Zeitungspapier gerollt. Er schraubt die dreiteilige Leichtmetall-Rohrkonstruktion aus der Werkstatt des sowjetischen Geheimdienstes mit zwei Handgriffen auseinander und steckt sie in die Gepäcktaschen seines Motorrades. Im Wegfahren spürt er den Druck der Angst auf der Brust. Oder vielleicht ist es doch das Gift? Jedenfalls wird er das Blasrohr nochmal brauchen. Deshalb wirft er die Einzelteile auf dem Weg nach Tempelhof auch nicht in den Landwehrkanal, wie ursprünglich geplant.

Rosi hat dann die Feuerwehr angerufen. Aber den einzigen Arzt, den die Ratten-Jeannie noch brauchte, das war Dr. Doreen Niedergesäß von der Rechtsmedizin.

Nachdem auch die Spurensicherung durch ist, sitzt Kriminaloberkommissar Peter Kappe wieder an seinem Schreibtisch in der MK6 und starrt in die Nacht vor dem Fenster. Wäre jetzt ein guter Zeitpunkt, den Dienst zu quittieren und in ein Flugzeug nach New York zu steigen, um seine Tochter noch mal zu sehen? Auf seiner Kommode zu Hause im Flur liegt seit vier Jahren ihr bereits eingewickeltes Geburtstagsgeschenk. Aber er kann sich nicht überwinden, sich mit dem neuen Familienglück seiner Ex zu konfrontieren.

Das Telefon klingelt. Müde hebt Kappe ab.

«Wissen Sie noch, wer ich bin?», sagt eine muntere Stimme.

«Hm. Sie sind Josef Bolp, der größte Reporter-Obermacker vom *Berliner Blitz*. Sie bilden sich ein, dass Sie hier jederzeit anrufen und mich volllabern können, nur weil mir mal eines Ihrer Fotos vor ein paar Jahren bei dieser Leiche auf dem Kofferband geholfen hat.»

Bolp lacht wie ein Pferd. «Sagen Sie mir kurz, wer die Leiche von heute Abend ist. Dann sind Sie mich schon los.»

«Ach, weiter darf es heute nichts sein?», höhnt Kappe. «Rufen Sie doch die Pressestelle an, Mann.»

«Da ist keiner mehr. Wissen Sie doch.» Kappe hört, wie Bolp sich eine Zigarette anzündet. «In einer halben Stunde ist Redaktionsschluss. Nun geben Sie mir schon was, Kappe. Ich hab mir die erste Seite freihalten lassen.»

Kappe schüttelt den Kopf. «Noch immer ganz der Alte, was?»

«Die Öffentlichkeit hat ein Recht auf Information.»

«Bla, bla, bla.»

«Hat es wirklich die Ratten-Jeannie erwischt?»

«Wer sagt das?»

«Eine Quelle.»

Plötzlich hat Kappe eine Idee. «Vergessen Sie es, Bolp. Die Ratten-Jeannie ist längst wieder auf dem Weg der Besserung.»

«Das wird unsere Leser freuen.» Bolps Leser sind Spießer, die gerne Gruselgeschichten über Linksversiffte lesen, und die Ironie des Reporters ist nicht zu überhören. «Was können Sie mir denn über die Tote sagen?»

Kappe seufzt theatralisch tief und schwer und tut so, als hätte Bolp ihn weichgeklopft. «Also. Damit Ruhe ist. Das Todesopfer haben wir noch nicht identifiziert. Papiere hatte sie nicht dabei. Nach ersten Erkenntnissen ist die Tote etwa dreißig Jahre alt und der Kleidung nach DDR-Bürgerin. Vermutlich wurde sie vergiftet. Wir gehen davon aus, dass es sich um das gezielte Attentat eines Ostblock-Geheimdienstes handelt.»

«Mensch, Kappe.» Bolp staunt. «Danke!»

«Und, Bolp: Von mir haben Sie das nicht! Wenn Sie meinen Namen als Quelle nennen, mache ich Sie fertig.»

«Hey, nicht so ruppig, Kappe!», lacht Bolp.

«Sie haben keine Ahnung, womit wir es hier zu tun haben», schiebt Kappe nach. «Wenn Sie es wüssten, dann würde Ihnen der Arsch so was von auf Grundeis gehen. Und jetzt – gute Nacht.»

Kappe legt auf. In der Stille des Büros lauscht er seinem Herzschlag. Er würde sich gerne eine Zigarette anzünden, aber die sind ihm in der Hektik des Tages mal wieder ausgegangen. Stattdessen genießt er, dass er Bolp bewusst getäuscht hat und der ihm das noch nicht einmal anhängen kann. Vielleicht wird Bolp demnächst doch wieder den offiziellen Weg über die Pressestelle nehmen. Die Presse-Kollegen dürfen nämlich nicht lügen. Sicher schlafen sie deshalb auch besser als Kappe.

Es ist eine tropische Nacht. Kappe ruft sich ein Taxi und fährt zum klimatisierten Ullrich-Supermarkt unter den Bahnbrücken am Bahnhof Zoo. Vor dem Laden kacken die Tauben von den Flanschen der Brückenträger auf den Bürgersteig hinab. Es riecht nach Urin und Pommes.

Ullrich hat quasi immer auf. Der einzige Supermarkt in West-Berlin, wo es zu so später Stunde noch trockene Schrippen, Ernte 23 und 120 Regalmeter Schnaps gibt. Mit Pennern und Managern steht Kappe an der Kasse in einer Schlange. Der Manager hat sieben Flaschen Champagner Dom Pérignon im Einkaufswagen. Der Penner kauft bloß Dosenbier. Als das Kassenmäuschen dem Penner sein Wechselgeld rausgeben will, sagt der: «Nee, is jut, behalt ma. Koofste dia wat Schönet.»

Alkohol ist eben frei nach Roland Barthes vor allem eine Substanz der Verwandlung. Er macht aus Schlauen Dumme, aus Starken Schwache, aus Reichen Arme, und manchem rutscht sogar der Arsch plötzlich dahin, wo eigentlich das Gesicht sein sollte. Und umgekehrt.

SECHS
Freitag, 20. August 1982

DER *BERLINER BLITZ* MACHT mit der Schlagzeile *Giftmord: Schöne Spionin wollte nur frei sein* auf. Kappe lacht immer noch, als er das Käseblatt in der Rechtsmedizin auf den Tisch schmeißt. «Sorry, Landsberg – der Josef Bolp rief gestern Abend noch an.»

Landsberger, der mal bei der Pressestelle der Berliner Polizei war, schaut beleidigt. «Und da hast du ein bisschen Pressearbeit gemacht?»

Kappe zuckt mit den Schultern. «Der muss mich missverstanden haben.»

«Jetzt streitet euch ma nich! Janz schön raffiniert, mein lieber Kappe. Weeßt ja, letztendlich is imma allet Herzfasagen», lacht Gerichtsmedizinerin Dr. Doreen Niedergesäß. «Aber det hier is 'n bisschen wie im Kintopp! Letztes Jahr jabs doch den *Regenschirmmörder* mit Pierre Richard und Gerd Fröbe?»

Kappe schaut Landsberger übernächtigt und ratlos an. Auch der schüttelt den Kopf. Keine Hochkultur, der *Regenschirmmörder* ist an ihm vorbeigegangen. Und Kappe hört lieber Jazz im Yorckschlösschen, als ins Kino zu gehen.

Sie stehen in der Moabiter Pathologie am Edelstahltisch. Vor ihnen liegt die Ratten-Jeannie. Sogar ihre Ratte ist mit dabei, auch tot. Jeannies Haut, die gestern noch rosarot war, hat sich nun bläulich verfärbt. Ihr Körper ist mager und vom Drogenmissbrauch gezeichnet, ihr blauer Irokese steht noch immer wie eine Eins.

«Im *Regenschirmmörder* spielt der Pierre Richard ja 'nen

Schauspieler, der von der Mafia den Auftrag kricht, dassa 'nen Waffenhändler in St. Tropez mit 'nem Regenschirm beseitjen soll. Richard is Schauspieler und denkt, er dreht 'nen Film. Aber in der ausfahrbaren Spitze von dem Regenschirm is 'n tötlichet Jift. Verwechslungskomödie, janz lustich.»

«Von Spaß sind wir hier ja meilenweit entfernt», bemerkt Kappe.

Doreen Niedergesäß greift in ihren Arztkittel, schält ein grünes Nappo aus der Folie und schiebt sich den Puffreis mit Haselnuss in den Mund. «Also, ich brauch hier noch ein bisschen», sagt sie. «Det Mädel zeicht den typischen West-Berliner Mischkonsum. Alkoholabusus war ja bekannt. Aba een Drittel von allen Leichen, die ich hier uff 'n Tisch krieje, is alkoholisiert.»

«Alkohol und Berlin gehören zusammen», nickt Kappe. Siehe gestern bei Ullrich am Zoo. Nicht umsonst lautet eine der schönsten Lebensweisheiten dieser Stadt: *Säufste, stirbste. Säufste nicht, stirbste ooch. Also säufste.* Man säuft, weil man der subversivsten Subkultur angehört, oder weil man nichts anderes zu tun hat. In Bars wie dem *Risiko* kommt der mit Pflaumensaft versetzte Wodka in großen Wassergläsern, in der *Blechbar* gibt es Tequilla-Trinkwettbewerbe. Oder es ist Vatertag, und man zischt ein Dosenbier im Schatten der Mauer.

«Also keene Überraschung», bestätigt Doreen Niedergesäß. «Außa Reizerscheinungen an den Atemwegen keene postmortalen Veränderungen. Ich tipp trotzdem uff wat KGB-mäßiges. Een Gift, det bei den sommerlichen Temperaturen draußen gasförmich wird. Is nur 'n Bauchjefühl. Riecht ihr Jesicht nicht nach Bittermandel?»

Kappe schnuppert, dann schüttelt er den Kopf.

«Im Freien is sowatt natürlich leicht flüchtig. Also Labor, und det dauert. Könnte ooch Rizin oda Sarin sein – sowatt. Dauert aber eijentlich länger, bis det wirkt. Sie wa ja so jut wie sofort tot. Mal sehen.»

«Du denkst an Blausäure? Ist das nicht ein bisschen antiquiert?», fragt Landsberger. «Da wusste ja schon Agatha Christie, wie's geht. Vielleicht eher Flusssäure?»

«Und du denkst ooch, Flusssäure heeßt Flusssäure, weil man da Leichen drinne ufflöst und se denn innen Fluss kippt», grinst Doreen. «Nee, glaub ich nich. Bei konzentrierter Fluorwasserstoffsäure is zwar schon eene handtellergroße Verätzung tödlich. Det Zeuch stört massiv den Elektrolythaushalt, weil et mit dem körpereigenen Calcium reagiert und et dem Körper entzieht. Denn krichste Herz-Rhythmus-Störungen bis hin zum Kreislaufzusammenbruch mit Leber- und Nierenversagen, Verätzung der Lunge und so weiter. Da hätt ich mehr jesehen, als ich se offen hatte.»

«Sieh zu, dass du was findest», sagt Kappe müde. «Immerhin war sie eine West-Berliner Stilikone. Die Szene wird Druck machen. Und mein Presse-Stunt lenkt auch nicht ewig ab.»

«Det klingt, als ob et dich als Fall nicht per se interessiert», sagt Doreen. «Ich mein, klar, die Jeannie war 'ne Ruine und sie hat in eener Ruine gelebt, aber trotzdem musst du als Links-Spießer doch ermitteln – quasi wegen de Jerechtigkeit!»

«Links-Spießer?» Kappe runzelt die Stirn. «Was soll das heißen, Doreen?»

«Na, datte *taz*-Leser bist und Müsli frühstückst, aber trotzdem keene Staatsferne hast, wie diese Kulturanarchistin hier uff meenem Tisch.»

«Ich bin *Tagesspiegel*-Leser!», protestiert Kappe.

«Contenance, mes amis!», warnt Landsberger.

«In der Rechtsmedizin kann man doch immer noch was lernen», murmelt Kappe. Im Grunde weiß er ja, dass Doreen richtig liegt. Er hatte auch schon mal ein *taz*-Probeabo.

«Wir glauben, dass die Ratten-Jeannie nicht gemeint gewesen ist. Sie ist ein Zufallsopfer. Der Täter wollte eigentlich unsere Zeugin beseitigen.» Landsberger deckt das Leichentuch pietätvoll über Jeannies Körper und die Stacheln ihres blauen Irokesen. Mit dem Tuch über dem Kopf sieht sie aus wie eine verhüllte Freiheitsstatue.

«Ach, Mist. Ja, so kann et einem jehn. Jestern noch 'n Postkartenmotiv, heute mause. Wat is denn mit der Zeugin?»

«Die ist verschwunden», seufzt Kappe. Er weiß genau, was sein nächster Programmpunkt ist, und das macht den Tag auch nicht schöner.

In der beginnenden Mittagshitze rollt der Sonderzug des Thunderball-Zirkus durch die Grenzanlagen. Das Sonnenlicht lässt die goldenen Verzierungen an den prunkvoll restaurierten historischen Zirkuswagen funkeln. Die Bremsen zischen, die Weichen knallen. Im Kiesbett der Gleisanlagen am Autozug-Terminal Berlin-Wannsee flirrt die Hitze. Aus dem gelben Backsteingebäude treten die Eisenbahner mit ihren orangen Warnanzügen.

So etwas sieht man auch nicht jeden Tag: Der Zug des amerikanischen Zirkus ist 750 Meter lang und besteht aus 50 Bahnloren. 80 Zirkuswagen, Zaun- und Zeltteile, drei 50er-Jahre-Hanomag-Traktoren und sonstige Gerätschaften rollen auf West-Berliner Gebiet ein. Darunter auch die wie eine alte viktorianische Maschine wirkende Abschussvorrichtung für die sogenannte menschliche Kanonenkugel. Unter einer Abdeckplane blitzt eine auf Hochglanz polierte Kanone mit einer sichtbaren Mechanik aus goldenen Zahnrädern, Spulen, Kurbeln und Zeigern hervor. Die Kanone ist die Hauptattraktion des Zirkus. Auf dem Bahnhof hat sich eine Handvoll Eisenbahnfreunde mit ihren Super-8-Kameras versammelt und filmt eifrig. Auf einem Wagen steht: *Ilona Strauss – ein Mädchen als Granate! Die Todesverächterin unter den kühnsten Artisten.*

Der Zug wird auf ein Abstellgleis geschoben und in acht Teile geteilt. Diese fahren dann nach und nach an die Entladerampe, und die Traktoren ziehen die Zirkuswagen einzeln von den Loren. Trillerpfeifen schrillen, Kupplungen klappern. Dann kommen die MAN-Zugmaschinen, feuerrot lackiert mit dem Zirkusnamen in goldenen geschwungenen Buchstaben an der Tür der Fahrerkabine. Sie ziehen die Zirkuswagen für die letzten acht Kilometer über das Autobahnkreuz Zehlendorf und die Potsdamer Chaussee bis zur Truman Plaza an der Clayallee.

Dort wird schnell ausgepackt. Der Zeltmeister schreit seine Anweisungen. Heute Abend muss das Zelt stehen und die Manege fertig sein. Sie spielen drei Vorstellungen am Tag, wenn morgen, am Samstag, das Deutsch-Amerikanische Volksfest eröffnet.

Auf der Fahrt ins Revier ist Landsbergers Redefluss gar nicht mehr zu stoppen. Die Story, wie er der Ostermann gefolgt ist, sprudelt aus ihm heraus, sein Verdacht, dass sie vielleicht den oberen Teil von dem Ei eingesteckt hat. Dann war es bloß eine Kamera. Aber Landsberger hat ein Polaroidfoto beschlagnahmt. Kappe lobt ihn für seinen Instinkt.

«Ich bin noch nicht dazu gekommen. Morgen vergleiche ich unser Ei auf dem Polaroid mit dem historischen Foto aus dem Buch von der Ostermann», schließt Landsberger. «Ich sage dir, ich bin so froh, dass ich was beitragen kann!»

«Wirklich gut gemacht, Landsberger», nickt Kappe. «Mach dir keine Gedanken. Ich kenne keinen besseren Polizisten als dich.» Landsberger windet sich verschämt. «Ist so. Es ist sehr gut, das Foto zu haben. Auf die Weise können wir wenigstens belegen, dass das Ei tatsächlich einmal vollständig war. Vielleicht kann man auch den Wert von einem externen Sachverständigen schätzen lassen. Sind die Steine in dem Sockel echt und so weiter.»

«Ich kümmere mich am Montag darum», sagt Landsberger.

Sie sind im Besprechungszimmer auf dem Revier verabredet. Bevor sie in die Runde gehen, nimmt Kappe Major Galan beiseite. «Was Neues von der Bombe?», flüstert er. Aber der schüttelt nur mit großen traurigen Augen den Kopf. Also Themenwechsel: Mord. Diesmal auf der Straße vor dem *Roten Kreuz*. Am großen Konferenztisch nippen alle an Rosis beruhigendem Yogi-Tee.

«Bevor einer fragt: Ich habe mit der Presse gesprochen», sagt Kappe.

«Kein schlechter Schachzug, Marina Mars offiziell sterben zu lassen», lobt Galan.

«Das werden die Journalisten schnell genug merken», meckert Landsberger.

«Egal. Vielleicht gewinnen wir ein bisschen Zeit. Denn ansonsten ist es ja so: Keiner hat etwas gesehen oder gehört», stellt Kappe fest. «Kein Schuss, nichts. Der Anschlag wurde vermutlich mit einem Blasrohr verübt. So macht es wohl der KGB, was man so hört. Glauben Sie, wir haben es mit den Russen zu tun, Galan?»

«Ich schicke Ihrer Gerichtsmedizinerin einen Spezialisten», seufzt Major Galan. Er steht am Fenster und raucht auf die Keithstraße hinaus. Die Hand mit der Zigarette zittert. Es ist heiß im Raum, und das Lüften hilft nur wenig gegen den Geruch von Angstschweiß.

«Ich hab halt aufs Klo müssen», versichert die kopfschüttelnde Rosi zum hundertsten Mal.

«Es macht dir niemand einen Vorwurf», tröstet Landsberger und streichelt ihren Arm.

«Doch, ich schon.» Kappe pustet in seinen Tee, und Rosi zuckt sichtlich zusammen. Richtig so. «Wieso hast du mit der Marina überhaupt die Wohnung verlassen?», macht er sich Luft. «Entgegen meiner ausdrücklichen Anweisung!»

«Ach geh. Die Marina hat mich so mit ihren Rehaugen o'gschaut. Die hat mir so leid getan. Du weißt, dass ich ein weiches Herz hab.» Rosi schaut ihn an wie ein verhungernder Hundewelpe.

«Ja. Leider», gibt Kappe zu. Was soll er nur machen mit dieser ganzen viel zu netten Truppe? Einer muss doch Schuld sein, verdammt. Sie sollten sich geschlossen zum Händchenhalten mit Grundschülern in den Verkehrskindergarten versetzen lassen. Yogi-Tee gibt es da bestimmt auch.

«Fakt ist: Wir sind geliefert. Die setzen mich außer Dienst, wenn ich die Marina Mars verliere», jammert Galan.

«Jetzt reißen Sie sich mal zusammen!», fährt Kappe ihn an.

Verschreckt und mit offenem Mund dreht Galan sich zu ihm um. Seine Augen sind blutunterlaufen. Der Mann ist völlig am Ende. Kappe hebt entschuldigend die Hände.

«In West-Berlin geht keiner verloren», beruhigt ihn Landsberger. «Da ist eine Mauer drum herum. Die Fandung nach der Mars ist raus. Wir haben doch jetzt eDV. Früher oder später ...»

«Also.» Kappe steht auf und geht hin und her. «Wir suchen einen Mann mit einer Maske. Er hat sowohl Major Ottmar von Pussinske erschossen als auch den oberen Teil des Fabergé-Eis gestohlen. Nach der Tat hat er von Pussinskes Dienstwaffe eingesteckt. Übersehe ich etwas?»

Allgemeines Teenippen und Kopfschütteln.

«Die Kriminaltechnik hat angerufen», sagt Rosi. «Wir wissen nicht, wem der halbe andere Fingerabdruck auf dem Sockel des Eis gehört. Er ist nicht in unserer Kartei. Dr. Ostermann hatte ihre Baumwollhandschuhe an, als sie das Ei angefasst hat. Also können die Fingerabdrücke nur vom Maskenmann oder von Marina Mars stammen.»

«Okay, Frage: Woher wusste der Maskenmann, wann und ob Marina Mars mit dem Ei über die Grenze kommen würde?»

Galan schmeißt seinen Zigarettenstummel aus dem Fenster. «Über den Termin waren nach meinen Informationen genau sechs Leute informiert: Dr. Elke Ostermann, Major von Pussinske, mein Kontakt beim CIA, ich selbst, Marina Mars und Ullrich Uhlig, Leiter der Kommerziellen Koordinierung im Außenhandelsministerium der DDR», sagt er.

«Die Russen nicht?»

«Das weiß man nie.»

«Was, wenn der Osten sowohl das Ei als auch die Devisen einstreichen wollte?», regt Landsberger an.

Galan schüttelt den Kopf. «Natürlich kann ich in Uhlig nicht hineinschauen. Man nennt ihn ja auch den Beutelteufel. Aber ich kenne ihn schon viele Jahre, für mich ist er über jeden Zweifel erhaben. Sie müssen sich vorstellen, dass unter Uhligs Führung die DDR über ihren Außenhandel 70 Prozent unseres West-Berliner Bedarfs an Benzin, Diesel und anderen Kraftstoffen abdeckt. Baustoffe, Fleischerzeugnisse, Milch, Obst und Gemüse – kommt alles aus dem Osten. Derzeit braucht der Osten Devisen, und Uhlig hat eine riesige Exportoffensive angeschoben.»

«Haben die deshalb da drüben immer nichts?», fragt Rosi.

«Natürlich. Das geht auf Kosten der Versorgung der DDR-Bevölkerung. Es funktioniert so: Die DDR kauft zum Beispiel in der UdSSR Rohöl, mit einer längeren Zahlungsfrist von bis zu 360 Tagen. Das verkaufen sie dann weiter mit einem kurzen Zahlungsziel von zum Beispiel 30 Tagen. Das heißt, ihr Kunde zahlt an sie, bevor sie die Ware an ihren Lieferanten bezahlen müssen. So bleibt die DDR liquide, weil sie die Devisen einnimmt, bevor sie sie selbst ausgeben muss. Bis zu einem bestimmten Punkt muss man jemandem vertrauen können, mit dem man solche Deals vereinbart. Und der Beutelteufel war immer fair.»

«Aber der Mann ist Staatssekretär im Ministerium für Außenhandel. Der oberste Chef eines undurchsichtigen Firmenimperiums. Eine graue Eminenz. Hat er denn keinen Handlanger, der die Drecksarbeit für ihn macht?»

«Doch. Die Drecksarbeit der KoKo macht Marina Mars.»

«Wir müssen sie wiederfinden», sagt Landsberger. «Und zwar schnell, denn die Stasi ist ihr ja offensichtlich schon auf den Fersen, wie man an dem Giftanschlag sieht.»

«Und warum wollen die sie umbringen? Wäre es nicht ausreichend, sie sich wieder zurückzuholen?», will Kappe wissen.

«Warum denken wir, dass unser Mörder der Mann mit der Maske ist?»

«Weil Frau Dr. Ostermann vom Kunstgewerbemuseum es uns erzählt hat. Und Frau Dr. Ostermann ...»

«Ist unsere einzige Zeugin.»

Landsberger steht auf. «Ich stelle sie unter Polizeischutz», sagt er. «Sofort. Nicht dass sie uns auch noch verschwindet.»

Zuletzt richten sich alle Blicke auf Rosi, die knallrot anläuft und den Kopf mit den graublonden Locken in den Nacken wirft. «Was wollt's von mir?», fragt sie mit einer Mischung aus Verzweiflung und Angriffslust in die Runde. «Kann ich wissen, dess Kappe bei mir ein Bond-Girl parkt? Wieso hast du die überhaupt angeschleppt? Hättest du sie doch bei den Amis gelassen.»

Treffer, versenkt. Natürlich ist Kappe mit seiner Knallfrosch-Nummer letztendlich Schuld an dem ganzen Schlamassel.

«Mir war wohl die Dimension nicht so ganz klar», räumt er ein. «Ich wollte die einfach zu dem Mord am Checkpoint befragen. Ich dachte, sie hat was zu verbergen, weil unser Major Galan hier sie so abgeschirmt hat.»

«Ich wollte bloß nicht, dass die uns entwischt und wieder über die Grenze verschwindet», sagt Galan.

«Das heißt, sie könnte auch schon längst wieder im Osten sein?», schlägt Landsberger vor, und Galan nickt kleinlaut.

«Können Sie nicht mit Uhlig Kontakt aufnehmen und fragen?», fragt Kappe.

Galan schüttelt den Kopf. «Ich könnte es versuchen, aber dann wissen die, dass wir sie verloren haben. Dass sie bei ihrem Attentat nicht gestorben ist. Dann verdreifachen die ihre Anstrengungen, sie auszuschalten.»

«Rosi, jetzt denk nach», fordert Kappe die Kollegin auf. «Du warst doch die ganze Nacht mit ihr zusammen. Hat sie irgendetwas gesagt? Kennt sie hier jemanden? Oder hat sie einen Ort erwähnt, der ihr vielleicht von früher vertraut ist?»

Kappe ist mit der U-Bahn zum Bahnhof Westphalweg gefahren und steht nun jottweedee am Mariendorfer Damm in einer Telefonzelle. Harry Engländers Hotel hat er ohne Probleme erreicht. Auch der Rückruf durch den Hauptkommissar aus einer Telefonzelle außerhalb in die Telefonzelle am Mariendorfer Damm war kein Problem. Eine Menge Aufwand, aber Kappe muss die Chance erhöhen, dass die Stasi das Gespräch nicht mithört.

«Das ist hier eine wichtige Konferenz!», poltert die Stimme von Kappes Vorgesetztem empört los. «Ich hoffe, Sie haben einen lebenswichtigen Grund, mich aus dem Vortrag zu holen und diese Verrenkungen hier machen zu lassen!»

«Habe ich», sagt Kappe. Und dann erzählt er ihm alles. Natürlich nur die Zusammenfassung. Ab und an hört er Engländer am anderen Ende der Leitung nach Luft schnappen und «Oh Gott oh Gott!» jammern. Das wäre lustig, wenn es lustig wäre. Auf jeden Fall tut es unheimlich gut, die ganze Geschichte mal zu erzählen. Die Fallkonstellation tritt Kappe viel klarer vor Augen.

«Ich komme sofort nach Hause!», stößt Engländer hervor, als Kappe fertig ist.

«Das sollten Sie lieber lassen, wenn Ihnen Ihr Leben lieb ist», rät Kappe. «Sie haben schließlich Familie, und hier kann jederzeit eine Bombe ...»

«Quatsch, Kappe. Die MK6, das ist meine Familie!»

Kappes Zwerchfell wird schwer und zieht schmerzhaft. «Ach, Chef.»

Auch Engländer muss schlucken. «Wollten Sie mich etwas Konkretes fragen, mein Junge?»

«Ja. Wenn wir Marina Mars wiederfinden, muss sie in den Zeugenschutz. Sofort. Die Staatsanwältin Meister-Mikolai muss das anordnen.»

«Kann der BND da nichts machen? Die haben doch ganz andere Möglichkeiten.»

«Glauben Sie, ich kann Major Galan trauen? Sollen wir uns auf eine Zusammenarbeit einlassen? Sie wissen ja, vom Gesetz her sind die Dienste getrennt.»

«Trauen Sie ihm, Kappe. Sie haben meine volle Rückendeckung.»

«Danke, Chef.»

«Wir sehen uns spätestens übermorgen.»

«Übermorgen ist Sonntag, Chef.»

«Na, dann überübermorgen. Und, mein lieber Kappe: Bis dahin folgen Sie Ihrem Instinkt. Sie sind ein erstklassiger Polizist. Lassen Sie sich von niemandem etwas anderes einreden.»

Kappe hat das Gefühl, bei der Beichte gewesen zu sein und überraschenderweise doch einen insgesamt ganz guten Draht zum Universum zu haben.

Wünsdorf, 40 Kilometer südlich von Berlin, ist eine sowjetische Stadt. Für die DDR-Bevölkerung ist es Sperrgebiet. Etwa 75.000 Russen wohnen hier. Wünsdorf ist das Hauptquartier der sowjetischen Streitkräfte in Deutschland. Jeden Tag fährt ein Zug nach Moskau und Leningrad. Der dazugehörige Militärflughafen heißt Sperenberg, ein kompletter Neubau aus den 60er-Jahren. Die Sowjet-Truppen sind hier in der stärksten Massierung in Mittel- und Südosteuropa aufgestellt. Und General Walerian Borissowitsch Semjonow ist ihr Oberkommandierender.

Genüsslich trinkt er seinen Krimsekt aus, dann klappt eine Flugbegleiterin mit Servierschürzchen das Tischchen hoch. Die Iljuschin Il-62M hat die Reiseflughöhe verlassen und befindet sich im Anflug auf Sperenberg.

Unter ihnen huscht dichter, fahlgrüner märkischer Fichtenwald vorbei. Dazwischen dunkelgrauer Steppensand. Es sieht ein bisschen aus, als landeten sie in der Taiga. Die Rollbahnen von Sperenberg tauchen auf. Sie bestehen aus viereckigen Betonplatten, was von oben hübsch aussieht, wie Mosaikfliesen. General Semjonow schaut auf die kleinen Seen am Stadtrand von Berlin, wie sie in der Sonne glitzern. Eine schöne Landschaft, denkt er. Schade, dass sie bald nicht mehr da sein wird.

Er weiß, dass seine Bombe mehr Schaden anrichten kann, wenn er sie über der Stadt zündet. Die Hiroshima-Bombe ist in 600 Metern Höhe explodiert. Aber er meint es ernst, er muss die Bombe weiter oben zünden.

Die Atombombe muss ungefähr in der Höhe explodieren, von der Semjonow beim Landeanflug die ganze Stadt sehen kann. Ungefähr auf einer Höhe von 2.100 Metern.

Wenn der Sprengsatz explodiert, das hat Semjonow in Schulungen gelernt, herrschen im Inneren 100 Millionen Grad Celsius. Das ist heißer als der Kern der Sonne. Die Energie breitet sich mit mehreren hundert Millionen Stundenkilometern aus. Ein Feuerball entsteht, der mit 110.000 Stundenkilometern durch die Stadt fegt. Direkt unterhalb der Explosion lösen sich Menschen, Tiere und Gebäude in der Hitze auf. Wer in der U-Bahn sitzt, erstickt. Weil das Feuer allen Sauerstoff aus den Röhren und Körpern im Tunnelsystem zieht.

Die Maschine landet und rollt vor einem niedrigen weißen Abfertigungsgebäude aus. Die Gangway wird herangeschoben. Am Fuß der Treppe fährt eine schwarze ZIL-4104-Limousine vor, um ihn abzuholen. Ein schwerer langer Wagen mit einem V8-Motor, der im Export eine Viertelmillion Dollar kostet.

«Wohin, General?», will der Fahrer wissen.

«Berlin, Checkpoint Charlie», weist er an. «Vor dem Übergang wechseln wir den Wagen.»

Das Gefühl, Hauptmann Fichte nicht zu einhundert Prozent trauen zu können, hat Semjonow nach Berlin getrieben. Er muss den Erfolg seiner Operation persönlich absichern. *Dowerjai, no prowerjai – Vertraue, aber prüfe nach,* wie der Russe sagt. Schon der Genosse Lenin wusste, dass man sich nur auf etwas verlassen kann, das man persönlich sicherstellt.

Als er auf dem Weg nach Berlin-Mitte von Weitem das neue Charité-Hochhaus sieht, muss Semjonow an seinen Erzfeind General Gogol denken. Gogol ist alt. Er sollte noch zwei, drei Orden verliehen bekommen und sich dann um den Vorsitz des Russischen Komitees für Kriegsveteranen bewerben. Das wäre eine sinnvolle Beschäftigung für einen Tattergreis ohne Visionen.

Kappe steigt in die U-Bahn zum Sophie-Charlotte-Platz. Obwohl es schon recht spät ist, biegt er in den Horstweg ein und klingelt bei seinen Eltern. Seine Mutter Gertrud öffnet, nicht ohne ihn vorher durch den Türspion zu mustern. Ihre Haare sind verwuschelt. Sie trägt einen hastig übergeworfenen Morgenmantel. «Papa schläft schon», flüstert sie. Als sie sich umarmen, riecht sie im Halbdunkel des Flurs so sehr nach Mama, dass Kappe die Tränen kommen.

In der Küche drückt seine Mutter ihn auf die Eckbank. Der Wasserkocher rumort eine Weile, dann hält Kappe einen Karo-Kaffee in der Hand. Schon der Geruch, einfach wunderbar würzig! Wahrscheinlich ist das der Anfang seiner Instantkaffee-Leidenschaft gewesen.

«Was ist denn los, mein Junge?», fragt seine Mutter mitfühlend und streicht ihm die Haare aus der Stirn.

Was wirklich los ist, das erspart er ihr lieber. Für einen langen erholsamen Moment versinkt er in ihren liebenden Augen. Dann wird ihm wieder klar, dass er ja Berlin retten muss. Aber wie? Für eine gute Klatschgeschichte ist seine Mama immer zu haben. Also erzählt er ihr von Landsbergers neuem Schauspiel-Hobby. «Und der Landsberger spielt sogar bei James Bond mit, stell dir mal vor!», füttert er sie an.

«Nein! Der Roger Moore, das ist ja so ein toller Mann!», schwärmt sie mit glänzenden Augen und schiebt dann etwas schuldbewusst nach: «Der Wolf Landsberger natürlich auch!»

Leider kein Lady's Man, der Landsberger. Peter Kappe erzählt seiner Mutter von der Stasi, die über die Mauer hinweg alles fotografiert hat. Und dann die Schießerei bei Elektro Noster. Der tote BND-Agent. «Es wäre toll, wenn du mir helfen könntest», schließt er.

«Für ein Abenteuer bin ich olle Rentnerin immer zu haben!», versichert sie. Seine Mutter ist Polizistenfrau, und plötzlich ist sie knallwach.

«Du hast doch einen gültigen Mehrfachberechtigungsschein, oder?» Den braucht ein West-Berliner für die Einreise nach Ost-Berlin. Kappes Eltern gehen gerne in die Museen drüben. Außerdem gehen sie gerne in Museumskantinen. Da sind die Torten viel billiger als im Westen und trotzdem auf Weltniveau. Man kriegt sein Zwangsumtauschgeld von 25 Ostmark kaum verfressen, wenn ein Stück Sahnetorte bloß achtzig Alu-Pfennige kostet.

«Ja, warte mal!» Kappes Mutter greift nach ihrer Handtasche und zieht die grüne, postkartengroße Karte mit dem Titel *Berechtigungsschein zum Empfang eines Visums der DDR, Besuche und Reisen von Personen mit ständigem Wohnsitz in Berlin (West) zur Einreise in die Hauptstadt der DDR (Ost-Berlin)* raus. *Übergang Bahnhof Friedrichstraße.* «Von den neun Visa sind noch vier übrig.»

Ein West-Berliner kann einen Antrag auf einen Mehrfachberechtigungsschein mit eingedruckten Personendaten stellen. Neben dem ersten Visum auf der Vorderseite der Karte sind auf der Rückseite acht kleine Felder zur Beantragung weiterer Visa vorgesehen. Die Karte hat eine Gültigkeit von drei Monaten vom Tage der Ausstellung an und berechtigt den Besitzer zum Empfang des Visums an der Grenzübergangsstelle seiner Wahl. Aber man muss trotzdem vorher ein Passierscheinbüro besuchen und sich einen Stempel für das geplante Besuchsdatum holen. Nur die Büros an der Jebensstraße am Bahnhof Zoo und an der Schloßstraße in Steglitz sind am Wochenende geöffnet.

«Super!» Kappe dreht die Karte von rechts auf links. «Hättest du morgen ein bisschen Zeit?»

«Wenn dein Vater mir die Wäsche abnimmt?» Seine Mutter zwinkert ihm gespannt zu.

Kappe muss versuchen, mit seinem Großcousin Hartmut Kappe in Kontakt zu kommen. Vielleicht hilft ihm der Sohn vom Oberkriminalen Hermann Kappe mit seinen Kontakten. Schließlich ist im Osten die Polizei zur Zusammenarbeit mit der Stasi verpflichtet. Hartmut ist auch Polizist, höherer Offizier bei der MUK, der Mordermittlungskommission in Ost-Berlin. Er ist ein harter, grauer, einsilbiger Typ mit Bürstenfrisur, der f6 Kette raucht und trotzdem Honecker-Witze erzählt. Kappe hat ihm vor ein paar Jahren seinen Opel Rekord geschenkt. Hartmut schuldet ihm also noch einen Gefallen.

«Könnte ich dich um etwas bitten, Mutter? Du hast doch einen ganz guten Draht zu Ingeborg, der Frau von Hartmut. Kannst du hinfahren und sie um etwas bitten? Ich traue den Telefonleitungen nicht mehr, die werden alle von der Stasi abgehört.»

Peter Kappes Mutter ist, wie sein Vater immer sagt, eine prächtige Person: praktisch, handfest und tüchtig. Eine Mutter, an der man sich aufrichten kann. «Natürlich helfe ich dir, Peterchen!» Sie kneift ihm in die Wange. «Morgen früh hole ich mir beim Büro für Besuchs- und Reiseangelegenheiten am Zoo einen Stempel, dann fahre ich zur Ingeborg und rede mit ihr. Vielleicht kann ich auch den Hartmut direkt abpassen. Morgen ist ja Samstag.»

«Sei vorsichtig, du weißt, Hartmut hat Kontaktverbot zu seinen Westverwandten.»

«Ich bin eine gestandene Frau, mein Sohn!»

«Wiederhole bitte trotzdem noch mal, was du fragen sollst.»

Gertrud Kappe legt die Zeigefinger zu Konzentrationszwecken ans Kinn. «Am 17. August '82, also letzten Dienstag, war der beste Freund von Peterchen dabei, als im westlichen Vorfeld der Grenzübergangsstelle Friedrich-, Ecke Zimmerstraße die Dreharbeiten zum neuen James-Bond-Film stattgefunden haben. Leider ist kurz nach Drehschluss dann ein Kapitalverbrechen geschehen – also ein Mord. Im Laden von Elektro Noster in der Friedrichstraße gab es eine Schießerei. Peterchen muss den Mörder finden. Er weiß ja, dass die Stasi sehr viele Fotos von den Filmarbeiten gemacht hat. Ihn interessieren vor allem Fotos gegen Ende oder nach Ende der Dreharbeiten, also gegen Abend, als es schon dunkel wurde. Kennt Hartmut jemanden, der uns Abzüge besorgen kann?»

Kappe nickt. «Und wenn er fragt, warum wir die Fotos benötigen ...»

«Dann sage ich, wir suchen ein Foto, auf dem vielleicht zu sehen ist, wie der Täter ankommt. Ein einzelner Mann, wahrscheinlich mit einem Motorrad. Bevor er in den Laden ging, hat er eine Maske aufgesetzt.»

«Genau.» Kappe steht auf und küsst seine Mutter auf die Stirn. «Vielen Dank, Mama. Du schaffst das, da bin ich mir sicher.»

Ihre Augen strahlen. «Endlich ist mal was los!», flüstert sie aufgeregt. «Und deinem Vater, dem erzählen wir nichts davon, dass ich jetzt auch kriminalisiere! Das regt ihn bloß zu sehr auf. Ich werde ihm sagen, ich gehe mit der Karin schuchteln.»

SIEBEN
Samstag, 21. August 1982

DER BND IST ja letztlich auch nur ein Arbeitgeber. Wenn auch im Mordfall Ottmar von Pussinske wohl das Motiv unmittelbar mit seiner Einsatzverwendung zusammenhängt. Er hat das Fabergé-Ei verteidigt, das der Typ mit der Maske unbedingt haben wollte. Und dann Peng.

Als guter Polizist hat Landsberger das Umfeld von Ottmar von Pussinske trotzdem abgeklopft. Schon für die Akten und damit man da nichts übersieht. Von Pussinske, das klingt adlig. Aber der Mann hat nur entfernte Verwandte, die nicht besonders traurig sind, dass es ihn nicht mehr gibt.

Er hat auch in keinem Familienschloss gewohnt, sondern nur in einer kahlen Zwei-Zimmer-Wohnung. Staatsanwältin Meister-Mikolai hat Landsberger problemlos einen Durchsuchungsbeschluss für die Wohnung in Charlottenburg erteilt.

Er fährt am Samstagmorgen hin, aber es ist offensichtlich, dass der BND schon vor ihm da war. Im Schrank nichts als Anzüge von der Stange und gebügelte weiße Oberhemden. Auf dem Schreibtisch nur eine Fernsehzeitung. In den Bücherregalen stehen die üblichen *Reader's-Digest*-Auswahlbücher, von Ken Follets *Die Nadel* über *Für'n Groschen Brause* von Dieter Zimmer bis zu *Kartoffeln mit Stippe* von Ilse Gräfin von Bredow.

Es könnte die Wohnung jeder beliebigen männlichen Person sein. Zum Beispiel könnte es auch die Wohnung von Paul Breitner sein, Profifußballer, Nationalspieler und seit der WM in Spanien im letzten Monat Vizeweltmeister. Denn laut Werbung benutzt

Paul Breitner auch das Pitralon-Rasierwasser, das bei Ottmar von Pussinske im Bad steht und nach Zedernöl müffelt.

Zurück im Büro stellt Landsberger fest, dass von Pussinskes Kontoauszüge genauso langweilig sind wie seine Wohnung. Gehaltseingang, Mietzahlung, Barabhebung und wieder von vorne.

Polizeiarbeit kann sehr öde sein. Er schiebt die Akte Pussinske beiseite und nimmt sich die Ratten-Jeannie vor. Die ist in einer WG gemeldet, und da bezieht sich der Durchsuchungsbeschluss natürlich nur auf ihr Zimmer. Die in den Räumlichkeiten außerhalb des Zimmers eventuell gefundenen Beweise unterliegen regelmäßig dem Beweisverwertungsverbot.

Es ist Samstag, und es ist so ein schönes Wetter draußen. Landsberger hat irgendwie Lust, Feierabend zu machen und ins Freibad zu gehen. Oder mit seiner Mutter zum Deutsch-Amerikanischen Volksfest, das ja heute eröffnet.

«Madam *Schwarzer Donner*? Ist das nicht ein Männername?»

Madam Mambo Bajou lacht über ihren selbst ausgedachten Namen wie ein betrunkener Bauarbeiter. «Naja. Und was für ein Name soll die Silberne Möwe sein, Schätzchen?»

«Mein Bühnenname, Madam. Niemand fliegt so elegant wie die Silberne Möwe.»

In dem Wahrsagerinnen-Tipi glimmen bereits die Weihrauchstäbchen. Aus einem Kassettenrekorder erklingen Trommeln, schamanische Gesänge und ätherische Flöten.

Der Mambo gegenüber sitzt Ilona Strauss. Die Mambo hat keine Ahnung, warum sich die menschliche Kanonenkugel, der Star des Thunderball-Zirkus, in ihr Zelt mit dem Totempfahl und dem Schild *Schamanische Weissagungen* verirrt hat. Um das Zelt herum wird noch letzte Hand an den Aufbau des Volksfestes gelegt. Hier im Zelt ist es ruhig, kontemplativ, wie im Auge eines Sturms.

Verschüchtert, gleichzeitig fasziniert bestaunt Ilona Strauss die Hühnerknochen, Federn und nicht zuletzt die Mambo selbst hinter der unvermeidlichen Kristallkugel. Die Mambo hat ihr indianisches Kaninchenlederkleid an, dazu weiße Kriegsbemalung und ihren schwarzen Beerdigungszylinder. Als Gesamtkunstwerk sieht sie einschüchternd und durchgeknallt zugleich aus.

«Was kann ich für dich tun, Ilona? Ein Ritual zur Austreibung böser Geister? Schutz vor Krankheiten oder Unheil?»

«Nein, nein.» Unsicher schaut Ilona auf. Sie ist wirklich sehr blond, sehr dünn und sehr hübsch.

«Erzähl mir von dir», sagt die Mambo. Plötzlich kribbelt es im kleinen Finger ihrer rechten Hand. Ein Zeichen, dass der Loa, ein Voodoo-Geist, nicht weit ist.

«Ich stamme aus einer Artistenfamilie. Alle sind beim Zirkus, nur mein Bruder Thomas schlägt total aus der Art. Er studiert Meteorologie hier in Berlin.»

«Dann vielleicht ein Regenritual für den Herrn Bruder?», schlägt die Mambo vor.

Ilona wischt die Bemerkung vom Tisch. Sie zeigt auf die Kristallkugel. «Können Sie darin wirklich meine Zukunft sehen?»

«Wenn's sein muss», ziert sich die Mambo und greift nach ihrer Rassel. «Erzählen Sie mal, wie Ihre Zirkusnummer funktioniert. Und dann schauen wir mal, ob sich Simbi Andezo zeigt. Das ist ein Geist, der fährt in mich und spricht durch mich. Wenn das nicht klappt, versuche ich es mit der Kristallkugel.»

«Die Kanone für meine Nummer ist genau auf meine Körpermaße zugeschnitten», beginnt Ilona. Das Kribbeln hat mittlerweile den ganzen Körper der Mambo erfasst, und sie hat Probleme, sich auf das Gesagte zu konzentrieren. «Die Kanone ist fünfeinhalb Meter lang. Gebaut hat sie mein Opa, der auch schon Luftakrobat war. Ich schlüpfe also hinein, dann wird das Rohr ausgerichtet. Ich winke nochmal heraus, dann gibt es einen Countdown, Tusch, und ich werde mit Luftdruck abgeschossen. Der Knall, den man hört – das sind bloß ein paar Silvesterknaller.

Dann fliege ich mit durchgestrecktem Körper und über hundert Stundenkilometern quer über die Manege. Sechzig Meter Flug Richtung Fangnetz. Und dann ...»

«... dann werden Sie ohnmächtig, oder Sie verfehlen das Netz und brechen sich das Genick.» Die Mambo hat keine Ahnung, woher diese düstere Vision kommt.

«War das schon die Weissagung? Nein, nein – ich rolle ab, ich posiere, das Publikum jubelt.» Ilonas Gesicht verschwimmt, und die Mambo hört gerade noch, wie sie sagt: «Ich habe viertausend Flüge hinter mir. Es ist nie etwas passiert. Aber heute Morgen kam mir meine Kanone plötzlich so fremd vor. Ich dachte, ich frage Sie mal nach meiner Zukunft.»

«Wann ... das nächste Mal?», stammelt die Mambo mit schwindenden Sinnen.

«Heute Abend», sagt Ilona, und das ist das Letzte, was die Mambo hört, denn der Loa explodiert in ihrem Bewusstsein.

«Nein!», brüllt er mit tiefer Donnerstimme. «Der Tod greift nach dir!»

Samstags wird Post ausgetragen, also ist auch die Poststelle im LKA geöffnet. Fast freut sich Kappe, dass es auch heute eine kryptische Postkarte gibt, diesmal mit Foto *Frühling in Wiesbaden*: *Wenn wir nicht endlich zusteigen, fährt der Zug ohne uns ab!*, heißt es darauf. *Das Stichwort heißt Computer, der schneller als das menschliche Hirn die 20ste Wurzel aus 3 errechnen kann. Nur ein Verbundsystem von Computern wird schaffen, was – viel zu oft – bisher nicht zu schaffen war!*

Während Kappe wartet, bis sein Instantkaffee auf Zimmertemperatur abkühlt, überlegt er, ob er nochmal zu Hause anrufen und seine Mutter fragen soll, ob alles okay ist. Aber was soll das bringen. Stattdessen ruft er in der Rechtsmedizin an.

«Morgen, Doreen. Gibt's schon etwas Neues?»

«Morgen, Kappe.» Doreen klingt erstaunlich nüchtern. «Der Spezialist vom BND war gestern noch hier. Kannst du herkommen?»

Kappes Blick fällt auf Rosi, die am Schreibtisch am Fenster mit grauem ausgezehrtem Gesicht über ein paar Akten hängt. Rechtsmedizin am Samstag früh, das muntert einen doch eigentlich immer zuverlässig auf.

«Bin gleich da», sagt er. «Und ich bringe Rosi mit.»

Die ältere Frau mit dem abgetragenen Sommerkleid steigt am Bahnhof Friedrichstraße aus der U-Bahn. Am Unterarm baumelt ihre aus der Mode gekommene Handtasche. In der einen Hand hält sie ihren behelfsmäßigen Personalausweis und ihren Mehrfachberechtigungsschein, in der anderen ihren Gehstock. Sie folgt dem schäbigen gelblichen Leuchtschild Richtung *Passkontrolle zur Einreise für Bürger der BRD, Bürger and. Staaten, Bürger Berlin West über Bahnsteig B.* In der Mitte zwischen Bahnsteig B und C gibt es eine Wand, die die Funktion der Berliner Mauer übernimmt.

Die Frau tritt auf Aufforderung vor und in den rechteckigen Verschlag mit dem glänzenden streifigen Nussbaumholzdekor. Energisch fragt sie der grün-graue Grenzer nach ihren Reisepapieren. Folgsam schiebt sie alles durch einen schmalen Schlitz. Überall hängen Kameras. Aus dem Innern des Abfertigungsschalters dringen Klickgeräusche, Stempelgeräusche und das Kratzen eines Kugelschreibers.

Dann die knappe Aufforderung: «Die Brille bitte mal abnehmen!» und «Das linke Ohr freimachen!» Dann schiebt eine Männerhand die Papiere wieder zurück durch den Schlitz.

In der Broschüre, die sie in der Passierscheinstelle erhalten hat, steht: *Beachten Sie bitte folgende Information über einige zur Ein- und Ausfuhr nicht zulässige Gegenstände: Fotopapier sowie Filme, Fotoplatten (unbelichtete, belichtete und entwickelte) und Diapositive, wenn deren Inhalt bzw. deren Einfuhr den Interessen des sozialistischen Staates und seiner Bürger widerspricht.*

Der Frau bleibt nichts anderes übrig.

Sie geht weiter zum Zoll.

Rosi starrt die ganze Dienstwagenfahrt nach Moabit über schweigend aus dem Fenster.

Einmal fragt Kappe sie, ob er ihr helfen kann.

«Ich sollte Urlaub nehmen», murmelt sie nur.

Sie parken vor der Gerichtsmedizin, und Kappe schiebt Rosi durch das Foyer und nach links in den Sektionssaal. Es riecht nach einer Mischung aus Formaldehyd und Fisch im WG-Kühlschrank.

Doreen Niedergesäß steht im blauen Kittel an einem Edelstahlbecken und schrubbt ihre Hände mit Desinfektionsmittel. Neben ihr liegt ihr Präparierbesteck: ein Skalpellhalter mit Klinge, Sonde, Scheren, spitze und stumpfe Pinzetten. Auf einem der Obduktionstische zeichnen sich unverkennbar die Irokesenzacken der traurigen Silhouette der Ratten-Jeannie unter dem weißen Laken ab.

«Käffchen jefällich?», fragt Doreen.

Kappe und Rosi nicken. Kappe muss feststellen, dass sich seine Stimmung mit der seiner Kollegin synchronisiert hat.

«Kommt, wir gehen in mein Büro», schlägt Doreen vor.

Da riecht es schon mal um Klassen besser. Doreen plumpst in ihren Schreibtischstuhl. Hinter ihr an der Wand hängt ein Fotokalender mit den viktorianischen Friedhöfen Londons. Das aktuelle Blatt für August zeigt das Grab von Karl Marx mit der Bronzebüste und der goldenen Inschrift *Workers of all lands unite*.

«War eine erstklassige Fortbildung gestern Abend mit dem Doktor vom BND», seufzt Doreen. «Der ist mit mir wirklich alle Möglichkeiten durchgegangen. Von Zyklon B, was ja das Giftgas ist, das man in den Konzentrationslagern verwendet hat, bis zu den allerneuesten Programmen der Sowjetunion. Die entwickeln unter dem Codenamen *Foliant* neue binäre Kampfstoffe.»

«Wos san binäre Kampfstoffe?», will Rosi wissen.

«Chemische Kampfstoffe, die aus zwei einzelnen harmlosen Komponenten bestehen», erläutert Doreen. «Die werden erst im

Augenblick der Abfeuerung des Projektils vermischt. Das Programm nennt sich Nowitschok.»

«Wos hoast jetzt des scho wieder?»

«*Neuling.* Damit will die Sowjetunion die Aufspürgeräte der NATO für nach der Chemiewaffenkonvention verbotene Stoffe umgehen. Aber der BND-Doktor wusste Bescheid: Die – aus russischer Sicht – vielversprechendste chemische Verbindung trägt den Codenamen A-234. Sie ist hochgradig giftig und stabil. Die mittlere letale Dosis von Nowitschok bei Hautkontakt liegt bei etwa einem Milligramm. Hat er mir bereitwillig erzählt.»

«Au Backe.» Kappe nickt nachdenklich.

«Und do denkst immer, der BND besteht nur aus so Flachpfeifen wie dem Galan», sagt Rosi. «Aber die wissen a ganze Menge, oder? Und des war des, was die Ratten-Jeannie umbracht hat?»

«Nö.» Doreen steht auf und klatscht einen Bericht vor Kappe auf den Tisch. «Hier, der erweiterte Laborbericht.»

«Und?»

«Blausäure.»

«Ach.»

«Ja. Keine blöden Sprüche jetzt.»

Aber Kappe kann es sich nicht verkneifen. Er muss ihr noch den Links-Spießer von gestern heimzahlen. «Der Klassiker! Das hättest du auch ohne BND-Spezialisten herausfinden können», grinst er und liest aus dem Bericht vor: «*Das Opfer wurde vermutlich über eine Distanz von etwa fünfzig Zentimetern mit einem Sprühnebel getroffen, der aus einer unmittelbar tödlichen Blausäureverbindung bestand.*»

Doreens Stirnfalte wird tief, und Rosi tritt Kappe frauensolidarisch in die Wade. «Das ist natürlich bis zu einem gewissen Grad Spekulation. Man spricht von einer Cyanidvergiftung. Cyanide sind Salze der Blausäure, die die zelluläre Atmung blockieren. Sieht aus wie'n Herzinfarkt. Und der …»

«… Geruch nach Bittermandel? Also ich hab nichts gerochen.»

«Die Hälfte aller Menschen kann Bittamandel nich riechen. Genetik. Gott sei Dank hab ich hier so eenen hohen Durchsatz an Leichen, dass ich mir so Emotionen wie Schadenfreude jar nich leisten kann», murmelt Doreen. «Und jetzt jeht ihr mal los und macht eure Arbeit so jut wie ich. Und denn legen wa uns alle wieder hin.»

Galan hat auf dem Schläfer übernachtet. Er weint heimlich und ist generell nicht gut drauf. Traut sich nicht ins Hotel oder in die Dienststelle Hohenzollerndamm. Landsberger hat ihn vorsichtig geweckt. Zwei Tage nicht rasiert, das ist kein Zustand für einen Mann. Landsberger hat bei seinem Lieblingsfriseur Edelbert Schramm angerufen und Major Galan da erst mal zum Restaurieren hingeschickt.

Gerade will er sich das Buch über die Fabergé-Eier noch einmal anschauen, da klingelt schon wieder das Telefon.

«Kappe?», sagt eine Stimme, die gut und gerne von Bruce Low stammen könnte, wenn es nicht eine Frauenstimme wäre.

«Kriminalobermeister Landsberger. Wer spricht denn da?», fragt Landsberger, der sich vage an irgendetwas erinnert fühlt.

«Ach, Sie sind der Hübsche!» Die Stimme brüllt vor Lachen wie ein brünstiger Hirsch. «Erinnern Sie sich? Ich bin's, die Mambo Bajou. Sie haben vor ein paar Jahren mal meinen ungezogenen Lebensgefährten verhaftet.»

«Natürlich! Dr. Hagen Borucki, der Rechtsanwalt», sagt Landsberger wie aus der Pistole geschossen. «Das war mein erster Fall als Kappes Partner.»

«Und da bin ich wieder», gluckst die Mambo. «*Alive and kicking.*»

«Sie haben ja gegen Ihren Lebensgefährten ausgesagt und Bewährung bekommen», erinnert sich Landsberger. Ganz tief innen drin hatte er sich damals über das milde Urteil für die Mambo gefreut. Natürlich darf man keine Devisen in Särgen schmuggeln. Aber in West-Berlin werden Grenzen nun mal nicht nur sprichwörtlich, sondern auch tatsächlich ausgetestet. Und die Mambo ist als West-Berliner Original auf das Grenzenaustesten spezialisiert.

«Yeah, und ich habe sogar eure Telefonnummer aufgehoben. Weil ich mich wirklich bewähren will. Und weil ihr so schicke Jungs seid, Ihr Kollege und Sie. Hey, also jetzt meine Frage an Sie, Herr Gerichtsvollzieher: Glauben Sie an Übersinnliches?»

«Falls Sie damit die Macht der Liebe meinen – na klar», grinst Landsberger. «Oder meinen Sie so was wie E.T.?»

«Nicht außerirdisch. Übersinnlich.» Sie schnalzt bedauernd mit der Zunge. «Ich dachte mehr an was Spirituelles, so etwas wie Gott. Falls Sie an so etwas wie Gott glauben, dann hören Sie mir jetzt mal genau zu.»

Und je länger Landsberger ihr zuhört, desto mehr glaubt er an so etwas wie Gott. Zum Schluss hört er sogar die Englein im Himmel singen.

Als Kappe und Rosi zurück ins Büro kommen, ist es leer. Keine Spur von Galan oder Landsberger. Nichts Neues von Marina Mars. Auf Landsbergers Schreibtisch liegt ein Zettel: *Habe Feierabend gemacht.*

Na schön. Schreibtischarbeit bei so brillantem Wetter ist ja auch die Höchststrafe.

Während Rosi einen Rest vom Leberkäs von gestern in der Personalküche aufwärmt, klingelt schon wieder das Telefon. «Ich bin's, Peterchen! Die Mama!», schmettert seine Mutter, und ihre Stimme strahlt vor Triumph.

«Wo bist du?», fragt er, bevor sie der Stasi noch mehr erzählen kann.

«In einer Zelle am Kiosk auf dem Sophie-Charlotte-Platz», sagt sie, deutlich irritiert, weil er so kurz angebunden ist.

«Bleib da», befiehlt er, schon halb auf dem Sprung. «Ich bin gleich bei dir.»

Er knallt den Hörer auf, schnappt sich den Dienstwagenschlüssel und rennt los.

Kappes Mutter hat sich ein Ed-von-Schleck-Eis geholt. Sie sitzt im Sonnenschein auf einem Klappstuhl und schiebt gerade genüsslich das weiß-orange gestromte Vanilleeis aus dem Plastikzylinder, als er aus dem Wagen springt.

«So spricht man aber nicht mit seiner Mutter am Telefon», rügt sie, als er sie auf die Wange küsst.

«Ja, dafür entschuldige ich mich auch», sagt Kappe und zieht sich auch einen Stuhl heran. «Das geht aber im Polizeialltag nicht anders. Dienstliches kann man sich nicht einfach am Telefon erzählen. Schon gar nicht über den Anschluss vom Kommissariat. Die Staatssicherheit hört die Leitungen ab.»

«Ach! Da habe ich gar nicht dran gedacht!»

«Wow, du hast ja fast so schicke Klamotten an wie der Landsberger», grinst Kappe und zeigt auf ihr schäbiges Kleid.

«Meine Verkleidung für den Grenzübertritt», kichert sie. «Ich dachte, wenn ich auf ärmlich mache, dann denken die, ich habe eh nichts, mich müssen sie nicht kontrollieren!»

«Ganz schön gewitzt», lobt Kappe. «Konntest du mit Ingeborg sprechen?»

Seine Mutter knufft ihn mit der freien Hand gegen den Oberarm. «Ja! Richtig gut ist das gegangen! Und Hartmut war sogar auch zu Hause. Die waren beide so hilfsbereit, das hätte ich niemals gedacht. Gut, ich musste natürlich einen Kaffee trinken und ein Stück LPG-Kuchen essen. Mit Buttercreme. War aber lecker. Natürlich wurden wieder die alten Geschichten vom Gümser See aus dem Wendland erzählt, wo Großonkel Hermann gewohnt hat. Und die schwärmen ja von deinem alten Opel. Du, der fährt immer noch! ‹Einwandfreier Pkw›, hat Hartmut gesagt. Sogar im Urlaub am Balaton waren sie mit dem!»

Urlaub – was es im Sozialismus nicht alles gibt. Vielleicht, denkt Kappe sarkastisch, ist er doch auf der falschen Seite der Mauer. «Was hat Hartmut zu den Fotos gesagt?», will er wissen.

«Der war erstaunt, dass du mich deswegen zu ihm geschickt hast. Er ist ja bei der Mordermittlungskommission. Da hat er andere Sorgen. Aber der Hartmut ist ja clever. Er hat sofort verstanden, dass es hier um mehr geht. Er hat gesagt, ich soll mal noch eine zweite Tasse Kaffee trinken. Und dass er gleich wieder da ist. Dann ist er aus dem Haus gegangen. Er war eine ganze Weile weg, bestimmt anderthalb Stunden. Ich hab mich sehr nett mit der Ingeborg unterhalten. Die Ingeborg liebt Tiere. Die haben ja einen tollen Schäferhund. Der sieht ganz anders aus als die Schäferhunde bei uns. Der Rücken ist gerade, nicht so abfallend. Die Ingeborg wollte wissen, ob man im KaDeWe wirklich seinen Hund in einer Hundeaufbewahrung abgeben kann, wenn man einkaufen geht, und er dann da in seiner eigenen Box auf einen wartet. ‹Ja›, habe ich gesagt, ‹das ist am Seiteneingang›. Es ist schade, dass die Ingeborg uns nicht mehr besuchen kann», seufzt Kappes Mutter und wirft ihre Ed-von-Schleck-Verpackung in einen Papierkorb.

«Und als Hartmut dann zurückgekommen ist ...», souffliert Kappe.

«Ja – stell dir mal vor, da sagt er, ich soll dir Folgendes ausrichten: Er kann dir die Original-Fotos von der Ost-Seite verschaffen. Dafür müsste er aber im Gegenzug Kopien der ersten Rollen des Bond-Filmes erhalten. Er wusste, dass die hier in einer West-Berliner Kopieranstalt sind. Ein hochgestellter Offizier der Staatssicherheit will sich wohl ‹vom Inhalt des Filmes überzeugen›. Und dann hat Hartmut noch gesagt: ‹Kunst ist Kulturkampf.› Das soll ich dir ausrichten. Verstehst du, was gemeint ist?»

Kappe nickt. «Wir haben Glück. Der zuständige Stasi-Offizier ist James-Bond-Fan. Er will seinen Spaß haben.»

«Und, ist das denn möglich?»

«In West-Berlin ist alles möglich», sagt Kappe nachdenklich. Er muss mal mit Landsberger sprechen. Vielleicht hat der eine Idee.

Sie plaudern noch ein bisschen, dann trennen sie sich. Kappe schaut seiner Mutter nach, wie sie mit resolutem Hüftschwung Richtung Horstweg stolziert. Sein ganz privater Spion – zwar nicht in Spitzenhöschen, sondern im Langbeinschlüpfer, aber sie ist trotzdem eine echte Granate, seine Mutter, denkt er stolz.

Von der Telefonzelle aus ruft er bei Landsberger zu Hause an. Aber da geht niemand ans Telefon. Kappe spricht dem Kollegen mit reichlich Nachdruck auf den Anrufbeantworter, dass er ihn im Kommissariat zurückrufen soll - aber dalli dalli.

«Wilder Plan.» Rosi zieht ihre Schreibtischschublade auf. «I hab a Sturmhauben da», sagt sie und zieht eine schwarze Maske heraus. «Vom Motorrollerfahren. Natürlich komm I mit.»

«Rosi, das kann ich nicht verantw-»

Sie lacht bitter. «Schluss, aus, Ausgredt is'! Landsberger würdest du mitnehmen, ohne mit der Wimper zu zucken. Also. Jetzt gemma.»

Kappe steht auf. «Big Bill wird mich frikassieren», seufzt er.

«*For your information*», verkündet Rosi spitz. «Big Bill ist nicht mehr. Der ist Geschichte.»

«Wie, der ist Geschichte?» Kappe hat es fast vermutet, kann es aber doch nicht fassen. So ein Traumpaar! «Aber mit dem kann man doch reden, das ist doch ein Netter!»

«Ganz a Netter!» Rosi schnaubt und nickt wie ein rossiger Kaltblüter. «Aber anderes Thema, Kappe. Jetzt komm, wir schauen noch die Kontoauszüge von der Ratten-Jeannie durch, bis es richtig dunkel ist.»

«Der Tod greift nach dir, hat der Loa gesagt!», flüstert Mambo Bajou eindringlich.

Das Flüstern fällt ihr sichtlich schwer. Um ihr Wahrsagerinnen-Zelt herum rumort das Volksfest, vor der zugeschlagenen Zeltplane warten ungeduldig die nächsten Trottel, denen die Mambo ihre Bären aufbinden wird.

Landsbergers Mutter ist hin und weg von der Frau. Diese Ausstrahlung! Sie ist fasziniert von ihrem Zylinder und von ihrem gegerbten Kaninchenlederkleid. «So besonders», schwärmt die Witwe eines Herrenschneiders. «Und so eine schöne indianische Perlenstickerei!»

Die Mambo nickt ein wenig ungeduldig. «Halt der Fummel einer schamanischen Squaw», sagt sie, fast schon ein wenig unhöflich.

«Äußerst elegant!» Landsbergers Mutter befingert den Kleidersaum.

Landsberger hat seinen Stenoblock gezückt. «Und dann hat der Loa – also der Voodoo-Geist – also Sie als Loa – oder der Loa durch Sie – also dann hat der zu der menschlichen Kanonenkugel Ilona Strauss gesagt ...»

«‹Der Tod greift nach dir!› Das hat Simbi Andezo, der Voodoo-Geist, gesagt. Und daraufhin hat Ilona gleich einen hysterischen Anfall gekriegt. Sie hat irgendeinen Arzt angerufen, und dann ist sie in ein Taxi gesprungen und zum Durchchecken hingefahren. Der Zirkus steht nun natürlich Kopf, weil sie die Vorstellung für heute Abend abgesagt hat. Jetzt müssen die ohne ihre Top-Flug-Nummer mit der Silbernen Möwe zurechtkommen.»

«Ach herrje. Und warum haben Sie jetzt bei uns angerufen? Brauchen Sie Polizeischutz wegen der wütenden Zirkusleute?»

«Quatsch mit Soße! ‹Der Tod greift nach dir› – Herr Landsberger, ich habe das als Drohung verstanden. Und weil die Ilona ja noch ein junges Mädchen ist und die Amerikaner als sehr gesund gelten, da dachte ich, es könnte Mord gemeint sein.»

«Oder ein Blinddarmdurchbruch.»

Die Mambo schnaubt. «Ja, schon», gibt sie zu. «Aber so eine deutliche Präkognition wie vorhin ist sehr selten. Da habe ich Sie angerufen. Sie sind doch ein verständiger Mensch, und sie sind von der Mordkommission.»

«So ist es. Eine seltene Kombination. Aber bei uns muss immer erst tatsächlich etwas passiert sein», seufzt Landsberger. «Wir kommen erst, wenn es zu spät ist. Wenn Ihr Simbi Sowieso recht gehabt hat. So will es das Gesetz. Leider.»

«Kein gutes Gesetz. Simbi Andezo hat immer recht.»

«Das zu behaupten, ist leider nicht gerichtsfest.» Landsberger tut alles, um die tiefe Ehrlichkeit der Mambo zu spiegeln und um sich von einem lauernden Lachanfall abzulenken. «Ein Loa ist in eine Mambo gefahren – da nimmt mich der Staatsanwalt nicht ernst. Das muss ich Ihnen in aller Form sagen.»

«Na, dann will ich Ihnen mal ein Geheimnis verraten. Während der Loa so auf Ilona eingebrüllt hat, hatte ich noch eine Vision. Davon habe ich Ilona gar nichts erzählt, die war auch so schon nervlich hinüber, und ich konnte keinen Zusammenhang herstellen. Ich habe einen exotischen Vogel gesehen, blau mit schwarzgestreiften Flügeln. Er breitet die Flügel aus und flattert.»

Landsberger schüttelt den Kopf. «Einen Vogel, der mit den Flügeln flattert. Soll das was bedeuten? Ist das wie beim Bleigießen?»

«Bestimmt. Ich weiß es auch nicht.» Die Mambo reibt sich müde das Gesicht. «Okay. Also, ich habe meine Staatsbürgerpflicht getan.» Draußen vor dem Zelt fangen die nächsten Kunden in der Schlange ungeduldig an zu murren.

«Vielleicht schlafen wir erst mal drüber», schlägt Landsberger vor. Irgendwie muss er ja aus dieser Nummer wieder herauskommen. Sie verabschieden sich, aber er hat einfach ein komisches Gefühl.

Anders als seine Mutter, die gleich auf der Main Street in Feierstimmung gerät.

«Das ist ja toll, mit dir hier auf der Pirsch zu sein», lächelt sie und hakt ihn unter. «So eine schöne schwarze Frau habe ich noch nie gesehen. Hast du gesehen, wie ihre Haut schimmert? Bestimmt nimmt sie Kokosöl. Komm, fahren wir Riesenrad, und dann spendiere ich dir ein T-Bone-Steak. Wo du doch jetzt ein Filmstar wirst! Oder lieber einen Cheeseburger?»

Landsberger graust bei dem Gedanken an einen Burger. Er hat keine Ahnung, wie man so ein Ding isst, und fürchtet, dass ihm die Gurkenscheiben aufs Hemd und der Ketchup über den Handrücken glitschen werden, während sich Mayonnaise in seine Nasenlöcher drückt und ihm das Sesambrötchen am Gaumen klebt.

«Vielleicht lieber ein Softeis», lächelt er.

Es ist gerade dunkel, als sie auf die Straße vor dem LKA Keithstraße treten. «Ein Glück, dass Landsberger doch noch zurückgerufen hat», sinniert Rosi.

«Und dass er mitbekommen hat, in welches Filmkopierwerk die Kameraleute immer die Tagesproduktion bringen lassen», nickt Kappe.

Da war er wieder, der gute alte Kollege Kommissar Zufall. Das belichtete Filmmaterial wird am Ende eines Drehtages von den Kameraleuten per Kurier in die Geyer-Werke in Neukölln geschickt. Über Nacht werden Musterkopien gemacht, die am Morgen zurück zum Filmteam geschickt werden. Erst dann kann der Regisseur sehen, ob eine Szene gelungen ist.

«Was hältst du von der Story mit der Mambo?», fragt Rosi.

Kappe winkt ab. «Wenn du die Mambo kennen würdest, würdest du dir keine Gedanken machen.» Noch während er den Spruch raushaut, wird ihm klar, dass es nur ein Spruch ist. Was die Mambo ihm bei ihrem letzten Fall gesagt hatte, war zwar unerklärlich gewesen. Aber es hatte gestimmt. Ein Schauer durchläuft ihn.

Rosi fährt eine postgelbe Piaggio-Vespa PX 125. Die bayerische Kommissarin drückt Kappe ihren Ersatzhelm in die Magengrube.

Er stülpt sich den Helm über und mustert das Gefährt misstrauisch. Es gibt nichts Schlimmeres für ihn als Motorradfahren, aber vielleicht sind Motorroller ja nicht ganz so schnell.

«Unauffälliger geht es wohl nicht», lästert er.

Rosi schwingt sich schulterzuckend auf den Sitz. «Wir können auch mit einem Dienstwagen ...»

«Nee, lass mal.» Er rutscht hinter ihr auf den Motorroller. Sie fühlt sich weich und schön an und duftet nach Patschuli. «Ist ja nicht weit.»

Vielleicht zwanzig Minuten sind es bis zu den Geyer-Werken, immer am Landwehrkanal entlang. Kappe kennt sich aus in Neukölln.

Knatternd erwacht die Vespa zum Leben. Er stellt die Füße auf die Fußrasten. Das ist ziemlich unbequem für einen Mann seiner Größe. Außerdem muss er aufpassen, dass seine Knie Rosi nicht beim Lenken behindern.

«Auf geht's!», ruft sie, und der Roller schießt vorwärts. Kappe klammert sich in Todesangst an den Gepäckträgerbügel. Schweiß und Adrenalin überschwemmen seinen Körper. Es ist einfach das Letzte, so direkt der Fliehkraft ausgeliefert zu sein. Zurück wird er die U-Bahn nehmen. Als Rosi an der scharfen Kurve beim Wäldchen am Dörnberg-Dreieck ins Lützowufer einbiegt, umschlingt er aus lauter Verzweiflung ihre Hüfte. Sie lacht auf. «Genau!», ruft sie über die Schulter. «Jetzt hast du den richtigen Dreh raus!»

Danach schöpft er ein bisschen Hoffnung, dass er das Ganze überleben könnte. Ab der Kreuzung Prinzenstraße trocknet ihm langsam der Schweiß. Vorbei geht es am Görlitzer Park, wo der Zirkus mit den weißen Pferden immer seine Zelte aufgeschlagen hatte – als Kappe noch der kleine Junge aus dem Bayernring war.

Schließlich parkt Rosi auf dem Parkplatz des Bolle-Supermarktes an der Elsenstraße. Als Kappe absteigt, hat ihm die Audrey-Hepburn-und-Gregory-Peck-Nummer fast schon Spaß gemacht.

Sie schlagen einen Haken über Kiehlufer und Brockenstraße, um erst mal die Lage zu sondieren. «Erklär mir nochmal, warum wir nicht mit unseren Dienstausweisen durch den Haupteingang gehen und uns offiziell eine Kopie des neuen Bond-Filmes geben lassen», sagt Rosi.

«Copyright. Du glaubst doch nicht, dass der Bond-Produzent eine Kopie rausrücken würde, selbst wenn es um Leben und Tod ginge. Wenn da einer das Ende ausplaudert! Dann geht doch keiner mehr ins Kino.»

«Komische Logik», brummelt Rosi. «Bei einem Bond-Film ist das Ende doch klar: Bond hat England gerettet und zieht sich zu einem Zwischenspiel der friedvollen Unzucht in den Sonnenuntergang zurück.»

«Man merkt, dass du Soziologie studiert hast», grinst Kappe.

«Und jetzt bin ich doch auf die schiefe Bahn geraten», grinst Rosi zurück.

Sie schlendern einmal auf der gegenüberliegenden Seite der Harzer Straße an den Geyer-Werken vorbei. Direkt gegenüber liegt die Gartenkolonie Harztal, Sektion Wilde Rose. Im Straßenlaternenlicht erkennt Kappe Obstbäume voller Früchte. Es riecht nach den Blüten üppiger Rosenbögen.

Das Filmkopierwerk ist ein kantiger Viergeschosser aus dunkelrotem Backstein, der in dieser Berliner Augustnacht in Neukölln an eine unheilvolle, modernistische Burg aus *Metropolis* von Fritz Lang erinnert. Ein Film, der ebenfalls hier fertiggestellt wurde, wie Landsberger Kappe erzählt hat. Ein turmartiger Bau krönt das Hauptportal. An einem wuchtigen Vordach prangt der Firmenname in Messing. Als Kappe genau hinsieht, erkennt er am Eingang ein originelles Detail: Horizontale Streifen mit einem Endlosband des Firmennamens aus schwarzbraunen Ziegeln, die an einen Filmstreifen erinnern, unterbrechen die Klinkerfassade. Aber viel wichtiger ist: Nur in der Pförnterloge brennt noch Licht. Kappe hatte einen Dreischicht-Betrieb befürchtet.

«Hier arbeiten 300 Leute. Wusstest du, dass die Nazis hier ihr *Filmarchiv des Nationalsozialismus* eingerichtet hatten?», fragt Kappe Rosi. Sie schüttelt den Kopf. «Auf diese Bestände würden einige Historiker heute gerne zurückgreifen.»

«Politiker auch. Siehe Falklandkrieg», bemerkt Rosi in Anspielung auf die argentinische Militärdiktatur.

«Gott sei Dank ist das Nazi-Filmarchiv seit Kriegsende verschwunden und kann nicht mehr als Blaupause für Verherrlicher oder Nachahmer dienen», sagt Kappe.

«Ich erinnere mich. War das nicht auch die Kopieranstalt, die das Rohmaterial für die Wochenschauen geschnitten hat? Habe ich mal in der Zeitung gelesen.»

«So ist es. Die Geyer-Mitarbeiter wussten bestens über den Verlauf des Krieges Bescheid, denn das Wochenschaumaterial ist ja noch ungeschminkt bei ihnen eingetroffen und wurde dann erst hier propagandistisch manipuliert. Selbst von den geheimen Aufnahmen der mythenumwehten ‹Wunderwaffen› von Peenemünde bekamen die hier Filmbilder zu sehen. Selbst Leni Riefenstahl und Rainer Werner Fassbinder haben bei Geyer produziert.»

Fassbinder ist ja erst vor Kurzem in München tot umgefallen. Mit 37! Drogen, Alkohol, Schlaftabletten – sagt man.

«Gruselig.» Rosi schaut sich vorsichtig um. «Was machen die hier eigentlich – technisch, meine ich?»

«Postproduction nennt man das. Hier werden Filmstreifen belichtet, entwickelt und geschnitten. Dann macht man den Vorspann, Abspann und die Zwischentitel. Ist alles fertig, werden Filmkopien für die Kinos angefertigt.»

«Du kennst dich gut aus, Kappe.»

«Mein bester Freund ist Filmstar.»

«Bis vor ein paar Tagen hattest du noch keinen Schimmer davon.»

«Jaja, schon gut. Das ist eine 100 Jahre alte Technik. Hat Landsberger mir vorhin am Telefon erklärt.»

Sie drücken sich in ein Gebüsch. Die Gegend ist ein Wohngebiet, das an ein Gewerbegebiet und die Laubenkolonien grenzt. Den Übergang bilden verfallene Kleingewerbebaracken mit viel Trödel drumherum. Autowracks, Haufen alten Materials.

«Wie die Kriminellen krauchen wir hier herum!», flucht Rosi, als ihr Hippiekleid an einem rostigen Nagel hängenbleibt.

«Ach was. Eigentum ist Diebstahl!», flüstert Kappe und zieht sich die Sturmhaube über den Kopf.

«Ist das Marx?»

«Denkt man immer. Aber nee, das ist so ein Spruch aus der Zeit der Französischen Revolution.»

In diesem Moment reißt der Himmel auf, und ein Vollmond erscheint über den Geyer-Kopierwerken, wie ihn Caspar David Friedrich nicht schöner hätte malen können.

Landsbergers Worte über die Lichtbestimmer fallen Kappe wieder ein. Die Lichtbestimmer sind für die Lichtmenge, mit der ein Filmnegativ kopiert werden soll, zuständig. Sie kann für jede Einstellung festgelegt werden, damit Filme gleichbleibende Dichte und das gewünschte Farbengleichgewicht erhalten. Die Lichtbestimmer besprechen mit den Kameraleuten und der Regie das erste Positiv, die Nullkopie, und korrigieren dann die Werte. Ein Lichtbestimmer kann einen Film melancholisch oder luminös machen, im Detail scharf, beredt oder voller Zwischentöne. Vermutlich wird dieser Beruf aussterben, wenn die Computertechnik ins Filmhandwerk Einzug hält. Sagt Landsberger.

«Komm», sagt Kappe und greift nach Rosis großer, warmer, vom Gitarrespielen schwieliger Hand.

«Scheiss da nix, dann feid da nix – sagen wir in München», flüstert Rosi.

Kappe hat im Rahmen einer Fahndung mal verdeckt bei der Handwerkskammer einen Kurs für Schlüsseldienstmitarbeiter mitgemacht. Ein Schloss öffnen, das ist was für's Leben, das braucht man immer. Aber die meisten Türen in den Zäunen der kleinen Gewerbebetriebe kann er einfach aufdrücken. Für die anderen hat er einen Seitenschneider oder das Bund mit den Dietrichen, das ihm Großonkel Hermann Kappe vermacht hat. Niemand sieht sie, niemand hört sie. Es ist später Samstagabend, und im Ersten läuft die Jubiläumssendung *25 Jahre Zum Blauen Bock*.

General Walerian Borissowitsch Semjonow, Oberkommandierender der Sowjet-Truppen in der DDR, steigt aus dem unauffäligen grünen Mittelklasse-Shiguli. Zufrieden sieht er sich auf dem schummrig beleuchteten Hof des Hotels Zum Flughafen um. Von Tempelhof her kann man die Motoren der startenden und landenden Maschinen hören. Irgendwo singt eine Nachtigall.

Hauptmann Jens Fichte hat keine Ahnung, was der General hier will. Ihn beseitigen vielleicht? Wenn die Stasi von Semjonows unangekündigtem Besuch im Stützpunkt Sauerland erfährt, werden die wissen wollen, was der General von Fichte wollte. Er steckt mächtig in der Scheiße.

Fichte schließt das Hoftor, sodass sie vom Parkplatz dahinter nicht mehr gesehen werden können. Er führt den Russen ein paar Stufen hinauf, durch die Hintertür in das heruntergekommene Hotel.

Im Lichtschein des Flurs stehen IM Deubel, Günther Neumann, und IM Irma, Janett Neumann. Janett hat sich im Rahmen ihrer Möglichkeiten aufgebrezelt, die Haare toupiert, Stirnband, glänzende enge Hose und knallrosa Bluse mit gewagtem Ausschnitt. Günther Neumann strahlt über das ganze grobschlächtige Gesicht, streckt die Hand aus und will den General förmlich über die Schwelle ziehen. «*Sdráwstwujte,* General Walerian Borissowitsch!», röhrt er dabei.

Fichte schießt das Blut in die Ohren. Der General steht sehr gerade. Er klemmt sich förmlich die Uniformmütze unter den Arm und hebt den Zeigefinger der rechten Hand. «Wer den Gastgeber über die Türschwelle hinweg begrüßt, bringt Unglück über das Haus», sagt er streng in fast perfektem Deutsch.

Janett Neumann wird immer kleiner und strahlender und serviler. «Dann kommen Sie doch erst mal herein», bittet sie und gestikuliert Richtung Frühstückszimmer.

Als sie sich halb umwendet, haut ihr der General mit der flachen Hand knallend auf den frechen kleinen Hintern in der engen Satinhose. «Huch!» Sie hopst vorwärts, um nicht das Gleichgewicht zu verlieren. Er lacht, als hätte er eine Teddybärenstimme verschluckt.

«Ein Fußbad wäre jetzt nicht schlecht», sagt er, mehr zu Fichte als zu Janett. «Meine Hühneraugen bringen mich um.»

Fichte wedelt verdeckt in Janetts Richtung wie ein Butler, und sie huscht davon. Um warmes Wasser und eine Schüssel zu holen, hofft er.

«Sie haben unser Problem gelöst, wie ich dem kapitalistischen Hetzblatt *Berliner Blitz* entnommen habe?», fragt Semjonow Fichte und spießt ihn mit seinem eiskalten Blick auf.

Fichte schlägt die Augen nieder. «Leider nur ein weiteres Beispiel für die Propaganda der Westpresse», flüstert er.

«Was heißt das?», donnert der General.

«Das Gift hat ein neben der Zielperson stehendes Zufallsopfer getroffen.»

«Dann korrigieren Sie Ihren Fehler!», brüllt der General und schlägt Fichte mit seiner Uniformmütze ins Gesicht. Der bleibt stramm stehen und hält das Donnerwetter aus. Nach ein paar Sekunden gewinnt der General seine Fassung zurück, wie es sich für einen echten Choleriker gehört. Fichtes Nase blutet. Zu Recht, wie er denkt.

General Walerian Borissowitsch Semjonow macht nun wieder täuschend echt auf väterlich. Er grinst schlüpfrig. «Machen Sie Ihre Arbeit. Ich werde hier im Hotel sehr zufrieden sein.»

«Ich wollte Ihnen zuerst noch das – Objekt zeigen», weicht Fichte aus. «In der Garage.»

General Semjonow nimmt ein volles Glas Champagner von Günther Neumann entgegen.

«Ach Hauptmann», seufzt er. «Es ist Ihnen doch klar, dass dies hier Ihr letzter Abend sein könnte, wenn Sie wieder versagen?»

«Wenn Sie mich in Ihren Plan einweihen würden, könnte ich vielleicht ...», stottert Fichte.

Semjonow zögert. «Setzen Sie sich doch.»

Hauptmann Fichte und General Semjonow sitzen sich an einem runden Tisch im Frühstücksraum gegenüber. Die Gardinen an den Fenstern zur Straße hat Janett zugezogen. Fichte fummelt ein paar Brötchenkrümel von der gelben Tischdecke.

«Warum holen Sie uns nicht eine ganze Flasche von diesem herrlichen Getränk?», sagt Semjonow zu Neumann. Der macht einen Diener und verschwindet.

Semjonow beugt sich vor. Fichte riecht, dass er bereits eine Fahne hat. Seine Augen werden klein und schwarz und hart. Auch Fichte ist ein harter Kerl, aber seine Nackenhaare stellen sich trotzdem ganz wie von selbst auf.

«Ganz Europa wird uns gehören!», flüstert der General heiser.

Fichte erschrickt. Kalter Krieg, das ist das eine, das kennt er ja schon sein Leben lang. Aber was Semjonow da vorhat, das ist kein realistisches Langzeitziel.

«Aber, Genosse General – das ist doch ...»

«Was ist das? Hm? Was wollten Sie sagen? Verrückt? Wahnsinn?» Semjonows Gesicht schaltet ein überspanntes Grinsen an und wieder ab. Er springt auf und beginnt herumzumarschieren, als schreite er eine Ehrenformation ab.

«Das ist sehr ambitioniert, wenn Sie mir die Bemerkung verzeihen», murmelt Fichte.

«Das ist visionär!», donnert Semjonow und zeigt auf Fichte. «Ich kann in Ihnen lesen wie in einem Buch, Soldat! Sie denken, der Russe hat den Verstand verloren. Was will er mit Italien?»

«Ja, Genosse General.» Fichte bricht der Schweiß aus.

«Merken Sie sich eins, Fichte: Ich bin ein Visionär, und Sie sind mein Vollstrecker. Ich habe Sie ausgewählt. Ich sehe eine neue Welt vor uns. Und Sie werden sie erschaffen. Die anderen halten uns für Wahnsinnige. Das ist unser Vorteil. Es wird sich für uns auszahlen. Das Zentralkomitee der KPdSU wird uns alle Ehren zuteil werden lassen, wenn es den Plan erst versteht.»

«Aber ...»

«Kein aber. Das ZK will den Vollkommunismus, Hauptmann, und auf dem Weg dahin, sagen unsere Ideologen, muss die

Gesellschaft die Phasen des Sozialismus und des Kommunismus durchlaufen. Wie lange soll das dauern? Der Sowjetmensch kann zum Mond fliegen, aber Europa kann er nicht reformieren? Nun, dann muss es eben mit Gewalt sein!»

«Aber die Ausbeutung des ...»

«Es muss eine Modernisierungsdiktatur geben, eine Wohlstandsdiktatur, und ich werde sie ausrufen! Ich werde Gewalt entgrenzen, um Gewalt zu überwinden. Viele große Männer waren, was man wahnsinnig nennt - sie waren auf ein Ziel fixiert. Hitler und Stalin zum Beispiel. Aber hier geht es um mich und um Sie. Wir sind auch große Männer! Wenn Sie das Elend in den Gossen sehen und die Dekadenz in den Palästen - wie können Sie da etwas anderes wollen als einen großen Umbruch, eine große Umverteilung?»

«Die Bürger werden -»

Der General schneidet Fichte mit einer herrischen Handbewegung das Wort ab. «Maul halten und weiter dienen! Sagt man so nicht bei euch? Für mich sind diese angeblichen Standardbürger wahnsinnig, die uns für verrückt halten. Meine Definition von Wahnsinn ist dieselbe, wie schon Einstein sie formuliert hat: *Wahnsinn ist, immer wieder das Gleiche zu tun und andere Ergebnisse zu erwarten.* - Nein, wir müssen etwas wagen! Etwas anders machen! Nur dann wird sich auch die Welt nach unserem Wunsch verändern!»

«Sie wollen den Vollkommunismus für ganz Europa?», staunt Jens Fichte.

«Ja, nichts Geringeres! Und jetzt an die Arbeit, Hauptmann.» Der General prostet ihm mit der sprudelnden goldenen Flüssigkeit zu. «Morgen wollen wir doch in den Zirkus gehen, nicht wahr?»

Sie steigen von der Rückseite der Geyer-Werke aus ein. Kappes Dietriche öffnen einen Nebeneingang, der in ein Treppenhaus führt. Es gibt keine Alarmanlage. Rosi klemmt den Schnapper des Schlosses mit einem alten BVG-Fahrschein fest, damit die Tür zwar angelehnt ist, aber trotzdem offen bleibt.

Sie schleichen durch die Etagen. Es riecht nach Essig, Schwefel und Karbid. Ungefähr so stellt sich Kappe den Geruch in der Hölle vor. Im Halbdunkel einer Notbeleuchtung zieht er Rosi vorbei an metertiefen Chemikalientanks und mannshohen Filmkopiergeräten. Das ganze Gebäude hat eine Belüftungsanlage. Dumpf liegt das Grollen großer Ventilatoren unter der menschenleeren Fabriksszenerie. An Türen zu anderen Räumen steht *Ansatz* oder *Chemisch-technische Prozesskontrolle*. In Säcken liegen irgendwelche Zusätze für die Filmentwicklung herum. Sperrige Metallrahmen mit Filmstreifen hängen an Flaschenzügen. Stationen wie *Entwickler*, *Bleichbad*, *Fixierer* und *Putzraum* kann Kappe schemenhaft erkennen. Und überall Filmdosen aus Aluminium, pizzatellergroß, gestapelt bis unter die Decke. Die Beschriftung besteht aus Zahlen und Buchstaben, die Kappe nicht deuten kann.

«Wo, glaubst du, ist der Bond-Film?», flüstert er.

«Wenn er fertig ist, dann sollte er in einem Lagerraum sein», schlägt Rosi vor. «Vielleicht in der Nähe der Auslieferung?»

«Filme muss man bei niedriger Temperatur und niedriger Luftfeuchtigkeit lagern, sagt Landsberger.»

«Versuchen wir es im Hochparterre», flüstert Rosi. «Da, wo im Hof die Lkw-Rampe war.»

«Warte.» Kappe hat keine Ahnung, wie sie an dem Nachtwächter in der Pförtnerloge vorbeikommen sollen. Er schaut auf die Uhr. Es ist kurz vor ein Uhr nachts. Vielleicht dreht der Nachtwächter eine regelmäßige Runde?

Kappe öffnet vorsichtig eine Tür im Treppenhaus. Eine Besenkammer, mit bestem Blick auf die Pförtnerloge. Er zieht Rosi hinein.

Tatsächlich. Durch die angelehnte Tür sieht er, wie der Mann mit der nachgemachten Polizeiuniform um kurz vor eins aufsteht, seine Schlüssel und seine Taschenlampe nimmt und seine Dienstrunde beginnt. Er stapft an der Besenkammer vorbei, die Treppe hoch in die oberste Etage.

Ein paar Minuten bleiben ihnen. Sie huschen über den Flur. Da. Eine starke Metalltür mit einem Plastikkasten in der Mitte verschließt den klimatisierten Lagerraum. Auf einer roten Digitalanzeige steht: *6 Grad, Luftfeuchtigkeit 30 %.*

Die Tür hat ein Zylinderschloss. Kappe greift nach Onkel Hermanns Dietrichen. Rosi zieht eine Taschenlampe aus der Tasche und schirmt das Licht mit der Hand ab. Man kann in ein Zylinderschloss nicht hineinschauen. Kappe muss sich auf Gefühl und Gehör verlassen. Seine Finger zittern. Fünf Pins hat ein Schloss. Mit dem Spannwerkzeug übt er Drehmoment auf den Kern des Schlosses aus. Damit verkantet man die Pins. Mit dem Abtaster findet er den Pin, der sich am festesten anfühlt, weil er bereits verkantet ist. Nacheinander drückt er mit dem Abtastwerkzeugen die Pins auf die richtige Position. Man muss ruhig bleiben dabei. Es dauert ein paar Sekunden. Sekunden, in denen Kappe deutlich die Schritte des Nachtwächters im Treppenhaus hört.

Plötzlich knirscht und klickt es sehr leise. Der Zylinder dreht sich. Und die Tür zum Kühlraum schwingt auf. «Die beste Fortbildung meines Lebens», flüstert Kappe.

Rosi und er huschen hinein. Die Kühle ist angenehm nach der Hitze des Sommertages. Kappe hat zu wenig an, eine Gänsehaut überläuft ihn zeitgleich mit dem Schweißausbruch. In Rosis Taschenlampenkegel sieht man ihre Atemfahnen. Gleichzeitig zeigen sich wieder Unmengen von Filmdosen in Regalen.

«Wie sollen wir denn hier die richtigen Rollen ...?», murmelt sie, und plötzlich wird ihr Atem schneller. «Hier!», flüstert sie. «Das ist es!»

Geyer-Werke Berlin steht auf dem Aufkleber als roter Vordruck auf einem mit Hand auszufüllenden Aufkleber. *Farbnegativ belichtet. Büchse Nr. 1 von 6.* Produktionsfirma, Filmtitel – *Octopussy* –

und Kameramann. *35 mm, Filmlänge 600 m.* Dasselbe steht noch einmal auf einem gelben Klebestreifen am Rand der Dose.

«Über zwei Stunden! Der Streifen hat Überlänge!», schimpft Rosi und stopft die Büchsen in Kappes Rucksack. Dem ist jetzt schon klar, dass seine Mutter diese Menge an Filmdosen nicht unauffällig wird schmuggeln können.

Da poltert es auf der Treppe, schon recht nahe jetzt.

Kappe wirft sich den Rucksack über. «Raus hier!», flüstert er.

Rosi drückt gerade die Tür der Kühlkammer zu, als die Silhouette und der Lichtkegel des Nachtwächters vom Treppenhaus her auf sie zu flitzen.

Sie schaffen es knapp hinter ein Regal. Die Digitalanzeige an dem Lagerraum blinkt hektisch. Durch das Öffnen ist die Temperatur gestiegen, das ist nicht gut. «Was ist denn hier los?», schimpft der Nachtwächter und schwenkt seine Taschenlampe wie einen Grenzscheinwerfer. Kappe hält die Luft an. Im Notfall wird er sagen, er müsse das Material beschlagnahmen.

Aber der Lichtkegel huscht über die Regale, ohne an ihnen hängen zu bleiben.

Als der Nachtwächter nichts entdeckt, rüttelt er an der Tür, die ja wieder ins Schloss gefallen ist. Verärgert vor sich hin brabbelnd stellt er irgendetwas an der Temperaturanzeige neu ein.

Dann trollt er sich wieder, immer noch misstrauisch und nervös um sich leuchtend.

Rosis ganzer Körper sinkt gegen Kappe. Er hält sie fest. Sie atmen langsam und leise. Gar nicht so schlecht, findet er.

«Ja, leck mich», haucht die Rosi ganz undamenhaft.

«Los, raus hier», flüstert Kappe.

«Mit der Nummer könnten wir uns beim BND bewerben.» Sie boxt ihn in die Rippen. «Da können's den Galan in Rente schicken!»

Sie schleichen sich aus dem Gebäude, schlagen sich durch die Büsche zwischen Laubenkolonie und Autowerkstätten. Kappe lässt Rosi mit ihrer Vespa am Hermannplatz halten und fährt mit der U-Bahn weiter. Seine Nerven sind durch für heute. Ende der Diskussion.

Als Kappe gegen Morgen zu Hause in der Fuggerstraße im Bett liegt, pulst das Adrenalin noch durch seine Adern. Wieder wandern die ewigen Lichtfächer der Autoscheinwerfer an der Wohnungsdecke entlang. Etwas verändert sich, etwas Großes, er kann es spüren.

ACHT

Sonntag, 22. August 1982

ES IST SEHR FRÜH am Sonntagmorgen, und Kappes Vater ist bereits sehr entsetzt. Er ist dagegen. Er kann nicht fassen, dass sein Sohn in eine Fabrik eingebrochen ist und Filmrollen gestohlen hat. Er kann auch nicht fassen, dass seine Frau sich freiwillig zu einem Werkzeug in den Mordermittlungen seines dreisten Sohnes hat machen lassen. Unmöglich. «Wie kann es überhaupt sein, dass ich mit euch beiden verwandt bin?», poltert er, hochrot im Gesicht.

«Ich bitte dich!», schnauzt Gertrud Kappe zurück. «Das war doch nicht riskant! Ein hundertjähriger Tattergreis kann über die Zonengrenze gehen und mit seinen Verwandten plaudern!»

Peter Kappe lehnt mit verschränkten Armen am Wohnzimmerfenster. «Tja», sagt er mit Blick auf seinen Vater, «das Dumme ist nur, dass ein hundertjähriger Tattergreis nie zur Hand ist, wenn man ihn braucht.»

Otto Kappe atmet tief durch und schüttelt den Kopf. «Wie kannst du deine Mutter in so eine Gefahr bringen? Wenn die Stasi sie erwischt hätte, dann wäre sie in Hohenschönhausen gelandet!»

«Sie haben sie aber nicht erwischt. Ich habe die Filmrollen besorgt, die Hartmut braucht, um sie bei den Stasi-Oberen gegen die Fotos vom Checkpoint zu tauschen.» Peter Kappe zeigt auf den Stapel von sechs Filmrollen auf dem Wohnzimmertisch. «Sie sind zu groß, als dass Mutter sie noch in der Handtasche schmuggeln könnte.»

«Ich brauche das Auto, Otto, und ich werde das Auto nehmen!», sagt Gertrud bestimmt.

Kappes Wagen ist ein Käfer L620, 13 Jahre alt, savannenbeige. Er ist quasi unsichtbar, so unauffällig ist er.

«Gertrud, das Ganze ist mir fatal! Und den Hartmut hat Peter auch noch mit hineingezogen», jammert Otto Kappe.

Gertrud Kappe haut mit der flachen Hand an die Schrankwand. Sie stemmt die Fäuste in die Seiten. «Jetzt ist aber mal gut, Otto! Der Hartmut hat sich schon selbst für ein Leben bei den Bolschewisten entschieden! Seit wann bist du denn so larmoyant?» Peter Kappe wartet amüsiert darauf, dass seiner Mutter nach Art eines feuerspeienden Drachens Rauchwolken aus den Nüstern schießen. «Ich bin deine Frau, eine erwachsene Frau, und ich habe seit 30 Jahren einen Führerschein», legt sie nach. «Und jetzt leihe ich mir dein Auto. Und du hilfst mir dabei, dass ich die Filmrollen in dem Wagen verstecke. Und dann gehst du zum Frühschoppen mit dem Faustballverein, und wir sehen uns heute Abend beide hier wohlbehalten wieder. Und – wir haben unserem einzigen Kind geholfen! Früher hast du dich doch auch immer für Peter eingesetzt! Das darfst du ja auch bei all deinem Altmännerstolz nicht vergessen!»

Peter Kappe würde gerne Beifall klatschen. Aber das wäre natürlich eins zu viel in diesem Ohnsorg-Theater. Er sieht ja, wie sein Vater leidet – und auch nicht ganz grundlos. Natürlich ist es nicht ungefährlich, aber er würde es gerne zu Ende bringen.

«Ich glaube nicht, dass wir uns Sorgen machen müssen», sagt Peter Kappe zu seinem Vater. «Und vielleicht denkst du auch an unser letztes Telefonat.»

Das sitzt natürlich, denn Otto Kappe kann nicht riskieren, dass Peter seiner Frau von seinen Lilli-Krugowski-ehemals-Lenné-Träumen erzählt. Also sieht der Vater ihn zum ersten Mal seit Jahren direkt an und ignoriert ihn nicht bockig. «Seit du Oberkommissar bist, denkst du auch ...», bellt er los.

«Nein», sagt Peter Kappe mit tödlicher Ruhe. «Deine Frau hat mir erzählt, was im Osten jeder weiß: Erich Honecker sieht sich in seinem Haus in Wandlitz mit Begeisterung James-Bond-

Filme an. Deshalb würde ich mich mal darauf verlassen – selbst wenn Mamas Schmuggel auffliegt, die Filmrollen werden schon den Weg in die richtigen Hände finden. Und sie kann Milde erwarten. Mit anderen Worten: Die Grenzer werden sich zu Tode freuen!»

Gertrud klatscht in die Hände. «Na, Honni wird bestimmt seinen Spaß haben! Der freut sich sicher schon auf den neuen Film, seit er von Mielke erfahren hat, dass sein Lieblingsheld letzte Woche illegal in den Osten eingereist ist. Und jetzt komm, wir haben nicht ewig Zeit.»

Schweigend steht Otto Kappe auf. Auf der Straße klappt er schweigend die vordere Haube auf und montiert das Notrad ab. Gertrud hat ein paar Blusen und Pullover für Ingeborg herausgesucht, die legt sie in eine Plastiktüte zwischen Tank und Notrad. Kleidung darf man einführen. Aber wenn sie die schon mal finden, denken die Grenzer vielleicht, sie haben alles gefunden. So ist der Plan.

Otto Kappe öffnet die Beifahrertür. Mit einem Schraubenzieher löst er die Fensterheberkurbel und den Türgriff. Derselbe Schraubenzieher löst auch die Klammer, mit der die Türverkleidung auf die Tür gesteckt ist. Sobald die Verkleidung frei ist, schiebt Otto Kappe eine Filmbüchse nach der anderen hinter die Verkleidung. Dann klickt er die Verkleidung wieder auf die Klammern.

«Wenn ich die Fotos habe, komme ich direkt zu dir ins Büro, Peterchen!», ruft seine Mutter und gibt Gas.

«Und ich gehe dann zum Frühschoppen», brummt Otto Kappe. Das ganze Gesicht in altersweiser Verachtung erstarrt, drückt der pensionierte Kommissar seinem Sohn Peter Kappe schwungvoll den Schraubenzieher in die Hand.

Seit Stunden schon singen die frühen Vögel, es sind mehr als im Park auf der Fischerinsel, obwohl das nicht weit von hier ist, und doch auf der anderen Seite der Welt, denkt Marina Mars, während sie auf einer Bank am Landwehrkanal liegt, der milde Sommerwind riecht nach Brackwasser, er umfächelt sie vom Wasser her, die Berliner Nacht hat Marina zugedeckt, ihre Handtasche ist ihr Kopfkissen, und als die Sonne aufgeht, färbt sich das Wasser erst hellgelb, dann orange, schließlich schlammbraun, gesteht sich Marina entsetzt ein, braun, keine Spur von rosa, wie kann das sein, denn irgendwo hier muss es passiert sein, in der Nähe der Lichtensteinbrücke, einer Fußgängerbrücke, die damals zum Zoologischen Garten gehört hat, bis sie dann anscheinend im Krieg zerstört wurde, jedenfalls findet Marina nur noch die Fundamente der Pfeiler im Wasser, und nichts, was hier auf Rosa Luxemburg hinweist, und wenn schon das Wasser sich nicht rosa färbt und niemand ihrer gedenkt, dann könnte man wenigstens ihrer Mörder gedenken, die sie keinem Richter übergaben, denn für sie gab es in dieser Nacht keine höhere Instanz als sie selbst, weil ja in Rosas Steckbrief gestanden hatte, weswegen sie beschuldigt wurde, und da konnte man kurzen Prozess machen und schmiss sie mitsamt ihrem Madonnengesicht in den Landwehrkanal, tot oder tödlich verwundet, wie man immer sagt, und Marina stellt sich vor, dass Rosa nochmal zu sich kommt, aber die steinernen Wände des Kanals sind zu glatt und zu steil.

Es klickt.

Etwas Kühles legt sich um ihr Handgelenk. Es ist eine Handschelle.

Das andere Ende umschließt das Handgelenk von jemandem, der neben der Bank steht. Müde schirmt Marina Mars die Augen mit der Hand ab, um gegen die Morgensonne besser sehen zu können. Es ist die Rosi von der Mordkommission. Sie lächelt. Rosi heißt eigentlich Roswitha, das hat sie Marina erzählt, so wie die Rosa Luxemburg eigentlich Rozalia hieß. So sind sie auf das Thema gekommen. Und dann hat Marina ihr vom rosafarbenen Sonnenaufgang an der Fischerinsel erzählt. Rosi hat dann ungefähr gewusst, wo man die Rosa Luxemburg in den Landwehrkanal geworfen hat.

«Ich konnte nicht schlafen», sagt Rosi. «Ich habe überlegt, wo ich hingehen würde, wenn ich an deiner Stelle wäre.»

«Nicht ins KaDeWe?», lächelt Marina und setzt sich auf. «Die meisten Zonis gehen in die Schlemmeretage.»

Rosi schüttelt den Kopf. «Zuallererst willst die Mythen deiner Kindheit überprüfen. Willst sehen, ob auch alles so ist, wie man es sich immer vorgestellt hat. Und? Ist es so?»

«Nein, natürlich nicht. Schau dich doch mal um.»

«Dann hilf uns jetzt, die Welt besser zu machen. Gerechter.»

Marina nickt. «Du hattest mich nach den Schüssen am Tatort gefragt», sagt sie. «Ich würde gerne eine Aussage zu Protokoll geben.»

Als Landsberger in der Keithstraße am Pförtner vorbeigeht, ruft der ihn ran: «Herr Landsberger, letzte Woche ist eine Postkarte für Ihre Truppe hier liegengeblieben.»

Post aus Wiesbaden. Ein prachtvoll verzierter Altbau. *Hotel Kaiserhof und Augusta-Victoria-Bäder*, steht auf der Rückseite. Mit grünem Kuli hat jemand in sperriger Druckschrift geschrieben: *1,8 Millionen Zehn-Finger-Abdrücke sollen im Zentralcomputer erfasst werden. Zur Identifizierung einer zunächst ungekannten Leiche aus dem Landwehrkanal mussten 600.000 Zehn-Finger-Abdruck-Blätter durchsucht werden, was erfolglos blieb. Bei einem Test des Falls am Computer war der Tote innerhalb kürzester Zeit identifiziert.*

Na, wunderbar. Sie gehen offenbar herrlichen Zeiten entgegen. Landsberger summt beim Hinaufsteigen in den dritten Stock den Gassenhauer: *Es schwimmt eine Leiche im Landwehrkanal / Lang se mir ma her / aba knautsch se nich so sehr!*

Es ist stickig im Büro, Aktenstaub und Räucherstäbchenaroma hängen als transluzente Schwaden zwischen den Regalen. Landsberger öffnet die Fenster und gießt die Zimmerpflanzen. Er ist schon wieder der erste und einzige im Büro. Das ist so ein Fall, wo von systematischer Ermittlung keine Rede sein kann. Alle rennen unkoordiniert und im Schweinsgalopp durch die Stadt.

Da kann Kappe sagen, was er will: Der Chef fehlt eben doch, der normalerweise die Fäden in der Hand hat und ein ruhigeres Vorgehen bevorzugt.

Landsberger hat sich vorgenommen, heute nochmal konzentriert am Schreibtisch zu arbeiten. Nachdenken hilft ja manchmal.

Er nimmt das Hochglanzbilderbuch aus dem Kunstgewerbemuseum in die Hand, *The Imperial Eggs 1885-1916*, und liest es systematisch. Das ganze Gold, und dann erst dieses Filigrane! Einfach fantastisch. Dass einen die Gier nach einem solchen Osterei ergreift, das kann Landsberger nachempfinden.

Schließlich kommt er zu dem Kapitel über «ihr» Ei, das *Vögel der Westindischen Inseln-Ei*. Er zieht das Polaroidfoto, das Dr. Elke Ostermann von dem Ei gemacht hat, aus der Akte. Mit einer Lupe sucht er es Millimeter für Millimeter ab. Er würde Stein und Bein schwören, dass es keine Fälschung ist, obwohl Frau Dr. Ostermann das behauptet hat. Zwar ist das Polaroid etwas unscharf, technisch bedingt, und auch das Foto in dem Buch ist unscharf, noch dazu schwarz-weiß. Im Text liest Landsberger über die Überraschung in diesem Ei: *Öffnet man das Ei, breitet ein wunderschöner Türkisvogel die Flügel aus und schlägt damit, als ob er losfliegen will.*

Ein Türkisvogel also. Auf den Fotos sieht man das Ei nicht mit seinem geöffneten Mechanismus. Wie sieht so ein Vogel aus? Landsberger überlegt, im Zoo anzurufen, aber es ist Sonntag. Schließlich fällt ihm der Kollege Müllerschön von der MK2 ein. Ein bisschen geflirtet hat Landsberger mit dem mal vor einiger Zeit. Jedenfalls interessiert der sich für exotische Vögel. Landsberger greift zum Telefon. Müllerschön brummelt ein bisschen, von wegen Sonntag und einem Anruf um diese Zeit. Deshalb wird das auch nie was, wenn die MK2 ermittelt, denkt Landsberger, fragt dann aber ganz höflich und auch ein bisschen neckisch nach, ob der liebe Kollege nicht mal in eines seiner wunderbaren Vogelbücher schauen könnte.

«Du meinst wohl Vögelbücher!», kichert der und ist dann schon ganz willig.

Aber Landsberger bleibt auf der Sachebene. Und siehe da, Müllerschön findet das Foto von dem Türkisvogel. Es ist ein hellblauer Vogel mit schwarzgestreiften Flügeln. Genau, wie ihn die Mambo Bajou in ihrer Vision gesehen hat.

Kappe hat kaum die Bürotür geöffnet, da überfällt ihn Landsberger auch schon mit seinen Erkenntnissen: «Mensch, Kappe, ich glaube, wir sind da an einer großen Sache dran!»

«Ich habe Brötchen mitgebracht», murmelt Kappe und hängt den Tauchsieder in sein Kaffeewasser. Während es im Topf anfängt zu blubbern, fällt ihm auf, dass er Landsberger noch kein Sterbenswörtchen von der verlorenen Atombombe erzählt hat. Er überlegt, ob er es dabei belassen soll. Andererseits würde dann der Mordkommissions-Haussegen sicherlich bald wieder schief hängen. Er macht sich einen starken Nescafé und setzt sich mit der Brötchentüte zu Landsberger an den Schreibtisch.

Erfreut friemelt der die Tüte auf und untersucht den Inhalt. «Keine Croissants?», fragt er enttäuscht.

«Die Sechste vom KaDeWe hatte noch nicht auf», antwortet Kappe.

Landsberger steht auf und holt sich einen frisch abgewaschenen Frühstücksteller samt Messer und einem Glas Marmelade.

Kappe reißt das trockene Brötchen einfach in der Mitte durch und isst es aus der Hand. «Die Rosi ist nicht mehr mit Big Bill zusammen», sagt er.

«Ach! Echt? Wie schade. Ich dachte, das hätte was von Dauer werden können. Ist Big Bill versetzt worden?»

«Die genaue Geschichte kenne ich noch nicht. Wo ist eigentlich Major Galan? Wieder auf dem Schläfer?»

Landsberger zuckt mit den Schultern. «Ich habe ihn seit gestern nicht mehr gesehen.»

«Was glaubst du eigentlich, warum der hier so vertrauensvoll mit uns zusammenarbeitet?»

«Weil er der Leiter des Einsatzes am Checkpoint war und den Tod seines Kollegen aufklären will. Damit nicht alle in seiner Einheit denken, er sei nur ein altes versoffenes Wrack?»

«Falsch. Während du im Urlaub in der Lüneburger Heide warst ...», Kappe taucht unter dem Radiergummi durch, den Landsberger nach ihm wirft, «... hat Galan hier am letzten Montag die Einsatzstufe Berta ausgerufen, also eine Großlage. Hat alle zusammengetrommelt und eine große Suchaktion gestartet. Den Amerikanern ist in Bayern bei einer Übung eine Bombe abhanden gekommen, die dann über die Grenze in den Osten gebracht wurde. Der BND hat erwartet, dass sie bei uns hier irgendwann über die Grenze geschmuggelt werden soll. Ich sollte den Zoll koordinieren. Jetzt kriege ich jeden Tag einen geheimen Bericht, aber es hat sich bis heute nichts ergeben.»

«Du meinst, eine Bombe ist auf dem Weg nach West-Berlin?»

«Nicht ich, Major Galan meint das.»

«Aber wer sollte damit was tun wollen? Müssten da nicht die Alliierten ...»

«Frag nicht, Landsberger.»

Die Bürotür geht auf, und Rosi bricht in ihrer ganzen bunten Pracht herein – Zottelmähne, Samthose, Hippiebluse, Strickweste, kiloweise Perlenkettenschmuck. Eine geballte positive Aura knallt Kappe um die müden Ohren.

«Ratets mal, wer im Befragungsraum sitzt!», strahlt Rosi.

«Roger Moore?», grummelt Kappe.

«Na, Schmarrn! Die Marina Mars!»

Kappe verschluckt sich fast an seinem Brötchen. «Ist sie zu dir gekommen?»

Rosi schüttelt den Kopf, das ihre Ketten klappern. «Na. Ich hab sie eingesammelt.»

«Woher wusstest du ...?» Landsberger sucht schon seinen Stenoblock.

«Weibliche Intuition», grinst sie und gießt ein Glas Wasser ein. «Jetzt kommts, sie will etwas zu Protokoll geben!»

Dankbar trinkt Marina Mars das Wasser aus. Sie hat Sachen von Rosi an und sieht überhaupt nicht mehr aus wie ein Oberleutnant der Staatssicherheit, sondern wie eine vom Leben gebeutelte Uschi Obermaier.

«Es geht um den letzten Dienstagabend», sagt sie, und ihre Hände zittern. «Um die Übergabe.»

Kappe nickt. «Bisher haben wir nur Aussagen von Menschen, die während der Schüsse unter dem Tisch saßen oder hinter den Mülltonnen. Anscheinend hat niemand etwas gesehen.»

«Ich bekomme Zeugenschutz, ja? Das ist sicher?», fragt Marina. An ihren Wimpern hängen Tränen wie Tautropfen.

Kappe nickt und hofft, nicht den größten Fehler seines Lebens zu machen. Landsberger reicht Marina ein Stofftaschentuch. Sie schnäuzt sich. «Es tut mir sehr leid wegen dieser jungen Frau mit der Ratte», sagt sie.

«Das geht auf mich», sagt Kappe. «Ich hätte Sie gleich behördlich unterbringen lassen sollen statt bei der Rosi.»

«Also, am Dienstag. Der Mann mit der Maske kam rein, und ich bin in den Hof gerannt. Soweit war alles richtig. Ich habe dann aber doch etwas gesehen. Durchs Fenster. Der BND-Agent hat auf den Maskierten geschossen.»

«Und dann hat der Maskierte den BND-Agenten erschossen, jaja», sagt Kappe.

Marina Mars schaut verblüfft. «Nein! Dann gab es ein Handgemenge, und ich könnte schwören, dass die Frau geschossen hat!»

«Dr. Elke Ostermann? Aber warum sollte die ... die will doch vor allem Karriere machen», überlegt Kappe.

«Die hatte so ein irres Glitzern in den Augen, als das Ei auf dem Tisch stand», murmelt Marina Mars und hält sich an dem Wasserglas fest.

«Die Marina muss sofort in Sicherheit gebracht werden», sagt Rosi. «Ich versuche mal, den Galan anzurufen. Es wäre seine Chance, gegenüber seinen Vorgesetzten wieder etwas Boden gutzumachen.»

Gott sei Dank erreicht Rosi Major Galan tatsächlich, obwohl es Sonntag ist, und er organisiert sofort eine Überstellung. Als er Marina Mars im Revier abholt, sieht man ihm deutlich an, dass er die Nacht durchgesoffen hat.

«Ach, Herrschaftszeiten noch einmal», schimpft die Rosi mit ihm. «Schauen Sie sich mal an! Sieht so ein Vertreter der Staatsmacht aus?»

Major Galan verzieht das rote Gesicht. «Ich lass mich in den vorzeitigen Ruhestand versetzen. Ich bin einfach beim falschen Verein. Der BND hat 6.500 hauptamtlich Beschäftigte, das sind so viele wie der gesamte auswärtige Dienst. Und was das kostet! Offizieller Etat 216 Millionen Mark, die wirklichen Ausgaben liegen aber bei 800 Millionen. 600 Millionen sind in anderen Posten des Bundeshaushalts versteckt. Da wird doch ein bisschen Saufen auch noch drin sein.»

Marina Mars staunt. «Sind Sie denn nicht stolz, dass Ihre Ergebnisse Einfluss auf die politischen Entscheidungen in Bonn haben? Ich meine, bei uns haben Fakten ja keinen Einfluss auf die Staatsdoktrin.»

«Na, wenn's mal so wäre. Topinformationen, die die Politik der Republik verändern, haben wir schon seit Jahren nicht mehr geliefert. Die Spitzenleistung meiner Abteilung war, dass wir aus vergleichender Lektüre von *Prawda* und *Iswestija* acht Tage früher als das Auswärtige Amt eine leichte Veränderung in der sowjetischen Raketen-Haltung melden konnten.»

«Haben Sie da nicht so eine wöchentliche BND-Sicherheitslage im Bonner Kanzleramt?», fragt Kappe, denn das hat er im *Spiegel* gelesen.

«Da geht auch keiner mehr hin», winkt Major Galan ab.

«Kanzler Helmut Schmidt hat gelacht und gesagt, für eine Sitzung mit dem BND ist ihm seine Zeit nun wirklich zu schade. ‹Da lese ich stattdessen doch lieber gleich die *Neue Zürcher Zeitung.*› Das hat Helmut Schmidt gesagt.»

«Sowas schmerzt natürlich.»

«Hier», sagt Rosi und drückt ihm eine weiße Plastikflasche in die Hand. «Des nehmen's jetzt und gönnen sich ein bisschen Ruhe.»

«Was soll das sein?»

«Globuli. Nux vomica Potenz D12. Auch Krähenauge genannt, aus den reifen und getrockneten Samen des Brechnuss-Baumes, Strychnos nux vomica. Ein pflanzliches homöopathisches Arzneimittel. Da nehmen's fünf Globuli, dreimal täglich. Steht alles drauf.»

Major Galan nickt abwesend, aber er steckt die Globuli ein. «Ihr seid schon eine nette Truppe hier. Aber wir haben immer noch eine Großlage. Ich bringe Frau Mars sicher unter, dann bin ich gleich wieder da.»

Kappe nickt. «Vergessen Sie nicht, ihre neue Aussage zu protokollieren.» Als Galan aus der Tür ist, fällt ihm der Kopf auf den Schreibtisch. Rosi lacht und wuschelt ihm durchs Haar. Eine erstaunliche Erfahrung. «Na, der wird's schon machen», sagt Rosi. «Du weißt ja, wie's bei den Schlapphüten is: Man lebt nur zweimal.»

Kappe seufzt. «Landsberger, holst du uns bitte Frau Dr. Ostermann rein zur Befragung als Tatverdächtige? Vorher gehst du bei der Staatsanwaltschaft vorbei, da liegt schon ein Zuführungshaftbefehl.»

«Sehr gerne. Aber erstmal hörst du bitte kurz zu: Ich wollte dir vorhin schon erzählen, dass ich die Fotos aus Dr. Ostermanns Buch mit dem Polaroid verglichen habe. Ich bin natürlich kein Fachmann, aber mir kam das Ei nicht wie eine Fälschung vor. Und noch etwas Merkwürdiges: In dem Buch steht, dass in jedem Ei eine sogenannte Überraschung eingebaut ist. In der Karibischen Gurke, wie man das Ei auch nennt, ist es ein Türkisvogel. Das Ei geht auf, und ein Türkisvogel flattert, als ob er losfliegen möchte. – Da musste ich an das denken, was die Mambo Bajou gesagt hat. Dass sie diese Vision von einem Vogel hatte. Was hältst du von den Visionen der Mambo?»

«Eigentlich eine ganze Menge», sagt Kappe, dem ein Voodoo-Geist durch die Mambo mal vor Jahren den Aufenthaltsort seiner entführten Frau verraten hat. «Ich muss kurz darüber nachdenken.»

Aber dazu kommt er nicht.

Landsberger ist gerade raus, und Kappe will sich die erste richtig schöne Belohnungszigarette des Tages anzünden, da klopft es zaghaft an der Bürotür. Rosi öffnet. «Ach, entschuldigen Sie», hört er eine wohlbekannte Stimme. «Ich wollte zu Herrn Kappe. Ich bin seine Mutter.»

Kappe springt auf. «Mama! Hat alles geklappt?»

Gertrud Kappes Wangen glühen. Mit einem entschuldigenden Blick huscht sie an Rosi vorbei, und Mutter und Sohn fliegen sich in die Arme. «Es ist gelaufen wie geschmiert!», sagt seine Mutter in Kappes Halsbeuge. «Die haben sich dolle gefreut. Ich soll dir einen schönen Dank sagen.»

«Setz dich doch erst mal.» Kappe drückt seine Mutter auf einen Besucherstuhl. «Das ist meine Kollegin, Rosi Habedank. Willst du etwas trinken?»

Gertrud Kappe ist ganz aufgelöst vor Freude. «Bei uns bei Sarotti im Büro gab es früher immer eine Büroflasche!» Sie zwinkert Rosi zu.

«Die hat bei uns leider gerade der BND ausgetrunken, Frau Kappe», bedauert Rosi.

Gertrud Kappe winkt ab. «Geben Sie mir ein Glas Wasser.» Sie hält die Autoschlüssel mit zwei Fingerspitzen und lässt sie pendeln. «Peterchen, der Wagen steht vor der Tür, und die Fotos sind in der Seitentür. Diesmal Fahrerseite. Viel Spaß damit!»

Kappe schnappt sich den Autoschlüssel und den Schraubenzieher seines Vaters und rennt die Treppe hinunter. Es dauert keine drei Minuten, da hat er die Verkleidung gelockert und kann die Fotos unten herausziehen. Sie sind in einem großen, amtlich aussehenden braunen Umschlag. Kurz überlegt er, ob er die Wiedermontage der Fensterkurbel seinem Vater überlassen soll, aber dann siegt doch seine gute Erziehung. Er zwingt sich zur Ruhe und baut alles schön wieder zusammen.

Als er den Flur entlang auf das Büro zueilt, hört er schon von Weitem, wie seine Mutter und Rosi miteinander lachen. Rosi hat einfach einen guten Draht zu Menschen. Zu lebenden Menschen. Das kommt ihm plötzlich so schön vor, dass er vor Erschöpfung und Erleichterung beinahe angefangen hätte zu heulen.

Aber als er die Klinke der Bürotür herunterdrückt, ist er wieder ganz der Alte – ein abgezockter West-Berliner, der immer einen kühlen Kopf behält und komplett immun gegen die Gefahren und emotionalen Achterbahnen des Lebens ist. Naja. Späßchen.

Kappe hält den Umschlag hoch. «Nochmal vielen Dank, Mama», sagt er und gibt ihr den Autoschlüssel zurück. «Einen schönen Gruß an Papa und einen schönen Sonntag noch.»

«Eins soll ich dir von Hartmut noch ausrichten.» Gertrud Kappe zeigt auf den Umschlag. «Mach mal auf, es geht um das oberste Bild.»

Kappe tut es. Auf dem obersten Schwarz-Weiß-Foto sieht man das Haus Friedrich-, Ecke Zimmerstraße, rechts vom Checkpoint, von der Ostseite her betrachtet. Daneben ist eine Weltkriegsbrache. Das Gesicht des großen, kräftigen Mannes, der von der Brache über einen Haufen Schutt auf die Zimmerstraße klettert, ist im Scheinwerferlicht gut zu erkennen. Er schaut über die Schulter Richtung Checkpoint. Mit der einen Hand umklammert er etwas, das Kappe nun schon viel zu oft auf einem Foto gesehen hat: Das *Vögel der Westindischen Inseln-Ei*. In der anderen Hand hat er eine auffällige Tüte mit Werbung des Plattenladens ZIP, in die er offenbar gerade das Ei hineinpraktizieren will.

«Das ist ja ein Ding», staunt Kappe. «Der Motorradfahrer hatte das Ei gar nicht.»

«Kennst du diesen Mann?», fragt seine Mutter.

Kappe schüttelt den Kopf.

«Hartmut hat gesagt, falls du ihn nicht identifizieren kannst: Sein Kontakt bei der Stasi hat ihm gesagt, dass der Mann bei ihnen aktenkundig ist. Ein Günther Neumann. Günther mit th.»

«Saubande!», murmelt Rosi. «Bei den Spionen hängt wirklich einer den anderen hin.»

Kappe gibt seiner Mutter einen Kuss auf die Stirn. «Wunderbar. Das hilft uns sehr. Und bitte – erzähl niemandem, auch nicht deinen Freundinnen, etwas von unserer Aktion. Ich könnte sonst Ärger bekommen.»

«Ganz sicher nicht, Peterchen! Und auch deinem Vater nicht, dem alten Brabbelkopp.» Seine Mutter glüht vor Stolz. Kurz ist er versucht, ihr doch noch den Atombunker unter dem Ku'damm-Karree ans Herz zu legen. Aber dann verschwindet sie unter Winken und Kusshändchen die Treppe hinunter.

Dr. Elke Ostermann wohnt im hinteren Teil der Christstraße in der Nähe vom Schloss Charlottenburg. Hier sehen die Westend-Altbauten schon nicht mehr ganz so doll nach Schloss aus, mehr nach Randbebauung der nahen Stadtautobahn. Landsberger parkt vor der Tür. Die uniformierten Kollegen vom Personenschutz stehen mit dem Dienstwagen schräg auf dem Bürgersteig.

«Alles ruhig?», fragt Kappe, als der Fahrer das Seitenfenster herunterkurbelt.

«Keine Vorkommnisse», meldet der Uniformierte.

«Schönen Dienst noch», wünscht Landsberger und klingelt bei der Ostermann.

«Ja?», schnarrt es nach kurzer Zeit aus der Gegensprechanlage.

«Frau Dr. Ostermann?», sagt er. «Landsberger vom LKA.

Machen Sie mir bitte die Tür auf? Ich habe noch ein paar Fragen in der Sache Pussinske.»

«Am Sonntag?»

«Ja, bitte entschuldigen Sie, es ist sehr dringend.»

Ein kurzes Zögern. «Warten Sie. Ich muss mir erst noch etwas anziehen.»

Landsberger wartet eine Viertelstunde. Das muss reichen, denkt er, selbst für eine sehr schicke und gepflegte Frau. Als er dann wieder klingelt, kommt keine Antwort mehr über die Sprechanlage. Er lässt sich vom Nachbarn die Haustür öffnen und winkt die beiden Uniformierten heran.

«Sie wollte sich erst noch was anziehen, aber das dauert mir jetzt schon zu lange», sagte Landsberger. Die Uniformierten ziehen ihre Dienstwaffen und entsichern sie.

Dr. Elke Ostermann wohnt im zweiten Stock. Landsberger klingelt. In der Wohnung hört er hektische Geräusche. Die Uniformierten drücken sich rechts und links der Tür an die Wand.

«Machen Sie bitte die Tür auf, Frau Dr. Ostermann», ruft Landsberger. «Hier ist die Polizei!»

«Moment!», schreit die Stimme der Ostermann zurück. «Kann man hier nicht mal mehr in Ruhe die Toilette benutzen, oder was?»

Schritte nähern sich der Tür. Diverse Schlüssel drehen sich. Ein Stangenschloss wird aufgeschoben. Eine Kette wird vorgelegt. Offenbar hat die Museumstante ein großes Sicherheitsbedürfnis, denn erst dann öffnet sich die Wohnungstür einen Spalt breit. Das perfekt geschminkte Gesicht der Ostermann erscheint zusammen mit einer Parfumwolke.

«Was kann ich denn für Sie tun?», fragt sie genervt.

«Ich muss Sie leider bitten, mit aufs Kommissariat zu kommen», setzt Landsberger wohlerzogen an. Aber dann sieht er über ihre Schulter hinweg auf dem Flur hinter ihr eine Spur beim eiligen Taschepacken verlorener Unterwäsche. Bevor sein Gehirn diese Information verarbeiten kann, erscheint im Türspalt auf

Hüfthöhe irgendetwas Blitzendes, ein harter Schlag trifft ihn, und dann ist plötzlich alles voll Licht und voller Paris, voller Schäfchenwolken über Montmartre, und sein Vater hilft ihm auf die Beine und sagt: «Ist es nicht schön hier, mein Junge? Und was die Engel für bezaubernde Kleider tragen!»

«Peterchen, ja?», kichert Rosi.

Kappe lässt das mal so stehen. Er breitet die Fotos auf dem Schreibtisch vor sich aus.

«Will ich wissen, wo deine Mutter diese Bilder hergeholt hat?», fragt Rosi grinsend.

«Nein.»

«Dann sind sie wohl auch nicht gerichtsfest?»

«Aber sehr starke Indizien.»

Es sind jedenfalls genau die richtigen Fotos, James Bond sei Dank. Sie zeigen den ankommenden Motorradfahrer, allerdings von hinten und mit Helm. Dazu diesen Günther Neumann. Wahrscheinlich hat der das Motorrad von der Straßen- auf die Hofseite umgesetzt. Das Kennzeichen der Maschine weist eine West-Berliner Zulassung aus. Der Fahrer ist tatsächlich mittelgroß und sportlich. Nichtssagend. Der Beschreibung von Marina Mars lässt sich nur die schwarze Motorradkluft hinzufügen. Auch kein Alleinstellungsmerkmal.

«Das Kennzeichen ist bestimmt falsch», bemerkt Rosi.

«Wir werden sehen.»

Das andere Foto, das ihm seine Mutter gezeigt hat, ist viel interessanter. Also gab es zwei Täter. Die Kollegen haben in ihrem Bulli das Motorrad verfolgt, aber der Fußgänger namens Günther Neumann hatte den oberen Teil des Eis. Marina Mars hatte ja auch das Gefühl gehabt, es sei noch jemand im Hof gewesen. Vielleicht kann sie den Typen doch identifizieren.

«Erst mal müssen wir diesen Neumann finden. Das dauert.» Rosi streckt den Rücken durch und schaut auf die Uhr. «Schon Mittag. Wir könnten auch ...»

Er weiß, dass sie «Feierabend machen» sagen will. Aber irgendetwas treibt ihn zur Eile. Eine ungute Vorahnung. Die Bombe? Als Psychologe weiß Kappe natürlich, dass Vorahnungen Denkfehler sind. Es sind nur falsche Schlussfolgerungen, für die es im Grunde keine Indizien gibt, dem Wahrsagen nicht unähnlich. Trotzdem hat er das Gefühl, sich beeilen zu müssen.

«Leider nicht, Rosi. Kümmere dich bitte mal um das Kennzeichen. Ich telefoniere wegen diesem Günther Neumann.»

Rosi verzieht sich seufzend in ein Nebenzimmer, wo das Computer-Terminal aller Mordkommissionen steht. Ein Kennzeichen überprüfen, die Fortbildung hatte sie schon. Das Nixdorf-Terminal 820/03 sieht aus wie eine riesige Schreibmaschine, hat noch nicht einmal einen Bildschirm, soll aber 70.000 Mark gekostet haben. Das schüchtert Rosi ein bisschen ein. Sie zieht ihren Plastikausweis, den sie in die Anlage schiebt, wo er von einem Lesegerät kontrolliert wird. Nicht jeder hat hier Zugriff auf alle Daten.

Rosi steckt das Formular für die Kennzeichenabfrage in den Einzug und gibt die Daten über die Tastatur in das ISVB ein, das spezielle Berliner Informationssystem Verbrechensbekämpfung. Das Formular wird eingezogen, die Daten werden an den Zentralrechner der Abteilung Automatische Datenverarbeitung übermittelt, und in Sekundenschnelle beginnt das Terminal mit dem Ausdruck des Ergebnisses der Kennzeichenabfrage.

Kappe sucht in seinem Portemonnaie nach der Telefonnummer von Lilli Krugowski. Zwar ist es Sonntag, aber sicherlich haben die bei der Datenverarbeitung auch Schichtdienst. Und tatsächlich, sie meldet sich. Sie scherzen ein wenig hin und her. Zehn Jahre keinen Kontakt, und jetzt zweimal innerhalb einer Woche und so weiter.

«Ja, wir sitzen hier auch sonntags», sagt sie. «Sie wissen ja, wir haben eine Großlage.»

«Ich störe natürlich auch nicht einfach so am heiligen Sonntag. Ich habe etwas Dringendes. Unser Terminal ist gerade ... besetzt. Könnten Sie mir einen Namen in der Personenfandung nachschauen? Wären Sie so lieb?»

Durch den Hörer hindurch spürt er, wie sie sich gerade hinsetzt. «Lieber Herr Kappe, das könnten Sie alles selber, wenn Sie sich mal zu einem Lehrgang bemühen würden!», erklärt sie ihm streng.

Kappe hat gelernt, durch solche Anwürfe hindurchzugehen, als wären sie nichts als Morgennebel über der Spree. «Ja, ich weiß, deshalb bitte ich Sie ja auch einfach sehr herzlich um einen Gefallen unter Kollegen.»

Sie stöhnt, als würde er sie vor eine Mammutaufgabe stellen. «Ich helfe Ihnen, wenn Sie mir versprechen, dass Sie zu einem eDV-Lehrgang gehen, und zwar zz – ziemlich zügig!»

«Natürlich! Ich schwöre, dass ich mich gleich morgen anmelden werde, Frau Krugowski. Und ich danke Ihnen für diesen längst überfälligen Anstoß!», flötet Kappe, und dass er dabei Zeige- und Mittelfinger der rechten Hand kreuzt, um den Schwur aufzuheben und sich davor zu bewahren, direktemang in die Hölle zu fahren, das sieht Lilli Krugowski ja nicht.

«Also, sagen Sie mir schon, wen ich abfragen soll.»

Es stellt sich innerhalb der nächsten paar Minuten heraus, dass Günther Neumann für den Computer kein Unbekannter ist. Schon seit drei Jahren ist er wegen einer in Frankfurt/Main nicht angetretenen Haftstrafe in Fahndung. Irgendein Betrugsdelikt in einem Spielcasino. «Jetzt ist er in West-Berlin gemeldet, aber anscheinend sind die Daten noch nicht verglichen worden», verkündet Lilli Krugowski triumphierend. «Hier steht, er ist Geschäftsführer in einem Hotel Zum Flughafen in Tempelhof. Da ist auch seine Meldeadresse. Na, Herr Kappe, ist er nicht toll, der Kollege Computer?»

Kappe bedankt sich blumig und wortreich. Richtet sogar angebliche Grüße vom Herrn Papa aus. Als er auflegt, hat er das

Gefühl, einen Marathon gelaufen zu sein. Mit Schwerlastrucksack. Er schaut auf die Uhr. Müsste Landsberger nicht längst wieder hier sein? Kappe fragt sich zum x-ten Mal, warum er diesen Scheiß eigentlich macht. Wahrscheinlich, weil er sich wie jeder Verrückte für unentbehrlich hält und glaubt, wenn einer alle Mörder fangen und gleichzeitig noch eine Atombombe stoppen kann, dann er – ein langes dürres mittelaltes und mittelschlaues Männlein aus Berlin-Charlottenburg, das seit Tagen nicht richtig geschlafen hat. Er sollte umziehen nach Witzleben. Der Name würde bestens zu ihm passen. Als Kappes Frau Sarah noch nachts neben ihm gelegen hat, hat sie sich manchmal Sorgen um ihn gemacht. Das hat ihm gut getan. Sarah ist Ärztin. Sie hat ihm erklärt, dass seine Nachtangst mit dem Adrenalin zusammenhängt, das in Ruhephasen ansteigt. Was er natürlich schon gewusst hat als studierter Psychologe. Aber allein schon, dass sie es ihm erklärt hat, das war schön gewesen. So schön, dass er es sich zurückwünscht.

«Das geht alles so wahnsinnig schnell!», sagt Rosi, als sie zurück ins Büro stürmt. «Stell dir mal vor, der Halter von dem Motorrad hat es erst am letzten Dienstag gestohlen gemeldet. Und das ist alles schon im Computer. Hier steht, er ist aus dem Osten abgehauen, wohnt im Notaufnahmelager Marienfelde. Und das Motorrad sei ihm bei einem Behördengang geklaut worden.»

«Ich hab auch was», nickt Kappe. «Jetzt halt dich fest: Ich habe mit einer Kollegin in der Zentralen Dateneingabe telefoniert. Unser Verdächtiger von dem Foto wohnt in einem Hotel in der Dudenstraße!»

Rosi atmet tief durch. «Großeinsatz?»

Da fliegt die Bürotür auf, und BND-Major Galan ist wieder da.

Früher Nachmittag auf dem Deutsch-Amerikanischen Volksfest. Die Zirkuskapelle übt für die Abendvorstellung. Schnelle, pathetische Trompetenstöße, dann spielen die Bläser das bekannte

Motiv aus dem Triumphmarsch *Einzug der Gladiatoren*, aber sehr überdreht, geradezu überstürzt.

Hauptmann Jens Fichte trägt einen gelbkarierten, viel zu großen Clownsanzug mit einer rot-schwarz gepunkteten Fliege. Aus seinem Bowlerhut mit der gelben Blume explodiert eine rote Perücke. Sein Gesicht ist weiß geschminkt, was verhindert, dass man den Schweiß sieht, der ihm aus dem Haaransatz rinnt. Die rote Nase gibt seinem leeren Gesicht etwas Makaberes.

Zwischen den geschäftig herumeilenden Zirkusmenschen und -tieren fällt Fichte jedenfalls nicht weiter auf. Die Kanone für die menschliche Kanonenkugel haben sie beiseite geschoben, weil sie gestern nicht gebraucht wurde. Hinter den Stallzelten für die Kamele stinkt es scharf nach Dung und Urin.

Die Kanone scheint ein Wunderwerk altmodischer Mechanik zu sein. Scheint. Denn tatsächlich ist es ein Wunderwerk der Ingenieurskunst der DDR, die eine mobile Raktenabschussrampe nach operativen Fotos gebaut hat. Voll funktionsfähig und doch von einem Zirkusutensil äußerlich nicht zu unterscheiden. Die NVA hat es auf der Transitstrecke problemlos ausgetauscht.

Es ist ein faszinierendes System: Die Trägerrakete für die Bombe startet kalt. Mittels Gasdruck wird sie aus dem Abschussbehälter auf eine Höhe von etwa dreißig Meter ausgestoßen. Dasselbe System wie bei der echten menschlichen Kanonenkugel. Erst in der Luft über dem Zirkuszelt wird die erste Raketenstufe zünden. Die getarnte mobile Abschussrampe blitzt und funkelt trügerisch schön wie ein riesiges skelettiertes Uhrwerk.

«Ein Zünder ist ein transport-, handhabungs-, beladesicherer, nicht sprengkräftiger, erschütterungsempfindlicher und lageabhängiger elektrischer Auslöser, der durch Anschrauben der Ladung sprengkräftig wird.» An diesen Satz erinnert Fichte sich noch aus seiner Ausbildung. Er öffnet die Klappe an der Seite der Kanone, von der Semjonow ihm erzählt hat. Das zylindrische Bauteil, das er dem Fabergé-Ei entnommen hat, ist genaugenommen kein Zünder, sondern nur eine Aktivierungseinheit für die erste Raketenstufe. Gezündet wird die Bombe zeitverzögert, hat der Russe ihm erklärt, wenn das Geschoss die gewünschte Explosionshöhe erreicht hat. Das sei bei den amerikanischen Bomben auch so. Fichte wundert sich. Warum will der General eine Bombe über der Stadt zünden? Das macht keinen Sinn, außer wenn ... aber so verrückt kann selbst Semjonow nicht sein. Fichte schiebt den Gedanken beiseite.

Er stellt die Digitalanzeige befehlsgemäß ein – der Abschuss soll mitten in der laufenden Vorstellung erfolgen, wenn die Kanone schon bereit steht, aber bevor die Nummer mit der menschlichen Kanonenkugel, die am Ende der Show als Höhepunkt gezeigt wird, beginnt.

Alles klickt in Position. Fichte schließt die Klappe und tritt zurück. Sechs Stunden. Er wird sich von seinem Westgeld erst mal ein T-Bone-Steak auf dem Volksfest kaufen. Schließlich ist Sonntag.

Galan sieht im Gesicht schon viel besser aus. «Marina Mars ist in Sicherheit», sagt er. «Also, Frau Habedank – Respekt! Ich habe Ihre Globuli genommen, und es ist sofort besser geworden mit diesem Gefühl, dass ich unbedingt Alkohol trinken müsste.»

«Stets zu Diensten.» Rosi rückt ihre kreisrunde Janis-Joplin-Brille zurecht. «Ich hab jahrelange Erfahrung mit Säufern aller Couleur bei der weiblichen Kriminalpolizei.»

«Vielen Dank für Ihre Offenheit, Major», sagt Kappe, steht auf und zeigt ihm das Schwarz-Weiß-Foto. «Wir haben hier in Ihrer Abwesenheit etwas ermittelt. Es gab einen zweiten Täter. Günther Neumann, wohnhaft in einem Hotel in der Dudenstraße.»

Major Galan lässt sich auf einen Stuhl fallen. «Es fällt mir schwer, das zuzugeben, aber Sie verblüffen mich immer wieder, Kommissar Kappe.»

Kappe grinst. «*Ober*kommissar. Leider haben wir jetzt keine Zeit, gegenseitige Wertschätzungen auszutauschen. Wenn der

BND seinen Ruf loswerden will, ein Verein aus der Zeit gefallener Schattenkrieger zu sein, dann bietet sich Ihnen jetzt eine historische Möglichkeit – wir können zusammen in die Dudenstraße fahren.»

Galan grinst schief zurück. «Wir sind halt die freundlichen Spione von nebenan. Wir lüften die brisantesten Geheimnisse, aber wir selbst sprechen offen über unsere Gefühle.»

«Na, wenn Sie wenigstens wirklich die brisantesten Geheimnisse lüften würden! Aber Sie haben ja noch nicht mal eine operative Einheit hier in West-Berlin.»

«Ich *bin* die operative Einheit, Kappe.» Galan steht auf und rollt mit den Schultern. Man sieht förmlich, wie er seine Chance auf Rehabilitation wittert. «Auf geht's. Fangen wir an mit dem Geheimnislüften.»

«Okay. Wir nehmen Ihren Wagen», sagt Kappe und schaut auf die Uhr. «Rosi, ich mache mir Sorgen. Der Landsberger ist schon zu lange weg. Vielleicht fährst du einfach hinterher zu der Wohnadresse von der Ostermann und schaust, was da los ist?»

Der Jet wartet mit laufenden Triebwerken. General Walerian Borissowitsch Semjonow springt aus der Limousine und hastet über das Vorfeld des Flughafens Sperenberg. Auf der Treppe nimmt er zwei Stufen auf einmal.

«Los, Mann!», ruf er im Vorbeigehen dem Piloten zu. «Bringen Sie uns hoch, und dann nichts wie weg hier. Ziel Mátyásföld, Budapest, Ungarn.» Von Berlin beträgt die Entfernung zu diesem sowjetischen Militärflug knapp 900 km, Flugzeit anderthalb Stunden. Das sollte weit genug weg und gleichzeitig nahe genug dran sein. Von dort aus wird der General seine Truppen in Marsch setzten. Richtung Rhein.

In Berlin kann Semjonow im Moment nichts mehr tun. Fichte hat ihm telefonisch bestätigt, dass der Zünder scharf ist und dass er neben der Kanone Posten bezogen hat. Der arme

Idiot. Er hat keine Ahnung, dass er auf den Tod wartet. Fichte hat eine irreversible unkontrollierbare Kettenreaktion ausgelöst. Immer wenn ein Kern gespalten wird, werden zwei oder drei Neutronen herausfliegen, die zusammen wieder mehr als einen weiteren Kern spalten. So wird sich die Reaktion binnen kurzer Frist potenzieren. Innerhalb von zehn Sekunden wird es heißer sein als auf der Sonne. Dem kann selbst Berlin nichts entgegensetzen. Es verdampft. Den Menschen in der Stadt platzen die Lungen, bluten die Ohren, oder sie verbrennen gleich ganz. Egal. Das ist der Lauf der Dinge.

Semjonow holt die Kaliumiodid-Tabletten aus der Jackentasche. Er nimmt sie zur Beruhigung. Sie sättigen die Schilddrüse mit nicht-radioaktivem Jod und verhindern so, dass sich dort radioaktives Jod ansammelt. Sobald der Jet seine Reiseflughöhe erreicht hat, lässt Semjonow sich eine Flasche Krimsekt bringen und spült die Tabletten damit hinunter. Alkohol soll die Wirkung von Medikamenten ja verstärken.

Rosi knallt das Blaulicht aufs Dach des Dienstwagens und schießt los. Sie ist jetzt nicht die geübteste Autofahrerin, aber in West-Berlin fällt man mit ihrem Fahrstil überhaupt nicht auf. Hinzu kommt: Mit Blaulicht hat man automatisch Vorfahrt. Als sie mit quietschenden Reifen von der Schloß- in die Neue Christ- und dann in die Christstraße prescht, sieht sie das Rundumlicht des Krankenwagens schon von Weitem. Mehrere Streifenwagen stehen kreuz und quer auf dem Bürgersteig.

Scheiße, denkt Rosi und tritt das Gaspedal auf den letzten hundert Metern durch. Vollbremsung, Tür auf, raus, die Treppen hoch. Auf dem Absatz heben zwei Sanitäter gerade eine Krankentrage an. Darauf liegt eine blonde Gestalt, noch mit Atemmaske bleich und schön wie Schneewittchen. Sie haben Landsberger in wärmende Alufolie gewickelt.

«Bitte Platz machen!», ruft der Sanitäter.

Mit jagendem Herzen reißt Rosi ihren Ausweis hoch und

hält ihn dem Mann vors Gesicht. «Mordkommission, Habedank! Ich bin seine Kollegin! Was ist passiert?»

«Der Mann hier muss auf den OP-Tisch. Schnell.»

Rosi macht Platz, natürlich. Sie streicht Landsberger reflexartig durchs Haar, als sie ihn an ihr vorbeitragen. Seine Lider sind grau und durchsichtig. Die Stirn ist kalt und schweißnass.

«Wo bringen Sie ihn hin?», stößt sie hervor.

«Ins Westend.» Kein Berliner sagt Universitätsklinikum Charlottenburg zu dem Krankenhaus am Spandauer Damm.

Es ist kaum Blut auf dem Treppenabsatz. Die Türen aller Nachbarwohnungen stehen auf, Leute gaffen heraus. In einer Ecke packt noch der Notarzt seinen Koffer zusammen. «Bauchschuss aus nächster Nähe», sagt er leise und schnell, als er Rosis Gesicht sieht. «Innere Blutungen. Da weiß man nie.» Dann rennt er los, den Sanitätern hinterher.

War hier nicht Polizeischutz angeordnet gewesen?

Rosi wartet ein paar Sekunden, solange sie die Sirene des abfahrenden Rettungswagens hört. Soll sie hinterher? Sie kann Landsberger nicht operieren. Aber hier kann sie vielleicht etwas bewirken.

Also fragt sie den Nachbarn von Dr. Elke Ostermann, der immer noch gafft: «Haben Sie die Polizei gerufen?»

«Nee, die war schon da», sagt er und erzählt ihr mit zitternden Nasenhaaren bereitwillig die ganze Geschichte. Wie der Landsberger bei ihm geklingelt hat, die drei Kollegen heraufgekommen sind, sich die Tür geöffnet hat und dann BUMM.

«Wussten Sie, dass Ihre Nachbarin eine Pistole hat?», fragt Rosi unkonzentriert. Die ganze Zeit muss sie daran denken, wo wohl die uniformierten Kollegen geblieben sind.

«Nein.» Der Nachbar ist mindestens so blass und zittrig wie sie selbst. Seine pockennarbige Nase ist blau und vieladrig wie das Amazonasdelta. «Ich war ja auch ganz baff. Frau Dr. Ostermann ist doch beim Museum.»

Schwer atmend kommt ein uniformierter Kollege die Treppe

hinauf. «Habedank, MK6», zischt Rosi. «Woas ist denn hier für a Sauerei g'laufen?»

«Frau Habedank.» Der Kollege nimmt Haltung an. Er ist körperlich fertig, durchgeschwitzt, das Haar wirr. «Ja. Wir sollten die Frau Doktor vor einem Anschlag der Stasi schützen. Als dann aber der Kollege Landsberger kam und bei ihr geklingt hat, da hat sie einfach geschossen. Ansatzlos. Habe ich auch noch nie erlebt. Wir wussten ja nicht, dass sie eine Waffe in der Wohnung hat.»

«Zwei gestandene Mannsbilder wie Sie konnten die Ostermann nicht festhalten?»

«Die hat uns mit der Waffe bedroht und in ihrer Wohnung eingeschlossen!»

«Und? Wo ist die Frau Doktor jetzt?» Eine ungezähmte, eiskalte Wut steigt in Rosi auf.

Der Kollege sinkt auf die Treppenstufen und wischt sich den Schweiß von der Stirn.

«Die anderen suchen noch das ganze Viertel ab. Wir gehen davon aus, dass sie durch den Keller zu ihrem Auto gelangt ist und bereits auf dem Weg –»

«Mann, dann geben's die Fahndung naus! Los los!»

Der Mann springt auf, salutiert und rennt die Treppen hinunter.

«Schauen Sie sich das bitte mal an, Frau Habedank?» Ein weiterer Kollege, der sich in der Wohnung von Dr. Ostermann umgesehen hat, packt sie an der Schulter.

Rosis Knie werden weich. Sie hält sich am Türrahmen fest. Mit fliegenden Händen fummelt sie ihr Riechfläschchen mit Lavendelöl aus der Tasche. Es fällt ihr herunter. Der Polizeimeister hebt es ihr auf. «Kommen Sie.» Er stützt sie. «Setzten Sie sich erst mal hin.»

Er führt sie in einen Raum, wie Rosi ihn noch nie gesehen hat. In der Mitte steht ein bequemer Sessel. Rosi sinkt hinein. Sie tupft sich Lavendelöl unter die Nase und schließt die Augen. Sofort sieht sie die griechische Mittelmeerküste vor sich, Felsen, weiße Dörfer, blauer Himmel, endloses Meer. Es ist eine Selbsttäuschung, aber gut – für ein paar Sekunden geht das schon mal. Dann macht sie die Augen wieder auf, und – hello again, Wahnsinn.

«Haben Sie so etwas schon einmal gesehen?», fragt der Kollege.

Der Raum ist leer bis auf die beleuchteten Ausstellungsvitrinen, die sich an den Wänden entlangziehen. Und diese Vitrinen sind voll von Kunstgegenständen. Es funkelt und blitzt doller als im Jewel House des Tower of London, in dem die britischen Kronjuwelen ausgestellt sind.

«Die hat ein halbes Museum bei sich zu Hause!», sagt der Kollege.

«Die wollte das Fabergé-Ei für sich selbst haben! Hier, als Krönung ihrer privaten Sammlung», erklärt Rosi ihm, obwohl der Kollege natürlich gar nicht weiß, wovon sie redet. «Deshalb hat sie uns auch auftischen wollen, des wär a Fälschung! Ausgschamtes Luder!» Sie starrt den Kollegen an, der zurückstarrt. «Habts ihr schon die SpuSi angefordert?»

Der Mann nickt. Sicherlich, denkt Rosi auf einer höheren Bewusstseinsebene, hält der Uniformierte sie für eine durchgeknallte zugekiffte Mutti. Mechanisch steht sie auf und geht in den Flur. In einer Ecke bei der Tür glänzt das Messing der Patronenhülse. Rosi nimmt sie mithilfe eines Asservatenbeutels auf. «Schätze, 9 mm Parabellum», murmelt sie und legt die Hülse zurück. Dienstwaffenmunition. Und dann fällt der Groschen. Nicht der Maskierte hat am Checkpoint Charlie die BND-Knarre von Ottmar von Pussinske eingesteckt, sondern Dr. Elke Ostermann. Herrschaftszeiten. Die ist jetzt da draußen und hat noch drei Schuss Munition.

Das Hotel Zum Flughafen liegt hinter einem kleinen Platz mit sommerlich vertrockneten Grünstreifen, Dudenstraße, Ecke Mehringdamm. Die rückwärtige Anfahrt erfolgt über den großen

Parkplatz eines Autohändlers. Major Galans große schwarze Limousine hat eine Klimaanlage, Gott sei Dank, denn die Augustsonne knallt mittlerweile aus einem wolkenlosen Himmel auf sie herab. Ideales Flugwetter, denkt Kappe und sieht den Maschinen über Tempelhof beim Anflug zu. Erst im Mai dieses Jahres ist wieder ein Flugzeug der polnischen Airline LOT entführt und zur Landung in Tempelhof gezwungen worden. In West-Berlin heißt LOT deshalb «Landet ooch Tempelhof».

«Wir trennen uns», sagt Kappe. Nicht, dass er das Kommando übernehmen will. Aber er bewegt sich hier wenigstens in seinem Zuständigkeitsbereich. «Ich gehe von vorne rein. Sie warten hier, falls jemand über den Hof abhauen will.»

Major Galan schaut ein wenig überfordert, aber Kappe klopft ihm auf die Schulter. «Alles okay bei Ihnen? Sind Sie diensttauglich?»

«Klar.»

«Entschuldigen Sie meine Offenheit. Aber lieber etwas zu neugierig als etwas zu tot.»

Der Kunststoff der Autotürverkleidung ist so heiß, dass Kappe ihn beim Aussteigen kaum anfassen kann. «Na, dann – Glück auf!» Er bildet sich ein, dass er Galan sein schönstes aufmunterndes Lächeln schenkt. Aber Galan lächelt nicht zurück.

Die Eingangstür zum Hotel ist offen. Vorsichtig steigt Kappe die drei Treppen zum Empfang hinauf. Er biegt um die Ecke und schaut direkt in das aufgerissene Maul eines fauchenden Porzellantigers. Es riecht nach altem Frittenfett. Die Tapete hinter der Rezeption ist so psychedelisch, dass Kappe kurz die Orientierung verliert. Das ideale Rautenmuster für die Wand eines Hypnotiseurs. Er hält sich am Eichenfurnier des Schreibtischs fest und tippt auf die Rezeptionsklingel.

Eine zarte, leidlich hübsche Frau erscheint mit einem karierten Küchenhandtuch über der Schulter. «Willkommen im Hotel Zum Flughafen, was kann ich für Sie tun?» Sie strahlt ihn so naivfreundlich an, wie man es in West-Berlin selten hat, und es tut ihm fast ein bisschen leid, dass er ihr seinen Ausweis zeigen muss. «Kappe, vom LKA. Ich würde gerne Herrn Günther Neumann sprechen.»

«Der Günther – also der Günther ist gerade noch unterwegs», lächelt die Frau, zieht ihre Unterlippe zwischen die Zähne und kaut darauf herum. «Einkaufen.»

«Sind Sie seine Frau?», fragt Kappe.

«Ich bin die Janett.» Sie nickt und schaut niedlich.

Hinter Kappe poltert es plötzlich, und ein massiger Kerl schießt die Treppe hinunter Richtung Hofausgang. Kappe zieht die Waffe und will hinterher, aber bevor er sich versieht, hängt die niedliche Janett auf seinem Rücken wie ein dämonischer Kobold.

«Hey, lassen Sie das!», schreit er und versucht, sie abzuschütteln, ohne ihr allzu sehr weh zu tun. Aber sie verkrallt sich in ihn, reißt an seinen Haaren, würgt ihn mit dem Küchenhandtuch. Von draußen auf dem Hof hört er Schreie und Kampfgeräusche. Aus Mangel an Alternativen rammt Kappe Janett den Ellenbogen in die Magengrube. Sie gurgelt, aber statt loszulassen, beißt sie sich in seinem Ohr fest. Ein gemeiner Schmerz. Kappe geht in die Knie. Gemeinsam rollen sie auf dem Boden herum. Er versucht, ihre Handgelenke zu fassen zu bekommen. Sie versucht, ihm die Augen auszukratzen. Schließlich hat er sie fixiert, dazu muss er seine Waffe fallen lassen. Sie tritt die Waffe weg, will aufstehen und sich losreißen. Seine Hände sind feucht, und sie kann ihm einen Arm entwinden. Janett Neumann kommt so plötzlich frei, dass sie sich nicht mehr abfangen kann. Sie taumelt rückwärts, verhakt sich in einem Telefonkabel und knallt mit dem Hinterkopf auf den spitzesten Reißzahn im offenen Rachen ihres Porzellantigers. Mit einem dunklen Knacken halbiert sich die Figur, und Janetts Körper sackt darüber zusammen.

Schwer atmend steht Kappe auf. Blut läuft ihm über den Hals. Die Ätztussi hat ihm glatt das Ohr perforiert. Geschieht ihr recht, dass ihre eigene Dekoration ihr das Licht ausgeknipst hat. Wer sich so einen Scheiß-Tiger hinstellt, hat auch nichts anderes verdient. Kurz fühlt er ihren Puls, alles bestens. Er fesselt sie mit Handschellen an den Rezeptionsschreibtisch und atmet kurz durch. Mannomann. Dann sucht und findet er seine Dienstwaffe. Er rennt die drei Stufen Richtung Hof hinunter, reißt die Tür auf, macht sich darauf gefasst, dass Günther Neumann Major Galan ans Hoftor genagelt hat. Aber nein. Galan lehnt an seinem Wagen, die Arme verschränkt, die Krawatte sitzt vielleicht etwas schief, aber er kaut auf einem Zahnstocher herum. Er grinst, weil Günther Neumann mit gesenktem Kopf und gespreizten Armen und Beinen an seiner Autotür lehnt.

«Sie hatten mehr Glück als ich», keucht Kappe und sichert seine Waffe.

Als sie wieder zurück ins Hotel kommen, um Janett Neumann zu holen, ist die schon wieder bei sich. «Polizeiwillkür!», faucht sie ihn an. «Ihr könnt uns doch hier nicht einfach ...»

«Tätlicher Angriff auf einen Vollstreckungsbeamten», grinst Kappe und zeigt auf seine Ohr.

«Wichs mich nicht an, eh!»

«Na, na! Bleiben Sie sachlich! Kennen Sie nicht dieses alte chinesische Sprichwort, Frau Neumann?» Kappe macht ihre Handschellen von der Rezeption los, während Galan sie festhält. «Wer dem *Tiger* die Glocke an den *Schwanz* bindet, muss sie auch wieder losmachen. Das machen Sie jetzt. Auf geht's.»

«Nein!», schreit Kappe und schlägt sich vor den Kopf. Es tut weh. Aber es kann gar nicht weh genug tun. «Ich war so blöd! Diese Ostermann hat mich gelinkt!»

«Ich habe schon mit Landsbergers Mutter telefoniert», seufzt Rosi. «Sie wollte gleich mit dem Taxi ins Westend fahren. Sie bleibt da und meldet sich, wenn es etwas Neues gibt.»

Kappe schüttelt über sich selbst den Kopf. Ein absoluter Anfängerfehler, nicht alle unter Generalverdacht zu stellen. Und jetzt hat die blödeste Schicki-Micki-Zicke aller Zeiten seinem besten Freund in den Bauch geschossen. Landsberger mit seinem Charme, seinem Savoir-vivre und seiner Lebensfreude! Der Schmerz ist kaum auszuhalten. Kappe krümmt sich auf seinem Stuhl. «Die Ostermann hat die ganze Zeit die Dienstwaffe vom Pussinske in der Tasche gehabt!», brüllt er Richtung Rosi. «Die sitzt hier bei uns im Befragungsraum und labert uns was von goldenen Eiern vor, dabei will sie sich das Ding selber unter den Nagel reißen!»

Kappe tritt mit aller Kraft gegen den Schreibtisch. Der Schmerz im Zeh schießt durch seinen Körper. Rosi weicht den fliegenden Akten aus. Er springt auf, umklammert die Tischkante.

«Hey!» Rosi hebt die Hand. «Komm mal wieder runter. So darfst gar net denken, und wir müssen jetzt schnell sein.»

Kappes Fingerknöchel an der Schreibtischplatte werden weiß. Er weiß, es ist nur das Zucken seines Hypothalamus, der ihn mit Adrenalin flutet. Erhöhte Atemfrequenz und Blutdruck. Cortisollevel durch die Decke. Kampf oder Flucht. Wie in der Steinzeit. Ins Krankenhaus rennen oder in den Befragungsraum?

«Ich habe Angst, dass ich diesen Neumanns die Fresse poliere», keucht Kappe.

Rosi zuckt die Schultern. «Eh wurscht», sagt sie. «Lassen wir's drauf ankommen.»

Günther und Janett Neumann sitzen vor ihnen in dem stickigen Verhörraum wie zwei begossene Pudel. Sie halten Händchen. Es ist so ekelhaft rührend, dass Kappe sich fast nicht mehr an die Strafprozessordnung erinnern kann. Ein riesengroßer Mann und eine winzige Frau, verängstigt, aber gefestigt in dem, was man ihnen eingeschärft hat. Janett Neumann zittert am ganzen Körper, und ihr Göttergatte sagt auf jede Frage immer nur: «Ohne unseren Anwalt sagen wir gar nichts.» Und Anwälte sind an schönen Sommersonntagen natürlich schwer zu bekommen.

«War das Fabergé-Ei in dem Tresor, den wir in Ihrer Hotelgarage gefunden haben?», fragt Kappe zum dritten Mal.

«Ohne unseren Anwalt ...»

Es ist zum Verzweifeln. «Ich vernehme Sie hier nicht als Beschuldigte, Herrgott noch mal! Wenn Sie nicht kooperieren und deshalb ein Unglück geschieht, dann ist das Beihilfe. Kapieren Sie das? Sie verschwinden für den Rest Ihres Lebens hinter Gittern!»

«Ohne unseren Anwalt ...»

Wahrscheinlich wäre es einfacher, wenn die Mambo nochmal ihre Voodoo-Geister befragen würde, was in dem Tresor gewesen ist. «Dass Ihr Mann nicht der Schlaueste ist, das wissen wir ja bereits.» Der Macker plustert sich auf. Janett Neumann fängt an zu heulen, und Kappe rauft sich die Haare. «Ach, seien Sie doch still, Sie fahren sowieso ein, schon wegen der Sachen, die Sie in Frankfurt gemacht haben. Aber Ihre Frau, die lieben Sie doch? Und Sie, Janett? Sie sind doch noch jung, das Leben liegt doch noch vor Ihnen!»

Janetts Heulen wird hysterisch. Draußen klingelt schon zum zweiten Mal langanhaltend das Telefon. Rosi tauscht einen Blick mit Kappe und steht auf. «Ich geh mal dran», sagt sie. «Vielleicht ist es wichtig.»

Sie rennt zum Schreibtisch und reißt den Hörer ans Ohr. Gerade noch rechtzeitig. Es ist die Wache vom Flughafen Tegel. Seit Neuestem sind die Grenzkontrollstellen hier mit elektronischen Datenlesegeräten ausgestattet, die selbständig die Pässe und Personalausweise der 2,1 Millionen Fluggäste, die ins Ausland fliegen wollen, lesen können. Die elektronischen Terminals können in Sekunden die Personaldaten mit den Fahndungslisten des BKA abgleichen. Im letzten Jahr sind nach vorsichtigen polizeiinternen Schätzungen bundesweit 15.000 Kriminelle in die elektronische Falle getappt – meist Zechpreller oder geschiedene Väter, die Unterhaltszahlungen versäumt haben.

«Wir haben hier eine Frau Dr. Elke Ostermann für Sie», sagt die Stimme des Kollegen vom Flughafen, und die ist nun wirklich ein anderes Kaliber als ein Zechpreller. «Die haben Sie vorhin zur Fahndung ausgeschrieben.»

«Nein! Echt? Kein Zweifel? Großartig!», jubelt Rosi, und laut ruft sie um die Ecke in den Verhörraum zu Kappe: «Sie haben die Ostermann erwischt! Am Flughafen Tegel!»

«Sie wollte nach Paris fliegen und dann weiter nach Guatemala-Stadt», sagt der Mann von der Flughafenwache. «Hat das ganze Handgepäck voller Klunker. Und eine scharfe Pistole haben wir auch bei ihr sichergestellt. Wurde kürzlich abgefeuert.»

«Sie hat heute einen Kollegen angeschossen», sagt Rosi. «Ob er durchkommt, wissen wir noch nicht. Überstellen Sie sie bitte sofort in die Keithstraße. Und keine Samthandschuhe!»

Rosi legt auf. «Dieser Computer – das ist doch eigentlich was ganz Herrliches!», sagt sie zu Kappe, als sie mit einem kleinen Gefühl der Dankbarkeit ob dieses Teilerfolges zurückkommt in den Verhörraum. Aber Kappe schaut durch sie hindurch mit so einem Blick, der ihr am Rücken noch zwanzig Zentimeter aus den Schulterblättern ragt.

Kappe hat die Schnauze voll wie nie zuvor. Mittlerweile ist es früher Abend. Bei den Neumanns ist nichts zu wollen. Die Spurensicherung hat in dem ganzen Hotel Ost-Spionagetechnik gefunden. Das passt zu der Information von Cousin Hartmut, dass Neumann in der DDR aktenkundig ist. Das Hotel ist ein Stasi-Stützpunkt. Kappe würde drauf wetten. Nun ist auch der Anwalt der Neumanns eingetroffen und flüstert ausgiebig mit den beiden im Verhörraum.

Rosi und Kappe sitzen vor Dr. Elke Ostermann. Kappe ist so durch, dass verbotene Vernehmungsmethoden wie Drohungen, Folter, körperlicher Eingriff, Verabreichung von bewusstseinstrübenden Mitteln oder gar Hypnose für ihn durchaus eine Option darstellen. Warum hören sie nichts von Landsberger, muss er immerzu denken. Sicherlich ist das gut, denn wenn er gestorben wäre, hätte seine Mutter sofort angerufen. Andererseits – wie lange kann so eine OP dauern?

«Also, Frau Doktor. Sie haben uns angelogen», sagt er zu

der Ostermann. «Wir haben Ihr Polaroid mit der Aufnahme aus Ihrem Buch verglichen. Natürlich lassen wir für das Gericht noch ein Gutachten erstellen. Aber unserer Auffassung nach ist das Fabergé-Ei keine Fälschung. Können Sie das bestätigen?»

«Sehr schlau von Ihnen, Herr Kommissar. Ja, da war ich nicht ganz ehrlich zu Ihnen. Eine Fälschung ist es nicht.» Die Ostermann plustert sich selbstgefällig auf.

«Und das haben Sie uns gesagt, damit wir dem Ei weniger Priorität zumessen? Wollten Sie es sich selbst unter den Nagel reißen?»

Sie lacht bitter und wirft ihr glänzendes Haar. «Sie haben wirklich überhaupt keine Ahnung, was?»

Kappe befällt bei einem solchen Spruch natürlich augenblicklich eine Ahnung. Hatte die Ostermann nicht gesagt, ihre Familie stamme aus Leningrad? Kommunikative Manipulation ist ja Gott sei Dank keine verbotene Vernehmungstechnik. «Falls Sie meinen», sagt Kappe, «ob uns klar ist, dass die Sowjets hinter der Operation stecken – naja. Warum ist wohl der BND involviert? Das müssen Sie schon selbst einschätzen, mit Ihrem übermenschlichen Verstand.»

Rosi wirft ihm einen irritierten Blick zu, den er ignoriert.

«Ich will einen Anwalt», schnarrt die Ostermann.

«Ich hatte gehofft, dass Sie das sagen würden. Frau Dr. Ostermann, ich habe eine Überraschung für Sie: Frau Habedank und ich als LKA-Beamte, wir verlassen jetzt diesen Raum, und Major Galan vom Bundesnachrichtendienst wird Ihre Vernehmung übernehmen. Herr Galan hat keine Polizeibefugnisse, und wir dürfen mit ihm als einem Vertreter einer Bundesbehörde keine Informationen austauschen. Dafür hat Major Galan ganz andere Eingriffsrechte zur nationalen Gefahrenabwehr. Zum Beispiel haben Sie kein Recht auf einen Anwalt. Nur damit Ihnen mal die Dimension klar wird.» Kappe steht auf und schiebt seine Unterlagen zusammen. Soll der Galan sie doch fertigrühren, ihm soll's recht sein.

«Warten Sie», sagt die Ostermann, plötzlich arroganzfrei und mit niedergeschlagenen Augen.

Genervt lässt Kappe sich wieder auf seinen Stuhl fallen. «Was ist noch?»

«Mir san ganz Ohr», lächelt Rosi. Unter dem Tisch tritt sie ihm gegen's Schienbein. Aber er kann nicht mehr nett sein.

«Ich habe Ihnen gesagt, dass es sich um eine Fälschung handelt, weil das Ei umgebaut wurde», seufzt sie. «Ich habe die Mechanik der Chilischote betätigt, und anstatt des flatternden Türkisvogels kommt eine Mechanik zum Vorschein, die ich nicht verstanden habe. Und dann sehe ich die Digitalanzeige. Da habe ich verstanden, dass es sich um einen Zeitzünder handelt.»

«Mann, was quatschen Sie da?», raunzt Kappe. «Warum sollte Marina Mars im Namen der KoKo einen Zeitzünder schmuggeln? Die wollte doch bloß das Fabergé-Ei verkaufen.»

«Muss ich Ihnen jetzt die ganze Ermittlungsarbeit abnehmen, Kappe?» Langsam verschwindet das Devote wieder aus Dr. Elke Ostermann. «Marina Mars, das ist doch bloß ein dummes Schaf, die hatte meiner Meinung nach keine Ahnung, dass sich in dem Ei ein Zünder befindet. Ich habe Ihnen doch erzählt, dass sie schon morgens über den Checkpoint kommen sollte und wir dann den ganzen Tag auf sie gewartet haben. Für mich sieht das danach aus, als wurde die Zündmechanik am Dienstag erst in das Ei eingebaut. Und das hat eben länger gedauert.»

«Wir haben eine Zeugenaussage, nach der Sie und nicht der Unbekannte auf von Pussinske geschossen haben», erklärt Rosi ihr beiläufig.

«Schau an.» Dr. Elke Ostermanns Augen funkeln wie im Fieber. «Haben Sie die, ja?»

«Warum haben Sie auf den BND-Beamten geschossen? Waren Sie nicht auf derselben Seite?»

Dr. Ostermann macht ein so menschheitsverachtendes Upper-Middle-Class-Gesicht, von dem Kappe nicht gedacht hätte, dass eine kulturell interessierte Dame das überhaupt im

Repertoire hat. Frau Doktor springt auf und haut auf den Tisch. «Ottmar von Pussinske war ein Volltrottel, wann kapieren Sie das endlich!», schreit sie. «Wie kann ein erfahrener Beamter seine entsicherte Waffe einfach beiseitelegen, um sich mit einem Maskierten ein Tauziehen um ein Ei zu liefern? Das ist ja wie bei Bud Spencer und Terence Hill! Außerdem – der Pussinske hatte keine Kultur, der war einfach ein Kunstbanause. Das Ei ist ein filigraner Gegenstand von unschätzbarem Wert. Da zerrt man nicht einfach dran, bis es zerbricht! Der Maskenmann wollte das Ei, gut, sage ich zu von Pussinske, dann geben Sie es ihm. Aber nein, Pussi will den Helden spielen! Die liefern sich einen Ringkampf. Ich greif mir also seine Waffe und schreie Pussi an, er soll das Ei loslassen, verdammt nochmal, bevor noch was passiert! Aber dann – dann ist es zerbrochen! Ein einzigartiges Kunstwerk, einfach kaputtgemacht! Da habe ich abgedrückt. Von Pussinske ist umgefallen. Der andere ist abgehauen. War mir egal. Baumwollhandschuhe hatte ich eh an, um Schmauchspuren, und was Sie sonst noch so an dümmlichen Taschenspielertricks draufhaben, musste ich mir also keine Gedanken machen. Also habe ich die Waffe gleich ganz eingesteckt. Ich bin nicht gerne wehrlos.»

Kappe atmet tief durch. Ein Geständnis für eine Tat zu bekommen, die man nie hätte beweisen können – das ist immer wie ein Vollbad mit Fußmassage. Jetzt bloß kein Triumphgeheul.

«Vielleicht fällt Ihnen doch noch etwas zu dem Maskenmann ein?», fragt er betont sachlich. «Etwas, das Sie bei der ersten Befragung vergessen haben?»

Sie winkt ab. «Das war auf jeden Fall einer von drüben.»

«Ein DDR-Bürger?»

Sie nickt. «Seine Jacke hat nach Kunstleder gestunken wie nichts Gutes. Lederol oder wie man das nennt.»

Gegen Abend ruft Landsbergers Mutter endlich an. Kappe ist bei der Staatsanwältin. Das ist vielleicht auch ganz gut so, denn die Mama kann vor lauter Weinen kaum sprechen. «Die OP hat lange gedauert, der Magen und die Lunge waren perforiert», schluchzt sie. «Aber ob Wolf es wirklich schafft, das werden erst die nächsten 48 Stunden zeigen.»

«Bleiben Sie bitte stark», flüstert Rosi, weiß aber gerade selbst nicht, wie das gehen soll. Da gab es doch so einen Yogatrick. Sie stellt sich vor, dass vom Himmel Licht und Energie in sie hineinströmen, dass dieses Licht sie ganz durchflutet. Dann stellt sie sich Landsbergers Mutter vor, die gerade die Heilenergie braucht. Mit dem Ausatmen schickt Rosi ihr von Herzen her Lichtenergie zu.

Das Schluchzen am anderen Ende des Telefons wird leiser. «Bleiben Sie bitte im Krankenhaus», sagt Rosi. «Für uns alle. Wir kommen, sobald wir hier weg können.»

Landsbergers Mutter verspricht es.

Günther Neumann hat randaliert, deshalb muss er nun leider getrennt von seiner Frau auf die weitere Vernehmung warten.

Weil Kappes Trick mit den Russen so prima funktioniert hat, sagt Rosi zu Janett Neumann: «Sie konnten ja nichts dafür. Sie hatten es ja bisher nie richtig gut im Leben. Wir wissen, dass die Stasi ihren Mitarbeitern immer das Blaue vom Himmel verspricht.»

Janetts ganze Aura weicht auf. Ihre Gesichtsmuskeln entspannen sich, und sie schaut Rosi von unten her an wie ein süßer kleiner Hund, der um eine Streicheleinheit bettelt. «Sogar ein Auto sollten wir bekommen», murmelt sie, «wenn der Günther dieses goldene Ei vom Checkpoint Charlie abholt. Aber dann wurde geschossen! Richtig Angst hatte ich um den Günther.»

Rosi nickt verständnisvoll und schiebt ihr einen Yogi-Tee über den Tisch. «Das war leider nicht nur ein goldenes Ei, was Ihr Günther da abgeholt hat. Es war ein Zeitzünder für eine Bombe.»

«Was? Nein! Für ein Bombenattentat? Wann denn? Wo denn?»

«Das versuchen wir noch herauszufinden.»

«Wollte das der – aber nein, das kann ja nicht sein!»

«Der wer? Ihr – wie sagt man – Führungsoffizier?»

«Ich weiß nicht, was Sie meinen.»

«Wenn Sie mir helfen, ihn vor einem Fehler zu bewahren, wird er Ihnen dankbar sein. Wie heißt er denn?»

«Hauptmann Fichte. Jens.»

«Ist das so ein Sportlicher? Mit einer schwarzen Lederol-Jacke?»

«Ja. Schon. Aber – Entschuldigung, Frau Kommissar – ich meine, warum sollte das demokratische Berlin sich denn wegen eines Bombenzünders so eine Mühe machen, mit dem Ei und dem Schmuggel? Die RAF kann Bombenzünder doch auch in irgendwelchen Studentenbuden zusammenbauen.»

«Es ist ein besonderer Zünder», sagt Rosi. Ein Atombombenzünder halt, denkt sie.

«Haben Sie denn mal einen Russen bei sich im Hotel gesehen?», fragt Rosi weiter.

Janett nickt und fängt wieder an zu heulen. «Gestern erst. Der Jens hat sogar General zu ihm gesagt. Ich musste ihm die Füße waschen. Er hatte ganz schwielige, widerliche, weiße Hühneraugen und wollte immer, dass ich ihm die mit einem Messer ausschäle! Schrecklich, und dabei hat er gestöhnt, Frau Kommissar, ich habe wirklich schon viel mitgemacht in meinem Leben, aber das ...»

Rosi nimmt die aufgelöste Janett in den Arm. «Und hat denn der Russe etwas zu Hauptmann Fichte gesagt, was Ihnen aufgefallen ist? Was Sie sich nicht erklären konnten?»

Janett schüttelt nach Hundeart den Kopf. «Der hat ihm einen Vortrag über den Sozialismus gehalten. So nach dem Motto *Den Sozialismus in seinem Lauf / halten weder Ochs noch Esel auf.* – Ach so, warten Sie mal! Doch! Dann hat er noch gesagt: Morgen wollen wir doch in den Zirkus gehen!»

Zirkus. Rosi hält die Luft an. In West-Berlin gastiert im Moment nur ein Zirkus, und das ist der amerikanische Thunderball-Zirkus auf dem Deutsch-Amerikanischen Volksfest. Mit der menschlichen Kanonenkugel als Hauptattraktion. Sie schaut auf die Uhr. Noch eine Stunde bis zur Abendvorstellung.

«Der Tod greift nach ihr!», kreischt die Mambo Bajou. «Was habe ich gesagt?»

Mit ihrem Zylinder winkt sie Kappe von Weitem zu. Er winkt zurück.

«Ich muss ihre Mutterinstinkte angesprochen haben», sagt er schulterzuckend zu Galan. Aber er fühlt sich überhaupt nicht cool. Hunderte von blauen Rundumleuchten machen ihn ganz wuschig. Die Sirenen der Mannschaftswagen jaulen. Kappe versteht sein eigenes Wort nicht mehr. Einsatzhundertschaften haben das ganze Volksfest und den Thunderball-Zirkus abgesperrt. Hundeführer machen ihre Sprengstoffhunde einsatzbereit. Kappe muss an ein Zitat von Fritz Perls aus seinem Psychologiestudium denken: «Angst ist immer das Ergebnis einer Abkehr vom Jetzt.» Laut Lehrmeinung hat der Mensch als Steinzeitwesen drei Möglichkeiten der Reaktion auf Gefahr: Kampf, Flucht oder Erstarrung. Erstarrung hat noch nie etwas genutzt. Und rennen kann Kappe so schnell er will – der Atompilz ist schneller.

«In zwei Wochen lachen wir darüber!», brüllt Galan ihm ins Ohr. «Dann trinken wir mit Ihrem Freund Landsberger einen Martini!»

Kappe nickt und zündet sich eine Zigarette an. «Also los.»

«Achtung, Achtung! Es folgt eine Durchsage der Polizei», schnarrt es zum wiederholten Male aus einem Megafon. «Aufgrund einer polizeilichen Maßnahme werden alle Personen aufgefordert, das Festgelände sofort zu verlassen. Das Volksfest schließt für heute. Die Polizei bedankt sich für Ihre Kooperation und Ihr Verständnis. Wir wünschen Ihnen einen sicheren Heimweg.»

Seit den Tagen des Diskussionskommandos, das in den späten 60ern die Studentenproteste deeskalieren sollte, haben die uniformierten Kollegen ganz schön dazugelernt, denkt Kappe. Eine aufgeregte Menschenmenge strömt an ihnen vorbei in Richtung der Sonderbusse der BVG.

Die Entschärfergruppe des LKA, KTI 24 - Explosivstoff- und Kampfmittelangelegenheiten, ist auch schon vor Ort. Major Galan geht mit Kappe hinüber zur Fachgruppe 1 - Entschärfung unkonventioneller Spreng- und Brandvorrichtungen. Sie weisen sich aus.

«Sie sind die ermittelnden Beamten?», fragt der diensthabende Fachgruppenleiter, ein Arved Muckler, jung-dynamischer Doktor der Chemie. Mit Tornadobrille, Todesverachtung und blonder Vokuhila-Matte sieht er aus wie ein Auslaufmodell der West-Berliner Unterwelt.

Als Kappe nickt, kommt Muckler erst richtig in Fahrt: «Ab hier übernehmen wir!», knallt er raus. «Wir verfügen über Akademiker verschiedener Fachdisziplinen, Ingenieure, Laborfachpersonal und technische Assistenten.»

«Glückwunsch!» Kappe schaut auf die Uhr und tauscht einen Blick mit Galan.

«Für die qualifizierte analytische ABC-Erkundung bilden wir jetzt erst mal eine Analytische Task Force», schwadroniert Muckler mit großer Geste in Richtung seines Einsatzwagens.

«Sie sind doch der Dr. Muckler, der die dienstinterne Entschärfungsverordnung ausgearbeitet hat, oder?», fragt Kappe und zieht an seiner Zigarette.

«So ist es! Unsere Abteilung hat qualifiziertes analytisches Fachwissen im Umgang mit Gefahrstoffen. Ich bin in der Lage, Gefahrensituationen fundiert aufzuklären und zu beurteilen.»

«Wie schön! Dann kennen Sie sicher diesen alten James-Bond-Film *Goldfinger*?», fragt Kappe und schiebt sich zwischen Galan und Dr. Muckler, um dem Doktor einen gewaltige Wolke von Zigarettenrauch ins Gesicht zu blasen.

Muckler starrt ihn interessiert an und wedelt den Rauch weg. «Kenne ich», sagt er.

«Tut mir leid. Bei der Mordkommission müssen wir rauchen, da haben wir nämlich diese als Zigarette getarnten James-Bond-Spielereien im Einsatz.» Kappe zwinkert ihm zu.

«Och, Sie wollen mich nur hochnehmen!», sagt Muckler, strahlt, setzt mit großer Geste die Tornadobrille ab und tippt Kappe auf die Brust, als wären sie jetzt beste Freunde. «*Goldfinger* ist mein Lieblingsfilm! Dieses Ironische! Ich liebe Pussy Galores Flying Circus! – Sie wissen schon: ‹Das Baby schläft! Ich wiederhole: Das Baby schläft!› Aber was hat das mit unserer Lage hier zu tun?»

«Ist es nicht ein Zufall?», sagt Kappe. «In *Goldfinger* kommt auch ein Zirkus vor! Aber dieser Showdown in Fort Knox, erinnern Sie sich? Da ist ja eine Atombombe in einer Alukiste. Bond bricht sie auf. Er sieht einen vollkommen unüberschaubaren Mechanismus aus Lampen und Rädern und Drahtbündeln. Schweißüberströmt fummelt er herum, kann die Bombe nicht entschärfen. Mit 14 Sekunden auf der Uhr entschließt er sich, ein Bündel grauer Drähte durchzureißen. Er zerrt daran. In letzter Sekunde wird das von einem Atombomben-Spezialisten der CIA verhindert. Der stoppt den Countdown dann durch banales Umlegen eines Schalters. Der Zeitzünder zeigt 007 – also noch sieben Sekunden bis zur Explosion. Bonds Kommentar: ‹Was hat Sie aufgehalten?› Wissen Sie noch? Zum Piepen!»

«Ja! Wahnsinn! Ich meine, eine Atombombe entschärfen, das wäre der Höhepunkt meiner Beamtenlaufbahn!» Muckler ballt eine Boris-Becker-Faust, seine Ohren färben sich vor Eifer rot.

«Könnten Sie das denn?», fragt Kappe.

«Theoretisch. Gemacht habe ich es noch nicht.» Muckler kichert albern. «Na, wer hat das schon! Aber unsere Dienststelle verfügt im Bereich der ABC-Erkundung über moderne und komplexe stationäre und mobile Technik zur Detektion, Messung und Analyse radiologischer und chemischer Stoffe. Dazu gehört auch die Ferndetektion von Giftstoffen. Mir steht neben moderner Geräteausstattung ein Sicherheitslabor zur Verfügung, in dem ich *Chemical warefare agents* und hochtoxische Substanzen unter entsprechenden sicherheitstechnischen Bedingungen analysieren kann.» Muckler leiert seinen Text herunter wie ein lebendes Einsatzhandbuch. Er winkt mit einem kleinen gelben Gerät, kaum größer als ein Funkgerät, das vor sich hin knarrt und knattert. «Mit diesem Dosimeter für den Militäreinsatz kann man zum Beispiel das angereicherte waffenfähige Uran-Isotop U-235, das für eine Bombe ...» Dann fällt ihm etwas auf. Muckler stutzt, er schaut sich irritiert um. «Wo ist denn Ihr Kollege vom BND geblieben?»

«Sie halten uns jetzt hier den Rücken frei, Muckler!», zischt Kappe. Dann wirft er die Zigarette weg, reißt Muckler das Dosimeter aus der Hand, dreht sich um und rennt.

Aus dem Augenwinkel sieht er noch, wie Muckler seinen glimmenden Zigarettenstummel am Boden kritisch beäugt.

Der Himmel färbt sich abendlich graublau. Kappe findet Galan nach kurzem Suchen hinter einem Wohnwagen. Er hat seine Waffe gezogen.

«Der Clown da», flüstert er und zeigt mit dem Kinn auf einen Mann mit kariertem Anzug und roter Nase, bewacht die Kanone.»

Die Kanone ist ein martialisch glänzendes Gerät zum Abschuss der menschlichen Kanonenkugel – groß wie eine Panzerhaubitze. Sie sieht funkelnagelneu aus. Der Clown lungert am Abschussrohr herum und raucht Kette.

«Entweder der Typ ist ein Selbstmörder, oder er weiß nicht, worauf er da aufpasst», zischt Kappe.

«Oder wir irren uns, und es ist gar nicht unsere Atombombe», flüstert Galan zurück.

«Irrtum gilt in der Psychologie als logischer Fehler», murmelt Kappe und hält Galan das quietschende, knarrende Dosimeter unter die Nase.

Galan kramt Rosis Plastikröhrchen mit Globuli aus der

Hosentasche, kippt sich alle auf einmal in den Mund und spült mit einer Flasche Klosterfrau Melissengeist nach. «Es gibt nur einen Weg, das herauszufinden», sagt er, schüttelt sich und steht auf. Mit seinen breiten Schultern, dem tiefschwarzen Maßanzug und der Pistole sieht er beeindruckend entschlossen aus.

Galan tritt hinter dem Zirkuswagen hervor. «Bundesnachrichtendienst!», schreit er in Richtung des Clowns. «Hände hoch und weg von der Kanone!»

Der Clown hat aus dem Nichts eine Waffe in der Hand. Sein Hut fliegt weg. Ein Schuss peitscht. Galan hechtet zur Seite, rollt hinter einen Heuballen. Kappe lugt hinter dem Wohnwagen hervor. Der Clown ist nicht mehr zu sehen.

«LKA Berlin!», ruft Kappe. «Das Gelände ist umstellt! Kommen Sie mit erhobenen Händen heraus!»

Hinter der Kanone hervor ertönt ein böses Lachen. «Verpissen Sie sich und nehmen Sie Ihre ganze Kampfsportgruppe hier mit!», blökt eine militärisch-harte Stimme. «Das ist ein Befehl. Und wenn Sie meinen Befehl nicht sofort ausführen, dann sind Sie die längste Zeit gerade in der Mitte gewesen!»

«Wer sind Sie, dass Sie der Polizei West-Berlin Befehle erteilen wollen?», gibt Kappe zurück.

Der Mann brüllt vor Lachen. «Mann, Sie Hirni, wer hat hier die Bombe, hm?»

Eine Salve aus einer halbautomatischen Maschinenpistole zerfetzt die Ecke des Wohnwagens. Kappe fliegen die Holzsplitter um die Ohren. Mach es wie beim Diskussionskommando, sagt eine Stimme in seinem Hinterkopf.

«Ich heiße Kappe, Peter Kappe!», schreit er. «Ich bin 39, geschieden, eine Tochter. Was würde Ihre Familie sagen, wenn die wüsste, was Sie hier machen?»

«Negativ! Keine Familie!», brüllt der Mann zurück. Kappe hört am Ton sofort, dass es gelogen ist. «Ich verteidige hier den Sozialismus. Meine Front, mein Abschnitt, meine Ehre, mein Kampfplatz für den Frieden!»

«Lebt Ihre Familie in Berlin?», fragt Kappe. Er sieht, dass Galan sich in Bewegung setzt, um einen Haken zu schlagen.

«Rücken Sie ab, Mann!»

Wie lange haben sie noch Zeit? Kappe strömt der Schweiß über den Nacken. «Was sind Sie – ein Offizier? Dann haben Sie doch bestimmt eine lange Ausbildung hinter sich. Und wenn Sie das wirklich durchziehen und Ihre Atombombe hier direkt über uns hochgeht, dann war alles umsonst. Dann sind wir alle hin. Nicht nur Sie und ich. Auch Ihre Mutter und Ihr Vater – alle nur noch Asche. Haben Sie schon mal Bilder aus Hiroshima gesehen?»

Hinter der Kanone herrscht plötzlich Stille. Die Stille ist so massiv, dass Kappe befürchtet, der Typ könnte Galan wegschleichen hören. Nur das Dosimeter knarrt.

«Ballungsräume neutralisieren, dann die Kapitulation erzwingen – ist das der Plan?», ruft er.

Aber es kommt keine Antwort. Also entsichert er seine Pistole und steht langsam auf. «Es wird sein, als ob die Sonne vom Himmel fällt», sagt Kappe. «Ein Blitz, und dann kocht die Haut Ihrer Mutter an ihrem Körper. Wohnt sie in Mitte? Dann verdampft sie, oder sagt man verbrennen? Der Schatten Ihrer Mutter wird sich bei 6.000 Grad Hitze in die Wand ihres Wohnzimmers einbrennen. Als ob der Tod ein Foto macht. *Over and out*, Mann! Dann kollabiert das Haus, und der Wind weht die Asche Ihrer Mutter weg. – Oder wohnt Ihre Familie weiter außerhalb? Oranienburg? Dann können Sie mit Glück morgen ihre Knochen einsammeln! Wollen Sie das?»

Stille.

«Hey, sind Sie noch da?», ruft Kappe, dem langsam der Text ausgeht.

«In der Schule haben wir *Die Kinder von Hiroshima* gesehen», sagt die Stimme. Sie wackelt kurz, dann wird sie wieder strikt. «Sie vermuten, die Bombe ist eine Atombombe? Bestätigen Sie!»

«Positiv!», schreit Kappe. Hinter sich hört er das Klicken, mit dem viele schwere Waffen entsichert werden. «Hat man Sie nicht ins Bild gesetzt? Sie töten ein paar Millionen Menschen, für nichts und wieder nichts!»

«Ha!» Ein Schuss peitscht in Kappes Richtung. «Jedes Jahr sterben Millionen Kapitalistenschweine wie Sie an Herzverfettung, das interessiert keine Sau!»

Kappe wischt sich den Schweiß aus den Augen. Der Sekundenzeiger rennt über das Ziffernblatt seiner Uhr. Seine Gehirn schwimmt ihm völlig losgelöst durch den Schädel.

«Hier geht es doch um Sie! Was wollen Sie? Was sind Sie für ein Mensch?», schreit er.

Als Antwort fliegt ihm eine Maschinenpistolensalve um die Ohren.

«Okay. Sie sind ein Honecker-Scherge. Verstanden. Danke für die Vorführung.»

«Peter Kappe, ja?» Die Stimme des Mannes überschlägt sich. «Überlegen Sie sich Ihren nächsten schlauen Spruch ganz genau, Kappe – es könnte Ihr letzter sein!»

Es ist 20.28 Uhr. Die Zirkusvorstellung hätte um 20 Uhr anfangen sollen – zu wann würde man einen Zeitzünder einstellen, um einen maximalen Effekt zu erzielen?

«Mir reicht's jetzt.» Kappe nimmt das Magazin aus seiner Waffe, legt sie auf den Boden und lässt sie in Richtung der Kanone über den Boden rutschen. «Ich komme jetzt zu Ihnen rüber, und wir beide werden den Zeitzünder ausstellen und diesen Wahnsinn beenden.»

Mit hoch erhobenen Händen tritt Kappe neben den Wohnwagen. Kurz muss er an seine Mutter denken. Aber es ist sowieso egal. Wenn er das jetzt macht, stirbt er vielleicht. Wenn er es nicht macht, stirbt er ganz sicher. Er hält das klickende knarzende Dosimeter hoch. «Hier», sagt er, «ist Ihr Beweis! Es ist eine Atombombe!»

«Bleib, wo du bist, Scheiß-Fascho!» Der Clown mit der Maschinenpistole macht einen Schritt seitwärts, und schon ist er aus der Deckung der Kanone heraus. Vielleicht 30, schätzt Kappe.

Ein harmloses, unauffälliges Gesicht. Die weiße Schminke ist verlaufen.

«Ein weiterer Beweis ist, dass Sie hier sind und gleich krepieren, und Ihr Auftraggeber ist weit weg in Sicherheit!», ruft Kappe.

Der Mann legt mit der Maschinenpistole auf Kappe an. «Maul halten!», brüllt er.

Kappe hält die Luft an und macht einen Schritt vorwärts. «Meine Familie lebt in Amerika, wissen Sie? Sie wollen ganz Berlin in Schutt und Asche legen? Na, bitte schön. Nur zu!»

In Zeitlupe sieht Kappe, wie sich der Finger des Mannes am Abzug krümmt. Kappe fühlt sich plötzlich so leicht. Unbeschwert. Er hat alles versucht. Keine Rechnungen mehr offen. Alles erledigt. Er kann gehen.

Es knallt.

Das Dosimeter fällt ihm aus der Hand. Kappe schaut an sich herunter. Noch kommt kein Blut. Im nächsten Leben, denkt er, mache ich einen Blumenladen auf. Dann ist der Boden plötzlich da, und der Boden stinkt nach Kamelscheiße. Lautlos schlägt das Jaulen der Polizeisirenen über Kappe zusammen, und alles verliert seinen Sinn.

«Kappe!» Galan sitzt auf seiner Brust und schüttelt ihn.« Jetzt nicht schlapp machen hier!»

«Wie – wie lange ...?»

Galan zerrt ihn auf die Füße. «Nur ein paar Sekunden.»

Neben der riesigen Kanone liegt der karierte Clown. Ein paar Sanitäter stürzen auf ihn zu.

«Ist er ...?», fragt Kappe.

«Ich hab ihm den Totempfahl vom Wahrsager-Zelt übergezogen.» Galan strahlt.

Dr. Arved Muckler ist auch schon da. «Ach, herrje!», seufzt er und hebt sein Dosimeter auf.

Kappe steckt seine Waffe ein. «Los jetzt!»

Galan geht um die Kanone herum.

«Ich würde diese Klappe probieren», sagt Muckler. Er öffnet einen Metalldeckel von der Größe eines Tankdeckels.

Kappe prallt zurück. Da ist der obere Teil ihres Fabergé-Eis.

Und die roten Ziffern der Digitalanzeige zeigen *000:00:52*.

«Na, los», flüstert Kappe. «Tun Sie was, Muckler!»

Die Anzeige springt stoisch um auf *000:00:51*.

«Ich?» Die Augen hinter Mucklers Tornadobrille werden groß und panisch.

000:00:50

«Weg hier!» Galan schiebt sie beiseite. Eine eigenartige Konzentration hat sich auf sein Gesicht gelegt. Er greift in die Luke und dreht den Zünder. «Zweimal sieben Drähte!», murmelt er.

«Wir sind geliefert!», japst Dr. Muckler.

«Bringen Sie die Leute hier raus!», schreit Kappe ihn an, und Muckler wirbelt herum, froh über die Ablenkung durch die Aufgabe. Es bricht Hektik aus, dann wird es ruhig um sie herum. Kappes Mund ist trocken, und sein Kopf ist auch noch nicht wieder ganz der alte.

«Ich erzähle Ihnen jetzt ein bisschen was über das Bombenentschärfen», sagt Galan und zieht einen Seitenschneider aus der Tasche seiner Anzugjacke. «Erstens, elektronische Zünder funktionieren auf der Basis elektrischer Schaltkreise, die nach einer voreingestellten Zeit einen elektrischen Impuls triggern und so die Detonation auslösen. Zweitens, bewahren Sie immer eine positive Einstellung. Ihr Überleben hängt davon ab.»

«Drittens», ergänzt Kappe. «Führen Sie immer einen Seitenschneider mit sich.»

Galan nickt. «So. Hier. Viertens, merken Sie sich diese Serien-Nummer des Zünders.»

Kappe starrt in die Klappe wie ein Schwein ins Uhrwerk. «Haben Sie die Bedienungsanleitung gelesen?», flüstert er fassungslos.

«Ganz ruhig. Bei einem Zünder mit zweimal sieben Drähten müssen alle Kabel durchtrennt werden», erklärt Galan, aus seinem Haaransatz treten Schweißperlen. «Das Wichtigste ist die Reihenfolge. Der erste Draht richtet sich nach dem Zeitraum, in dem der Zünder gefertigt wurde. Die letzte Ziffer der Serien-Nummer ist ...?»

«Sieben.»

«Also Ende 1981.» Galan hebt den Seitenschneider. «Dann ist das unser erster Draht.»

Es klickt, als er ihn durchknipst. Der Countdown zählt unbeirrt weiter herunter. Noch 38 Sekunden.

«Der zweite Draht muss eine andere Farbe haben als der Draht, der dieselbe Farbe hat wie die Schnittstelle an der Unterseite», sagt Galans Stimme wie von weit her. «Welche Farbe ist das, Kappe? – Kappe! Welche Farbe!»

Kappe reißt sich zusammen. Er bückt sich und sieht eine Robotron Schnittstelle EFS-39. Kennt er von Ost-Computern, die sie beschlagnahmt haben. «Schwarz?», sagt er.

«Okay, der zweite Draht ist nicht schwarz. Merken Sie sich das. Vorletzte Ziffer der Serien-Nummer?»

«Eins.»

«Gut. Weiter. Der dritte Draht muss die gleiche Farbe haben wie der Draht, der sich in der ersten Anschlussposition befindet. Das ist gleichzeitig der vierte Draht. Der fünfte Draht muss einen schon durchtrennten Draht direkt oberhalb haben. Die Farbe des sechsten Drahtes ist nicht schwarz.» Galan zögert.

Kappe erinnert sich, dass er in der Schule nur ein mittelprächtiger Sprinter gewesen ist. Trotzdem, auch bei 8 Sekunden auf fünfzig Metern könnte er noch knapp dreihundert Meter zwischen sich und hier bringen, bevor ...

Plötzlich leuchtet Galans Gesicht auf. «Alles klar! Der siebte Draht muss die gleiche Farbe haben wie der erste, aber – und das ist wichtig! – wir dürfen keine zwei benachbarten Drähte nacheinander durchknipsen, und auch niemals zwei gleichfarbige Drähte direkt nacheinander! Und vorsichtig beim Durchknipsen, manche von den Dingern gehen schon bei Berührung los.»

Galan schenkt Kappe mit schweißnassem Gesicht ein sardonisches Grinsen. Sein Seitenschneider fliegt über die zweimal sieben Drähte. Mit jedem Knipsen glaubt Kappe, das Herz bleibt ihm stehen. Es hat sich mit dem Countdown synchronisiert. Jeden dritten Herzschlag eine Sekunde Lebenszeit weniger.

Plötzlich steht die Digitalanzeige.

Sie steht einfach still.

Kappes Herz schlägt ins Leere.

Die Uhr zeigt *000:00:06*.

Sechs Sekunden. 006. So wie – wie MK6! Es ist erstaunlich, dass Kappes erster Gedanke seiner Dienststelle gilt. Sein zweiter Gedanke gilt Rosi. Dass er stattdessen Major Galan um den Hals fällt und sie jubelnd durch die Gegend hopsen, als hätten sie das Endspiel der Fußballweltmeisterschaft gewonnen, das müssen ihm später die Kollegen erzählen. Es gibt auch Fotos davon. Keine Ahnung, woher der Bolp vom *Berliner Blitz* das schon wieder gewusst hat.

«Der Festgenommene leistete keinen nennenswerten Widerstand.

Er gab an, sein Name sei Jens Fichte, Mitarbeiter des Ministeriums für Staatssicherheit der DDR im Range eines Hauptmanns zur besonderen Verwendung. Zur Überprüfung seiner Personalien wurde er mittels Funkwagen zum Polizeirevier verbracht.

Auf der Fahrt zum Polizeirevier, die etwa zehn Minuten dauerte, versuchte der Angeklagte, mit den Polizeibeamten ein politisches Gespräch zu führen. Er bemühte sich, den Beamten darzulegen, dass eine akute faschistische Gefahr in der Bundesrepublik Deutschland und in der selbstständigen politischen Einheit West-Berlin, die er beide als faschistische Staaten bezeichnete, bestehe. Dabei wies er auf die Hörigkeit gegenüber den ‹imperialistischen› USA, die Notstandsgesetze und die sogenannten Berufsverbote hin. Er zog Parallelen zu den Verhältnissen in der DDR. Er erklärte, dass die Polizeimethoden in West-Berlin schon dieselben seien wie in der DDR. Die Polizeibeamten ließen sich auf kein

Gespräch mit dem Festgenommenen ein. Der Festgenommene gab an, dass er nur Befehle ausgeführt habe. Für sein Verhalten sei ausschließlich die politische Führung der Union der Sozialistischen Sowjetrepubliken verantwortlich zu machen. Dorthin solle man sich wenden, wenn man weitere Auskünfte wünsche. Er erwarte sowieso ein Tribunal gegen ihn als ‹roter Sau›. Daraufhin erfolgte die Überstellung zur weiteren Befragung und Begutachtung der Schuldfähigkeit an die Hauptstelle für Befragungswesen des Bundesnachrichtendienstes in West-Berlin.»

ZWEI WOCHEN SPÄTER

DAS KRANKENHAUS WESTEND sieht von Weitem aus wie ein Königsschloss, das rechts neben der A100 aus dem frühherbstlichen Dunst auftaucht. Kappe hat sich den Käfer seiner Eltern geborgt, damit er nach dem Schießtraining rechtzeitig im Krankenhaus sein kann. Er parkt auf dem Krankenhausparkplatz am Spandauer Damm. Der Weg zum Haupteingang ist nicht lang genug, um grüblerisch zu werden, aber lang genug, um sich reichlich Angst vor dem Wiedersehen mit Landsberger einzugestehen. Wird er je wieder arbeiten? Wird er für immer traumatisiert sein?

Kappe fragt den Pförtner nach dem Weg zur Station. Das Gelände ist weitläufig, fast wie ein Park. Die ersten Bäume verlieren schon ihre Blätter. In den hübschen Backsteinbauten hasten Rotkreuz-Schwestern mit Hauben und weißen Schürzen über die Gänge, dazu bärtige langhaarige Ärzte.

Es ist der erste Tag, an dem Landsberger offiziell Besuch empfangen darf. Vor seinem Krankenzimmer sitzt ein Polizist in Uniform, denn bei der Stasi weiß man ja nie.

Der Uniformierte grüßt Kappe, aber der sieht gerade noch Landsbergers jugendlich-braungebrannten Arzt um die Ecke biegen. Der Typ sieht aus wie einer, der keine Langzeitstudenten mag, dann aber plötzlich feststellt, dass er selbst bereits im 20. Semester ist.

«Wie geht's denn dem Kollegen heute?», fragt Kappe.

Der Arzt rückt sich zurecht. Wenn er spricht, wird alles an ihm akademisch: Das Gesicht, die Hände, sogar die Schultern hält er so, wie es nur ein gelernter Gott in Weiß tut. Besser geht es

Landsberger, das liest Kappe heraus, auch wenn das meiste, was der Arzt ihm überkübelt, in Latein ist. Kappe hat das Gefühl, jetzt sofort rauchen zu müssen. Aber dann greift er doch nach dem Bügel der Tür zu Landsbergers Zimmer und zieht sie auf.

Natürlich kommt er als Letzter. Das Krankenzimmer ist ein kahler, schmerzhaft weißer Raum mit einer hohen Decke und langen, schmalen Fenstern mit undurchsichtigen Scheiben. Landsberger liegt viel zu schmal und blass in einem großen Haufen schneeweißer Bettwäsche. Das Krankenbett erinnert Kappe an ein Gefängniskrankenhaus. Aber überall stehen Vasen mit bunten Herbstblumensträußen, die vermutlich Rosi mitgebracht hat. Sie sitzt rechts vom Bett und sieht sehr erleichtert aus. Links sitzt Major Galan auf einem Plastikduschhocker.

Nur Harry Engländer, der Chef der MK6, lehnt auf Hochglanz poliert am Fensterbrett. «Na, hören Sie mal, mein Junge – der Schmerz hilft bei der Heilung!», schwadroniert er gerade los, die Hände über seinem strammen Bauch verschränkt.

Landsberger hebt matt die Hand und lächelt Kappe zu. Kappes erster Reflex ist es, ihn auf die Stirn küssen zu wollen wie einen viel zu zarten kleinen Bruder. Aber das wäre natürlich nicht angemessen. Also drückt er ihm die matte Hand und legt das Päckchen mit der Klassik-Kassette für Landsbergers Walkman auf den Nachttisch.

«Der Arzt sagt, es geht dir besser?», fragt er tonlos.

«Da war ja praktisch alles perforiert, was man so perforieren kann!», strahlt die Rosi. «Aber der Arzt hat's ihm wieder zamgenäht.»

«Dem Tod von der Schippe gesprungen», lächelt Landsberger leise. «Wird noch ein bisschen dauern, bis ich wieder arbeiten kann.»

«Landsberger, in Berlin dauert eben alles ein bisschen länger!», donnert Engländer. «Nehmen Sie sich die Zeit, die Sie brauchen.»

Kappes Gehirn liegt ihm so schwer und durchstoßen im

Kopf wie eine Olive im Martini. Dass Landsberger überhaupt schon wieder ans Weiterleben, geschweige denn ans Arbeiten denkt, das ist ihm für den Moment Glück genug.

«Und ich habe Ihnen auch etwas mitgebracht, Kollege Landsberger!» Major Galan hält eine Jutetüte hoch. «Zwei exzellente Fotokalender für das neue Jahr aus unserem Leitungsstab Kommunikation. Falls Sie Tiere mögen, habe ich Ihnen *Die Hunde des BND* mitgebracht. Alles Fotos von Schutzhunden, die unsere Außenstellen bewachen. Oder hier – in Hochglanz und Großformat: *Eindrücke aus den BND-Dienststellen 1983*! Mit stimmungsvollen Nachtfotos unserer Abhöranlagen und Sicherheitszäune.»

«Vielen Dank», lächelt Landsberger. «Das ist vielleicht etwas für Ihr Büro, Herr Engländer?»

Engländer strahlt. «Natürlich! Ich meine, wenn Sie gestatten? Die würde ich mir sehr gerne mitnehmen. Wenn so etwas schon von unseren Steuergeldern produziert wird.»

Kappe zieht ein Bündel Postkarten aus Wiesbaden aus der Hosentasche. «Sagen Sie mal, Herr Engländer, hatten Sie eigentlich etwas hiermit zu tun?»

«Ach, das! Naja ... das war eine Idee von unserem Lehrgangsleiter! Motivation! Die Teilnehmer sollten reihum gute Argumente für die eDV-Einführung nach Hause an ihre Teams schicken. Ein bisschen albern, oder? Schließlich kann ich Sie auch per Dienstanweisung motivieren. Und wie Sie ja bei diesem Fall gesehen haben, sind Computer wirklich eine große Hilfe!»

«Die Zeit lässt sich nicht zurückdrehen», zuckt Kappe mit den Achseln.

«Aber das ist doch gar nicht Ihre Handschrift?», fragt Rosi. «Und waren Sie nicht in Bonn?»

«Um die Aufmerksamkeit zu erhöhen, haben wir immer nur die Texte für die anderen Teams geschrieben. Und ein Bote hat die Karten dann in Wiesbaden eingesteckt. Damit Sie auch wirklich was zum Grübeln haben.» Engländer amüsiert sich köstlich.

«Hier habe ich noch etwas ganz Besonderes zum Lesen für Sie!» Major Galan hält ein rotes Taschenbuch hoch, dann gibt er es Landsberger. Das Werk heißt *Mr. Dynamit – Morgen küsst euch der Tod*. Untertitel: *Ein eiskalter Reißer*.

«Das wurde mit Lex Barker verfilmt. Die Figur des Mr. Dynamit soll an mich angelehnt sein», grinst Galan verlegen. «Wie ich früher war. Geht um einen BND-Agenten, der für die CIA einen verschwundenen Atomsprengkopf wiederfindet. Leider passiert im richtigen Leben beim BND ja in einem Jahr nicht so viel wie in diesem Roman in ein paar Tagen.»

«Hat dieser Mr. Dynamit auch eine Jutetüte?», frotzelt Kappe.

«Das nicht, aber er kann Sachen entschärfen. Und er hat seinen eigenen Drink, den Dynamit. Vier Teile Bourbon, ein Teil trockener Wermut.»

«Gell, Sie machen scho an Entzug, Herr Major?» Rosi droht ihm mit dem Zeigefinger.

«Versprochen, Frau Habedank.»

«Mir ist übrigens jetzt auch klar geworden», sagt Kappe zu Rosi, «warum der Stasi-Kontakt von meinem Cousin Hartmut uns nur den Günther Neumann namentlich benannt hat und nicht den Hauptmann Fichte. Da läuft so ein Ost-West-Ding. Der Neumann ist nämlich Wessi und damit selbst als IM noch eine Kapitalistensau. Der Fichte ist Ossi und deshalb ein verdienter Kämpfer für den Sozialismus.»

Engländer seufzt. «Ich würde so gerne an die Wiedervereinigung glauben. Aber möchte man mit dem Gesocks überhaupt wiedervereinigt werden?»

«Das sehen die andersherum bestimmt genauso.» Kappe wendet sich an Landsberger. «Frau Dr. Ostermann wird übrigens auf absehbare Zeit hinter Gittern verschwinden. Der Mord ist das eine. Aber sie hatte auch in ihrer Wohnung ein Konvolut aus über 1.500 Museumsobjekten. Keramiken, Steinplatten, Gefäße. Darunter Teile aus der Sammlung Heinrich Schliemanns.»

«Wie ist sie da rangekommen?» Landsberger schüttelt matt den Kopf.

«Das Berliner Museum für Vor- und Frühgeschichte befand sich vor dem Krieg im Martin-Gropius-Bau», fasst Kappe zusammen. «Nachdem der 1945 bombardiert worden war, lagen viele Ausstellungsstücke einfach in den Trümmern herum. Dort war Buddeln Volkssport. Jeder konnte sich bedienen. Man fuhr einfach in die Stresemannstraße und suchte im Schutt des Martin-Gropius-Baus nach archäologischen Stücken aus der Sammlung. Ein großer Teil dürfte für immer verschwunden bleiben. Angeblich hat Elke Ostermanns Mann sein Vermögen mit dem Verkauf zahlreicher Stücke auf dem Schwarzmarkt gemacht. Mit dem Rest hat sie einfach apart die Wohnung dekoriert.»

«So a Mistamsel», murmelt Rosi kopfschüttelnd.

«Hat der Fichte vom MfS, den ihr auf dem Volksfest festgenommen habt, denn jetzt gesagt, wer ihn zum Checkpoint Charlie geschickt hat?», fragt Landsberger.

Kappe nickt. «Der singt wie ein Türkisvogel. Es waren aber weder die Zonis noch der Beutelteufel von der KoKo.»

«Fichte hat direkt mit einem durchgeknallten sowjetischen General zusammengearbeitet», sagt Major Galan. «Namen darf ich Ihnen leider nicht nennen. Aber wenn Sie in der Tagespresse lesen, wer gerade nach Sibirien abkommandiert worden ist, kommen Sie von selbst drauf.»

«Schluss mit den Schauergeschichten!», donnert Harry Engländer. «Ich bin stolz darauf, wie Sie die Großlage ohne mich gemeistert haben. Sie wissen schon, dass der Regierende uns eine Limousine schicken will? Mittagessen im Rathaus! Der Senat von Berlin will uns persönlich für unseren Einsatz danken.»

«Aber das war doch selbstverständlich», sagt Kappe erstaunt.

«Ich weiß, aber der Senat weiß es nicht.» Engländer lacht so dröhnend, dass es durch das ganze Krankenhaus schallt.

«Ich hoffe bloß, ich bekomme da was zu trinken», seufzt Major Galan und zwinkert Rosi zu.

«Ich habe den Chef der Senatskanzlei informiert, dass wir für drei Personen Alkohol brauchen», sagt Engländer und klopft ihm jovial auf die Schulter.

«Wer sind denn hier die anderen beiden Säufer?» Galan sieht sich neugierig um.

«Welche anderen beiden Säufer?», fragt Engländer zurück.

Sie lachen so sehr, dass Landsberger japst, er hätte Angst, dass ihm die OP-Naht wieder aufplatzt.

Als die Besuchszeit vorbei ist, fragt Kappe Rosi draußen auf dem Gang, ob er sie mit dem Käfer nach Hause fahren darf. Natürlich kann sie auch nein sagen, das muss er einkalkulieren. Doch sie sieht in der Abendsonne so ruhig und gleichzeitig so seltsam schön aus.

«Aber du musst doch in die ganz andere Richtung?», fragt sie.

«Ist das nicht immer so im Leben?», fragt Kappe und nimmt ihre Hand.

Es ist, als ob die Luft Feuer fängt.

Als er den Wagen startet, läuft im Radio *We Have All the Time in the World.*

FAKT UND FIKTION

FAKT IST, dass ich vielen Menschen für dieses Buch zu danken haben:

– dem «neuen» Jaron-Verlag in Person von Arnt Cobbers dafür, dass er diese Reihe fortsetzt und mich damit betraut hat.

– dem Writer's Coaching, insbesondere den Freundinnen und Kolleginnen Carola, Ramona, Bianka Maria, Nicole und Ina für eine echt rührende moralische, technische und lebenspraktische Unterstützung.

– meiner Schwester Svenja Kerwien für «Dackelspaß» und mehr.

– Claudia Johanna Bauer für ihr Gesamtwerk als Coach und in diesem Fall besonders für den «running Spannungsbogen», der als Postkarte durch diesen Text flitzt.

– Herrn Pfau von der Polizeihistorischen Sammlung Berlin, der mir Einblick in die sehr komplexe und teure eDV-Einführung bei der West-Berliner Polizei in den 70er- und 80er-Jahren gab (ungewöhnliche Schreibweisen für Computer-Fachbegriffe wie «eDV» oder «on line» waren 1982 noch gebräuchlich).

– Dr. Manfred Lukaschewski und seiner Facebook-Gruppe «Kriminalistik leicht gemacht», die immer blitzschnell Fachfragen beantwortet.

– Last not least Dank an Ian Fleming – *«Never say ‹no› to adventures. Always say ‹yes›, otherwise you'll lead a very dull life.»*

Auch wenn in diesem Buch mit dem Alkoholkonsum der 80er-Jahre herumgewitzelt wird – Alkohol verursacht Leberzirrhose und Krebs, Alkohol macht schwer abhängig. Alkohol ist tödlich. Dasselbe gilt für das Rauchen.

Sowohl das Buch *Mister Dynamit – Morgen küßt euch der Tod* von Karl-Heinz Günther als auch die Verfilmung von Franz Josef Gottlieb mit Lex Barker gibt es wirklich.

Der Volkssport, in den Trümmern des Martin-Gropius-Baus nach Ausstellungsstücken des Museums für Vor- und Frühgeschichte zu graben, führte tatsächlich zu vielen Privatsammlungen, die teilweise erst jetzt zurückgegeben wurden.

Fakt ist auch, dass die ersten vier Drehtage für den 13. James-Bond-Film *Octopussy* ab dem 10. August 1982 in West-Berlin stattfanden. Jetzt geht's los mit der Fiktion: In diesem Buch sind es aus dramaturgischen Gründen die letzten vier Drehtage des schon fast fertigen Films. Ich habe die Drehtage auch ein paar Tage später gelegt als im wirklichen Leben. Im Prolog wird eine der Berliner Filmszenen aus *Octopussy* so wiedergegeben, wie sie im Film vorkommt.

Die Militärbasis Feldstadt in Bayern sowie einige andere Details entstammen ebenfalls dem James-Bond-Universum.

Der Bericht der Stasi-Hauptabteilung VI über die Dreharbeiten, den man genau so im Archiv der Stasi-Unterlagen-Behörde findet, wurde von mir nur hinsichtlich der Termine und der Uhrzeit angepasst (vom 10. August auf den 17. August 1982, und die Dreharbeiten endeten eigentlich schon um 13.33 Uhr). Jeder kann den Bericht auf der Internetseite der Stasi-Unterlagen-Behörde einsehen. Die berlintypisch skurrilen Unterlagen waren die Inspirationsquelle Nummer eins für den Plot dieses Kappe-Romans.

Ein bisschen 80er-Jahre-Slapstick musste sein. Vom Feeling her einfach ein gutes Gefühl (frei nach Andreas Möller)!

Die Ausbildung nach dem nordkoreanischen Kampfsystem Gjogsul fand in der DDR erst ab 1988 statt.

IM Deubel wurde benannt nach Max Deubel, BRD-Seitenwagen-Weltmeister aus den 60er-Jahren.

Die Freiwillige Polizei-Reserve nahm erst seit 1984 jährlich mit rund 700 Personen bei der Alliierten-Parade teil.

Das Deutsch-Amerikanische Volksfest fand in West-Berlin jährlich im Juli/August statt. Ich konnte leider nicht recherchieren, wann das Deutsch-Amerikanische Volksfest 1982 tatsächlich stattfand, und habe den Termin festgelegt, wie es in die Geschichte passte.

Laut Wikipedia hatte sich nach Medienberichten vom Mai 2018 der deutsche Geheimdienst BND erst in den frühen 90er-Jahren eine Probe von einer der Varianten von Nowitschok beschafft, indem man einem russischen Wissenschaftler und dessen Familie Aufenthaltsrecht in Deutschland im Austausch für die Probe zusicherte. Bundeskanzler Helmut Kohl war informiert, daneben aber nur wenige Personen. Um rechtlichen und politischen Bedenken zuvorzukommen, behielt man die Probe nicht, sondern ließ sie in Schweden unter strenger Geheimhaltung analysieren und informierte dann die engsten westlichen Verbündeten über die Ergebnisse. Die Ehefrau des russischen Wissenschaftlers, der für den BND spionierte, versteckte eine Nowitschok-Probe in einer Pralinenschachtel und brachte sie in einem Passagierflugzeug aus Russland nach Schweden. Die Frau hatte dort Verwandte, sodass die Reise nicht auffiel. Die Übergabe wurde durch die schwedische Sicherheitspolizei Säpo organisiert, die die Probe dann mit dem Zug rund tausend Kilometer weiter in das Chemiewaffenzentrum in Nordschweden brachten. Schwedische Chemiewaffenexperten analysierten den Kampfstoff und vernichteten ihn später. Über das Ergebnis der Analyse wurden wie vereinbart die bundesdeutschen Stellen informiert. Statt mit diesem Erfolg bei den Alliierten zu punkten, mussten die Bundesregierung und ihr Nachrichtendienst allerdings zur Kenntnis nehmen, dass diese schon informiert waren, ihre eigenen Erkenntnisse aber gegenüber der Bundesregierung geheim gehalten hatten. Immerhin wurde der BND danach an einer damit befassten Arbeitsgruppe der NATO beteiligt, in der auch die USA, Großbritannien, Kanada, die Niederlande und andere Länder teilnahmen, die sich aber bald danach auflöste.

Funktionale, subklinische Psychopathie, wie sie General Semjonow hat, findet sich oft bei Personen in Führungsposition (wie zum Beispiel auch bei Ian Flemings Dr. No).

Die Grenzkontrollstellen auch an einigen Flughäfen waren bereits seit 1976 mit elektronischen Datenlesegeräten zum Abgleich der Personalpapiere mit den Fahndungslisten ausgerüstet, was die Anzahl der Festgenommenen vervierfachte.

Die Ratten-Jeannie ist natürlich eine literarische Figur. Ähnlichkeiten mit lebenden oder toten Personen sind - wie bei allen Romanfiguren - rein zufällig.

Die Jubiläumssendung *25 Jahre Zum Blauen Bock* lief erst am 4. September 1982.

Jeder Fehler, den Sie in diesem Buch entdecken, ist ganz alleine mir zuzurechnen.

Ich habe - Gott sei Dank - keine Ahnung, wie man eine Atombombe entschärft oder zündet. Mein größter Wunsch wäre vor dem Hintergrund der derzeitigen Weltlage, dass dies für alle Arten von Bomben und für alle 8,03 Milliarden Menschen auf der Erde gelten würde. Vielleicht kennt jemand einen Voodoo-Geist, der das für uns hinbiegt.

Peter Kappe will return in «Es geschah in Berlin 1984».

Es geschah in Berlin ...

Horst Bosetzky: **Kappe und die verkohlte Leiche (1910)**
Sybil Volks: **Café Größenwahn (1912)**
Jan Eik: **Der Ehrenmord (1914)**
Horst Bosetzky/Jan Eik: **Nach Verdun (1916)**
Iris Leister: **Novembertod (1918)**
Horst Bosetzky: **Der Lustmörder (1920)**
Peter Brock: **Das schöne Fräulein Li (1922)**
Wolfgang Brenner: **Stinnes ist tot (1924)**
Petra A. Bauer: **Unschuldsengel (1926)**
Horst Bosetzky: **Bücherwahn (1928)**
Petra A. Bauer: **Kunstmord (1930)**
Jan Eik: **Goldmacher (1932)**
Klaus Vater: **Am Abgrund (1934)**
Horst Bosetzky: **Mit Feuereifer (1936)**
Jan Eik: **In der Falle (1938)**
Jan Eik: **Polnischer Tango (1940)**
Petra Gabriel: **Beutezug (1942)**
Horst Bosetzky: **Unterm Fallbeil (1944)**
Jan Eik: **Heimkehr (1946)**
Horst Bosetzky: **Razzia (1948)**
Petra Gabriel: **Operation Gold (1950)**
Jan Eik: **Heißes Geld (1952)**
Horst Bosetzky: **Auge um Auge (1954)**
Petra Gabriel: **Kaltfront (1956)**
Jan Eik: **Grenzgänge (1958)**
Petra Gabriel: **Tod eines Clowns (1960)**
Horst Bosetzky: **Berliner Filz (1962)**
Horst Bosetzky: **Auf leisen Sohlen (1964)**
Klaus Vater: **Brandt-Gefahr (1966)**
Horst Bosetzky/Uwe Schimunek: **Rotlicht (1968)**
Stephan Hähnel: **Geschwisterliebe (1970)**
Petra Gabriel: **Im Rausch (1972)**
Bettina Kerwien: **Au revoir, Tegel (1974)**
Bettina Kerwien: **Tot im Teufelssee (1976)**
Uwe Schimunek: **Rebellen (1978)**
Bettina Kerwien: **Tiergarten Blues (1980)**
Bettina Kerwien: **Agentenfieber (1982)**

Alle Bände sind auch als E-Book erhältlich.